Susanne Fröhlich

Geparkt

Roman

KNAUR

Besuchen Sie uns im Internet:
www.droemer-knaur.de

Originalausgabe Juni 2024
© 2024 Knaur Verlag
Ein Imprint der Verlagsgruppe
Droemer Knaur GmbH & Co. KG, München
Covergestaltung: Sabine Schröder
Coverabbildung: Collage von Sabine Schröder unter
Verwendung von Motiven von stock.adobe.com und
Shutterstock.com.
Satz und Layout: Adobe InDesign im Verlag
Druck und Bindung: GGP Media GmbH, Pößneck
ISBN 978-3-426-44709-3

2   4   5   3

Für all meine Freundinnen,
und ganz besonders für Conny.
Und für Matthias.
Und meine Familie.

Ich liebe Euch. Von ganzem Herzen!

Ich war Mitglied in einem Club, in den ich nie wollte. Einem Club, der ausgesprochen exklusiv ist und seine Mitglieder sorgfältig wählt. Ein Club, der allein Frauen vorbehalten ist. (Schon das hätte mir zu denken geben sollen!)

Keine hatte die Aufnahme beantragt oder sich gar beworben, ganz im Gegenteil. Alle sind, mehr oder weniger ohne ihr Zutun, hier gelandet. Untergebracht. Aufgehoben. Abgeschoben.

Ich bin eine von ihnen gewesen. Eine Geparkte. Ausgesetzt im vermeintlichen Paradies. In Warteposition geparkt. Auf die Abschiebung wartend.

Heute weiß ich das. Aber nachher ist man ja immer schlauer. Damals, noch vor einem Dreivierteljahr, erschien mein Leben von außen betrachtet fantastisch und beneidenswert. Sorglos in jeder Hinsicht. Ein Hauch von Schlaraffenland mit Allzeitsonne.

Ich lebte auf einer großen Finca im Südosten der Insel Mallorca. Mit Pool, Poolboy, Haushälterin, Gärtner, und für besondere Anlässe hatte ich sogar einen Koch. »Läuft bei dir«, hatte eine alte Freundin aus Deutschland angemerkt, und genauso war es mir auch vorgekommen. Ich war bestens versorgt, sicher und fühlte mich wohl. Dass ich als menschliche Made im Speck für diese naive Ahnungslosigkeit, diese trügerische Sicherheit irgendwann bezahlen müsste, ist mir nicht in den Sinn gekommen. So viel und noch viel mehr habe ich inzwischen kapiert.

Denn all das existiert nur noch in meiner Erinnerung. Die Finca, der Pool und das ganze Drumherum.

Erst war ich eine Kurzzeitgeparkte, dann entpuppte sich Mallorca als ein Dauerparkplatz, und mit dem Ablauf der Parkzeit kam die Zwangsräumung.

»Das ist der klassische Lauf der Dinge, Sie sind nicht die Erste und mit Sicherheit auch nicht die Letzte!«, hatte »meine« Haushälterin Anneliese gesagt, als ich meine Habseligkeiten zusammenpackte, und mit den Schultern gezuckt. Ohne jedwede Anstalten zu machen, mir zu helfen. Sie wusste, dass nicht ich ihr Gehalt zahlte. »Hier waren schon zwei von Ihrer Sorte, und es werden andere folgen. Das ist das Spiel. Kurz, schön und endlich. Wie nach einem herrlichen Rausch der dicke Kopf am nächsten Tag! Alles inklusive.«

Empathie geht anders. Doch Annelieses Vortrag war noch lange nicht zu Ende. Ihre Worte von damals haben sich in mein Hirn gebrannt. »Reißen Sie sich zusammen, Sie haben keinen Krebs. Es ist nur ein Mann. Davon laufen draußen viele rum, wenn Sie denn unbedingt einen wollen. Und mal ehrlich, so was kommt von so was. Jammern hilft da nicht!«, lautete ihr abschließender Ratschlag.

Anneliese hatte gut reden. Sie hatte Arbeit, eine Wohnung und machte sich augenscheinlich nicht besonders viel aus Männern. Jedenfalls nicht aus der Sorte Mann, die ich insgeheim bevorzuge. Ich hatte, ehrlich gesagt, jedenfalls zu diesem Zeitpunkt, keine Ahnung von Annelieses Privatleben. Ich habe nie nachgefragt. Es hat mich, auch wenn es peinlich ist, das einzugestehen, nicht interessiert. Anneliese war die Haushälterin, keine Freundin. Ich habe nicht nachgefragt, was Annelieses »so was kommt von so was« genau heißen sollte. Mir war klar, da würde ich keine nette Antwort bekommen.

Aber natürlich hatte Anneliese recht. So was kam von so was. Dieser Satz rumorte in mir. Mein »So was« hieß Sven. Sven war die Karte, auf die ich gesetzt habe. Meine alleinige Karte. Ein vermeintlicher Joker.

Er war mein Jackpot gewesen.

»Was ein Segen, wurde auch Zeit, gerade noch die Kurve bekommen!«, hatte meine Mutter erleichtert geseufzt, als ich ihr Sven präsentierte. »Du bist in einem Alter, wo es schwierig werden kann!«

»Es« war die Akquise des passenden Mannes. Das Ziel im Leben einer Frau. Das hatte mir meine Mutter schon früh klargemacht. Mädchen sind, wenn sie Glück haben, hübsch, mit viel Glück sehr hübsch. Mit dieser Ausstattung versehen, haben sie dann die Chance, einen »Sven« abzubekommen. So war die Währung. Ich habe Glück gehabt und war hübsch. Wirklich hübsch. Ich weiß, das über sich selbst zu sagen klingt eingebildet. Aber es war so. Meine Mutter war darüber sehr erleichtert. »Ohne gutes Aussehen, Monika, ist das Leben für Frauen kein Spaß!«, hatte sie mir früh eingetrichtert. »Dann musst du dich mit denen zufriedengeben, die übrig bleiben. So wie all die Frauen, mit denen es die Natur nicht gut gemeint hat. Ein bisschen wie Resteessen.« So lautete das knallharte Mantra meiner Mutter. Wieder und wieder hat sie mir das eingebläut. So lange, bis ich die Botschaft intus hatte und daran glaubte. Irgendwann setzt sich alles im Gehirn fest. Wird von der Behauptung zur Tatsache. Schönheit war entscheidend im Kampf um die fettesten Fische im Teich. Die besten Männer.

Auch meine Mutter war immer sehr gut aussehend gewesen, geradezu schön. »Meine Nase ist einen Tick zu breit, dummerweise hast du das geerbt, deine ist sogar noch einen Ticken breiter, aber der Rest ist in Ordnung. Das sollte langen.«

»Langen wofür?«, habe ich als kleines Mädchen häufig gefragt, aber meine Mutter hat mir immer wieder sehr deutlich gemacht, worum es im Leben hauptsächlich ging. Für eine Frau. »Einen guten Fang machen!«, nannte sie es. Dann sei das »Klassenziel« erreicht. Und um diese begehrte »Beute« musste man sich mühen, so wie es meine Mutter auch getan hatte.

Mein Vater war ein wohlhabender Mann gewesen, ein

erfolgreicher Banker. Nicht ganz oben, aber gehobenes Mittelfeld. »Er hätte jede haben können, er war bei uns in der Gegend der begehrteste Junggeselle, aber er hat sich für mich entschieden«, hat meine Mutter ständig mit Stolz erzählt. »Ich habe es ihm nicht leicht gemacht, war, wie sagt man heute: *hard to get*. Du weißt ja, Monika: Willst du gelten, mach dich selten. Wenn sie nicht kämpfen müssen, macht das die Beute wertlos.«

Mit all diesen vermeintlichen Weisheiten war ich aufgewachsen. Groß geworden. Als Einzelkind. »Du reichst mir!«, hatte meine Mutter oft genug gesagt, immer dann, wenn ich nach Geschwistern fragte. Mich danach sehnte. Welche reklamierte. Auf Verstärkung hoffte. Dieses knappe »Du reichst mir« konnte man sehr unterschiedlich deuten. Ich habe es nie hinterfragt, wollte nicht hören, dass ich allein schon anstrengend genug war. Aber eines musste man meiner Mutter lassen, die Aufzucht und Kindererziehung lagen fast komplett in ihrer Hand.

Mein Vater, der angeblich begehrteste Junggeselle überhaupt – zumindest in der unmittelbaren Gegend –, war quasi nicht vorhanden. Als Vater eine Art Totalausfall. Ich sah ihn, wenn er von der Arbeit kam und mir, bevor ich ins Bett ging, noch mal über den Kopf strich. Ansonsten hieß es ständig: Sei leise, dein Vater braucht Ruhe. Oder: Er muss arbeiten. Oder sich nach der harten Arbeit ausruhen. Oder heute besonders viel arbeiten. Fast so, als würde Papa in einem Steinbruch roboten. Meine Mutter mühte sich wahrlich, der Vater war immer weniger zugegen. War selten zu Hause, irgendwann nicht mal mehr am Wochenende. »Erfolg hat seinen Preis!«, betonte Mutter und entschuldigte seine aushäusigen Wochenenden mit einem schmallippigen »Dienstreise«. Es war nie laut bei uns, es wurde nicht geschrien, aber die Stille bei uns hatte etwas Bedrohliches. Wie eine Stille vor einem großen Sturm. So als würde etwas herannahen. Es herrschte eine unterschwellige Eisigkeit. Ich erinnere mich genau, wie ich dachte: Glück sieht mit Sicherheit anders aus. Fröhlicher. Wilder. Und auch lauter. Stille hat oft mit Vorsicht zu tun, und genau so kam es mir immer vor. Alle waren vorsichtig, damit Papa sich nur ja wohlfühlte.

Mit fünfzehn Jahren traute ich mich endlich, meine Mutter anzusprechen, auf das Fehlen von Fröhlichkeit. Von Glück. Ihre Antwort war für ihre Verhältnisse vehement und laut: »Davon verstehst du nichts, Monika. Ein Mann wie dein Vater braucht Ruhe und seinen Freiraum. Er versorgt uns gut. Es fehlt uns an nichts. Oder? Und Glück, ich bitte dich, Kind, was ist denn bitte Glück? Davon hast du so gar keine Ahnung.« Es schwappte eine Welle der verbalen Bitterkeit aus ihr heraus. Es war klar, dass ich an dieser Stelle besser den Mund hielt. Wann man das tat, hatte ich früh verstanden.

Als mein Vater starb, war ich gerade mal achtzehn Jahre alt. Ein Herzinfarkt. In der Bank. Am Wochenende. An einem Sonntagabend. Bis heute zweifle ich daran, glaube diese Darstellung nicht. »Wer hat ihn denn gefunden? An einem Sonntag? Da ist doch niemand da?« Meine Mutter hat meine Zweifel abgetan. »Er ist tot, ein Herzinfarkt. Das ist weiß Gott schlimm genug. Mehr hat dich nicht zu interessieren.« Die Antwort war Bestätigung genug, dafür, dass irgendwas an der Geschichte nicht stimmte. Aber am Ende war es wirklich egal. Trotzdem ließ es mir keine Ruhe. Ausnahmsweise habe ich aufgemuckt. Insistiert. Nachgehakt.

Erst sehr viel später habe ich erfahren, dass es eine andere Frau gab. Und diese Frau hatte Mama angerufen und ihr vom Tod berichtet. Eine Frau, bei der mein Vater große Teile seiner Wochenenden verbracht hatte. »Nicht von Bedeutung!«, war Mamas Kommentar. Manchmal schien es mir, als hätte der frühe Tod meines Vaters, eines Mannes, der mir in den achtzehn Jahren immer ein wenig fremd geblieben war, meiner Mutter in den Kram gepasst. Witwe zu sein war etwas Ehrenhaftes. Verlassen zu werden hingegen eine Schande. Ein toter Mann konnte einen nicht mehr verlassen. Das war, bei aller Trauer, ein verdammt ordentlicher Pluspunkt. Wenn ein Mann sich trennte, die Familie verließ, dann hatte die Frau versagt. Etwas falsch gemacht. So war das in den Augen und der Welt meiner Mutter. Aber eine Frau wie meine

Mutter machte nichts falsch, schon deshalb war der Tod gnädig mit ihr. Nach dem Infarkt war eine Gefahr gebannt, und das endgültig. Mama musste sich nicht mehr vor einer Trennung fürchten. Das Problem war final gelöst.

Sie bekam Witwenrente, ganz ordentlich, wie sie sagte. Das Haus war nahezu abbezahlt, aber zu ihrem Erstaunen gab es kein Erspartes. Wer weiß, wofür mein Vater große Teile seines Einkommens verwendet hatte?

Dass kein großes Erbe auf mich gewartet hatte, war mir damals komplett egal. Aber ich war traurig und bestürzt darüber, dass ich nie mehr die Chance haben würde, meinen Vater kennenzulernen. »Behalte ihn so in Erinnerung, wie er war, und hör auf, ständig Fragen zu stellen, Monika!«, hatte meine Mutter seitdem alle Fragen abgewiegelt und sich jedem Gespräch über diese Thematik entzogen. Sie wollte nicht über meinen Vater reden. Das Idealbild vom begehrtesten Junggesellen hatte Risse bekommen, aber wenn man nicht hinschaut, sieht man sie auch nicht. Das war und ist ein Talent meiner Mutter. Nur das zu sehen, was genehm ist. Den Rest ausblenden, eine beneidenswert erfolgreiche Taktik. Aber wie sollte ich einen Mann in Erinnerung behalten, der für mich nicht mehr war als ein gelegentlicher Besucher in unserem Haus? Er hatte mir Fahrradfahren beigebracht und Schwimmen. Das waren meine Haupterinnerungen. Drei Nachmittage im Freibad und zwei Wochenenden in einer nahe gelegenen Sackgasse. Hatte er je mit mir gespielt? Mir vorgelesen? Gekuschelt? Vokabeln abgefragt? »Monika, was für einen Unsinn fragst du da? Das war meine Aufgabe. Die Bereiche waren klar getrennt. Er hat das Geld verdient. Und was ist überhaupt mit dir los? Du warst so ein pflegeleichtes Kind und immer vollkommen zufrieden. Also hör endlich auf mit diesem Gefrage«, hatte Mutter sehr bestimmt artikuliert. Und ich habe aufgehört. Denn ja, ich war pflegeleicht. Weil pflegeleicht immer auch bedeutete, dass man keinen Ärger bekam. Einfach vor sich hin leben konnte. Das war es, was ich als Kind getan habe. Vor mich hin gelebt. In meiner Erinnerung war ich nicht unglücklich, aber auch nicht glücklich. Irgendwas dazwischen. Glück und Unglück hatten mich gelegentlich gestreift, waren aber nie dominant. Eher wie ein Windhauch über mich hinweggehuscht. Indifferent.

Nach einem mittelprächtigen Abitur und meiner Ausbildung zur Physiotherapeutin bin ich ausgezogen. Habe Abstand zwischen meine Mutter und mich gebracht. Immerhin knapp siebzig Kilometer. Zu weit, um eben mal vorbeizuschauen, etwa für Spontanbesuche zum Kaffee. Eine Form von Sicherheitsabstand. »Du hättest sicherlich auch hier was gefunden und dann umsonst gewohnt. Das Haus bietet wirklich genug Platz. Und wir zwei kommen doch gut klar!«, hatte Mutter versucht, mich umzustimmen. Es klang fast bittend. Ungewöhnlich für sie.

Aber ich habe mich, ungewohnt und neu in diesem Kontext, mal nicht gefügt. Natürlich hätte ich auch rund um unser Zuhause in Darmstadt etwas gefunden. Aber ich wusste, wenn ich jetzt den Absprung nicht schaffte, dann würde ich für immer hier festsitzen. Butzbach wäre mir normalerweise nicht in den Sinn gekommen, aber alles war besser, als in Darmstadt zu bleiben. Zu Hause.

Ich sei aufgeblüht, sagten jedenfalls meine Freunde »Du bist anders, seit du allein lebst.« Das mochte so wirken, aber innen drin war ich noch immer die pflegeleichte Tochter. Die ließ sich auch durch siebzig Kilometer nicht abschütteln. Die saß fest. Wie einzementiert. Dauerimprägniert. Eine Art zusätzliches inneres Organ.

Nie mehr habe ich mit meiner Mutter über meine Jugend, meine Kindheit oder meinen Vater gesprochen. Wann immer ich eines der Themen anschnitt, blockte meine Mutter. Es führte nur zu schlechter Stimmung, nie zu irgendeiner Erkenntnis. Also ließ ich es irgendwann. Man sollte wissen, wann man die Klappe hält.

Zum Todestag ging es gemeinsam ans Grab, das Mutter immer picobello ordentlich hielt. Das war ihr wichtig. Sie harkte, jätete und pflanzte, als gäbe es einen internen Friedhofsgrab-Wettbewerb. Es könnte ja jemand etwas zu beanstanden haben. Außenwirkung war das Ding für meine Mutter. Was denken die Leute, was könnten sie denken? Was sagen?

Wir sahen uns nicht häufig. Mama und ich. Weihnachten war neben dem Todestag gesetzt. Jahr für Jahr saß ich mit meiner Mutter in dem großen Haus unter einer gigantischen Tanne, und immer war ich heilfroh, wenn ich am 27., nach den Feiertagen, fahren konnte. Mit halbwegs gutem Gewissen. Ich brachte es nicht übers Herz, meine Mutter an Weihnachten allein zu lassen. Es ist mir nicht mal als Möglichkeit in den Sinn gekommen. Es war nun mal Tradition, und wir waren beide ohne Partner. Alleinstehend. Eine Tatsache, die Mutter Jahr für Jahr zum abendfüllenden Thema ausweitete, Jahr für Jahr mit mehr Dringlichkeit, fast so, als würde ein geheimer und unsichtbarer Countdown ablaufen. Als hätten Frauen ein Verfallsdatum, das man strikt im Auge behalten musste. Umgekehrt, wenn ich mich mal traute zu fragen: »Willst du denn den Rest deines Lebens allein bleiben?«, war die Antwort immer kurz und knapp. »Ich hatte einen Mann, das reicht.« Ein Kind, ein Mann. Alles sehr übersichtlich.

Ich hatte Beziehungen, immer mal wieder, aber nie war jemand dabei, den ich meiner Mutter präsentieren konnte oder wollte. Zu vage, zu provokativ, zu unpassend, immer gab es ein »Zu«.

Bis, als ich sechsunddreißig Jahre alt war, Sven in mein Leben trat. Ich wusste, mit Sven konnte ich bei meiner Mutter punkten. Der würde alle Kriterien, die sie für wichtig hielt, erfüllen, denn Sven hatte alles, was meine Mutter für unverzichtbar hielt: Geld.

Dass Sven nicht gut aussehend war, auch nicht besonderes liebenswürdig – geschenkt, fand Mama. Da sei ich zu streng und zudem zu naiv. Beides seien Bereiche, für die Frauen zuständig seien. So sei das nun mal. Außerdem: Irgendwas sei immer. Da müsse man mal ein oder zwei Augen zudrücken. Du musst halt nicht immer so emotional sein«, riet sie. Ein wenig Rationalität wäre bei der Partnerwahl nun mal entscheidend.

Sven wusste, wie man Frauen wie meine Mutter zu erobern hatte. Er zog das ganz große Besteck: ein enormer Blumenstrauß (der nonverbal schrie: Ich war teuer!), vollendete Manieren, Schmeicheleien zuhauf und das subtile Bekunden ernster Interessen. Mama war spätestens nach dem »Sie können gar nicht die Mutter sein, sie sehen aus wie Schwestern! Was hat meine Monika damit für fantastische Gene!« verzückt. Egal, wie billig die Lobhudeleien waren, sie wurden immer gerne genommen. Ich hatte dennoch, oder vielleicht sogar gerade deswegen, Zweifel. Ich wollte, dass ein Mann meiner Mutter gefiel, einerseits, andererseits machte genau das mir verdammte Angst. Sollte sich ein Beuteschema nicht weiterentwickeln? War die Begeisterung meiner Mutter nicht das größte Warnsignal?

»Du solltest nicht zu lange zögern, ein Mann wie Sven ist schnell weg!«, hatte Mutter eindringlich gesagt, als ich ihr von meinen Bedenken erzählte. »Er ist frisch getrennt, ich weiß nicht, ob das nicht zu schnell geht?«, hatte ich angemerkt. »Das Zeitfenster, das dir bleibt, könnte knapp sein, Monika«, lautete die pragmatische Antwort meiner Mutter, »manchmal ist die, die wartet, am Ende die Gelackmeierte. Manche Chancen sind dann einfach weg. Sei nicht dumm. Du wirst auch nicht jünger, und andere stehen bereit.« Sven, so dachte meine Mutter, sei meine »Last-minute«-Chance. Der Ausweg aus dem vermeintlich trostlosen Singleleben. Dabei war es lange nicht so trostlos, wie Mutter dachte.

Ich war einigermaßen zufrieden mit meinem Job, hatte nette Freunde, wenn auch in überschaubarer Zahl, und lebte entspannt vor mich hin. Butzbach war nicht New York, nicht mal Frankfurt und ehrlich gesagt nicht mal Darmstadt, aber ich fühlte mich ganz wohl. Mein Leben war, auf einer Skala von 1 bis 10, eine fette 6. Immerhin. An sich alles kein Grund zur Panik. Allerdings auch nicht zur Ekstase. Es war in Ordnung, aber weit entfernt von aufregend oder spannend oder rundherum glücklich. Schon deshalb gab es manchmal ein tief sitzendes Nagen in mir. Ließ ich zu, dass mein Leben so mittelmäßig an mir vorbeizog? Ist da nicht mehr drin? Warum nur finde ich den »Einen« nicht? Warum gelingt das anderen? Einen, mit dem sie ihr Leben genießen. Es sich hübsch machen. Warum nur tue ich mich mit festen Bindungen so schwer? Was mache ich falsch? Warum kann ich mich nicht einlassen? Keine meiner »Beziehungen« hatte länger als eineinhalb Jahre gehalten. Zu unterschiedliche Lebenskonzepte. Zu klammerig oder zu unverbindlich. Zu wenig Gemeinsamkeiten. Vielleicht auch zu hohe Ansprüche an das, was man sich unter Beziehung vorstellte. Ein Rausch der Hormone, gepaart mit Romantik und Gleichklang der Seelen.

Natürlich reflektierte ich die Beziehung meiner Eltern. Ich wusste, das war alles andere als optimal gelaufen, jedenfalls für meine Idee und mein Ideal von Partnerschaft. Aber konnte man gescheiterte Liebesbeziehungen der Eltern, eine miese Ehe haftbar machen für alles, was im eigenen Liebeskosmos schiefflief? Nein. So einfach wollte ich es mir nicht machen. Das ist, als schriebe man sich selbst eine dauerhaft gültige Entschuldigung. »Monika kann leider an Beziehungen nicht teilnehmen, sie ist nicht liebesfähig, weil die Ehe ihrer Eltern keinen Vorbildcharakter hatte. Wir bitten ihr Fernbleiben von der Liebe zu entschuldigen!«

Mein Leitsatz in dieser Hinsicht war: Irgendwann ist es zu spät für eine unglückliche Kindheit. Vor allem, weil ich nicht mal sagen konnte, ob sie wirklich unglücklich war. Sie war, das ist sicher, nicht geprägt von Heiterkeit, hatte mehr als selten etwas Leichtigkeit, aber habe ich gelitten? Ich hatte ein schönes Zuhause, meine Mutter hat sich gekümmert, um all meine Belange und das Haus, den Haushalt, und stellenweise war sie liebevoll. Dass mein Vater vor allem durch Abwesenheit geglänzt hat, war in meiner Generation nicht die Ausnahme, sondern fast schon die Regel. Männer gingen zur Arbeit, um der Familie zu Hause ein möglichst angenehmes Leben zu ermöglichen. Diesen Part hatte mein Vater definitiv erfüllt. Unser Haus damals war eines der größten im Viertel. Konnte man sich beschweren, dass man gerne mehr Spaß gehabt hätte? Oder war das eine Maßlosigkeit?

Wie oft hatte ich meine Klassenkameradin und Freundin Michaela beneidet. Klar, deren Familie hatte nur eine kleine Wohnung, eine sehr kleine Wohnung, wie meine Mutter oft spitz bemerkte, vor allem im Vergleich mit unserem Haus, aber bei Michaela war die Stimmungslage eine andere. Warm. Man fühlte sich wohl, willkommen. Anders als bei uns. Besuch in unserem Haus war Störung. Bei Michaela war es laut und chaotisch. Mama fand, die Familie meiner Freundin sei fast schon asozial. Kein Umgang für mich. Allzu offensichtlich kein Akademikerhaushalt. Dabei war meine Mutter selbst keine Akademikerin, aber der Universitätsabschluss meines Vaters galt für die gesamte Familie. Michaelas Vater war Installateur, ihre Mutter Kassiererin, Michaela trug auch mal einen Pullunder mit Fleckresten oder hatte kein Pausenbrot dabei. Das hätte es bei meiner Mutter nie gegeben. Hier konnte ich ihr keinerlei Vorwurf machen. »Warm, satt und trocken, das ist es, was es braucht im Leben«, war eine weitere Lebensweisheit von Mutter, und ja, diese drei Haken konnten immer gesetzt werden.

Sven war eine Wende im Leben. Ein Einschnitt.

Er war ein Mann, der wusste, was er wollte. Und das, was er wollte, war ich. Eine Tatsache, die mir unglaublich schmeichelte, vielleicht, weil ich mich zwar für recht hübsch, aber doch, wenn ich ehrlich mit mir war, insgesamt für relativ belanglos hielt. Einen Hauch langweilig. Insofern war Svens offensives Buhlen um meine Gunst eine neue Erfahrung für mich. Die Männer bisher in meinem Leben hatten sich nie so sehr ins Zeug gelegt.

Elite Partner, ein Partnerschafts-Suchportal für den »anspruchsvollen Single«, war der Ausgangspunkt. Ich habe Sven dort vor drei Jahren kennengelernt. Ich war sechsunddreißig, er neunundvierzig. Eigentlich war er mir zu alt. Zehn Jahre Abstand nach oben oder unten war mein Suchradius gewesen. Aber wegen drei lächerlicher Jahre mehr kleinlich sein und vielleicht die große Liebe verpassen? Ich dachte, so eine Detailversessenheit könne ich mir nicht mehr leisten.

Sven sah im Altersunterschied (welche Überraschung!) kein Problem. »In den besten Jahren eines Mannes« sei er. Ich erinnere mich genau, was ich damals dachte: Wenn das deine besten Jahre sind, dann prost Mahlzeit. Sein übersichtliches Resthaar war gegelt, nach hinten, sein Bauch und das Wort Sixpack hatten nie voneinander gehört, und seine Nase war groß, dafür die Lippen schmal. Das Größte an ihm war allerdings sein Ego, das man mühelos noch aus dem Weltall hätte erkennen können. Aber eins musste man Sven lassen, er hat sich echt bemüht. Ich war zu Beginn eher zurückhaltend, keine Spur von akuter Schockverliebtheit. Großzügig fand ich ihn, höflich, irgendwie interessant, aber selbst bei viel Wohlwollen nicht wirklich attraktiv.

»Kind, ich bitte dich, das ist nun wirklich nicht das Entscheidende!«, hatte meine Mutter gesagt und dabei bedeutungsschwanger mit dem Kopf geschüttelt. »Vermögen, Zuverlässigkeit und Sicherheit, das sind die wichtigen Dinge bei der Männerwahl. Alles andere läuft unter Bonuspunkte. Schön, wenn es sie gibt, aber nicht zwingend erforderlich. Ein hübscher Körper, gutes Aussehen allgemein ist auf lange Strecke nicht die Garantie für eine gute und stabile Beziehung. Und, unter uns, das wirst du merken, auf Dauer auch oft nicht mehr so hübsch.« Das habe ich inzwischen begriffen und erfahre es am eigenen Leib. Das Material wird nicht besser. Der Körper leidet mit den Jahren. Lässt sich – im wahrsten Sinne des Wortes – ein wenig hängen. Meiner war sicher der ausschlaggebende Punkt, warum Sven sich so hartnäckig um mich bemüht hat. Meine Figur damals war top. Ich habe beim Arbeiten genug Frauen gesehen, und wenn ich mich verglich, schnitt ich immer gut ab. Das klingt eingebildet, war aber so. Ich stellte es nur fest. Ich war eben sportlich, allein schon, um den Anforderungen meines Berufes zu genügen. Als Physiotherapeutin muss man fit sein, das habe ich während meiner Ausbildung begriffen. Sonst hat man selbst schnell Rückenprobleme und das ein oder andere Wehwehchen. Ich bin immer gelaufen und ging regelmäßig in die Muckibude. Kombinierte das brav mit Yogaübungen und ging ab und an schwimmen. Dazu fuhr ich mit dem Rad zur Arbeit. Ich war die lebende Disziplin. Und ich habe, wie man immer so schön sagt, gute Gene. Auch meine Mutter war nie, wie sie es selbst mit einer gewissen Verachtung nannte, aus dem Leim gegangen. Man ließ sich nicht gehen in meiner Familie. Das war der Anfang vom Ende für meine Mutter. Man achtete auf sich. Wir aßen immer maßvoll und überlegt. Heißhunger und Fressorgien gab es nicht bei uns. Weihnachten war die große Ausnahme. Da gab es mal zwei Klöße oder eine Handvoll Plätzchen. Etwas, was sich nachgerade verwegen anfühlte. Als Physiotherapeutin hat man Vorbildfunktion, dieser Satz hatte sich in meinem Kopf festgesetzt. Und zugegeben: Ich mochte es, schlank zu sein. Die Bewunderung meiner Figur gefiel mir. Wenn ich mir das jetzt klarmache, steigt Scham in mir auf. Wie peinlich und profan. Sich an seinen eigenen schmalen Schenkeln zu ergötzen. »Wie machst du das nur, ich könnte das nicht!«, sagten Frauen um mich herum oft zu mir. Diese Anerkennung war Balsam für die Seele. Etwas zu schaffen, woran andere schon gedanklich scheiterten, war mir immer auch Ansporn. Noch bevor intermittierendes Fasten en vogue war, aß ich oft nur zweimal am Tag. Meist einfach nur, weil ich vergessen hatte, einzukaufen, oder keine Lust hatte, mir etwas zu kochen. Für mich selbst in der Küche zu stehen, empfand ich als öde. Auf die Kalorien konnte ich locker verzichten. Essen war mir nie wichtig gewesen. Genuss hatte in meinem Elternhaus keine große Rolle gespielt, insofern war der Verzicht kein wirklicher Verzicht, sondern eher Gewohnheit. Man aß, um satt zu sein, mehr Anspruch ans Essen hatte man in meiner Familie nicht. Lieber war man hungrig als fett. So einfach und so traurig war es.

Sven war voll des Lobes für mein Aussehen. Granate und Rakete hat er mich genannt, oder Gazelle. Wie einfach ich mich habe einwickeln lassen, ist mir inzwischen gedämmert. Aber diese Begeisterung, dieses Angehimmeltwerden hat mir so gutgetan. Ich war gefangen in diesem wohligen Kokon aus Schmeicheleien. Habe mich darin nachgerade gesuhlt. Das hat mich vieles übersehen lassen.

Die Art, wie Sven schon bei unserem ersten Date mit dem Kellner sprach. So von oben herab. Nur weil der nicht »Espressi« sondern »zwei Espressos« gesagt hatte. Ich erinnere mich noch, wie ich mich geschämt habe, stellvertretend, und den Kellner zum Ausgleich besonders freundlich angelächelt habe. Sven war ein Mann, der nach unten trat und nach oben schleimte, etwas, was mich abstieß. Aber zu Beginn unseres Kennenlernens habe ich es so gut wie möglich ignoriert. Habe es mir schöngeredet, gemutmaßt, dass er vor mir etwas hermachen wollte. Mir imponieren wollte. Habe es als Nervosität deklariert. Als Unsicherheit. Inzwischen weiß ich, dass das Quatsch ist. Sven ist so, denkt so. Er ist kein Stück unsicher oder nervös, einfach nur herablassend. Mein Instinkt hatte früh Alarm geschlagen: Achtung, Monika, das ist kein netter Mensch. Aber ich dachte, das wird schon. Zu mir war er nett. Dass Sven ein Mann ist, der nur nett ist, wenn er etwas will, habe ich erst kapiert, als ich längst in der Falle saß. Eine hübsch dekorierte Falle, eine verlockende Falle. Und eine verdammt bequeme Falle. Ich Idiotin bin sehenden Auges und mit offenen Armen freudig hineingetappt.

Aber zurück zu den Anfängen: Sven hatte mich bei Elite Partner angeschrieben. Euphorisch und sogar einen Hauch witzig. »Ich glaube, ich kann mein Profil hier bald löschen. Vorausgesetzt, du triffst dich mit mir!« Irgendwie gefiel mir das. Es war anders, gut, nicht besonders aussagekräftig, aber schmeichelhaft, und das, obwohl er meine Bilder bisher nur verschwommen sehen konnte. Noch hatte ich sie nicht freigeschaltet. War dieser Mann ein Hellseher?

»Warum sollte ich dich treffen?«, hatte ich ebenso kurz und knapp zurückgeschrieben. Seine Antwort kam schnell: »Weil du es bereuen wirst, wenn du es nicht tust.« Das zeugte von Selbstbewusstsein, im besten Falle. Oder von Arroganz, Einbildung und einer gewissen Hybris. Allerdings auch von einer gewissen Schlagfertigkeit.

Er ließ mir nicht viel Zeit zum Nachdenken. »Morgen Abend bei Pasta da Luigi in Frankfurt? 20 Uhr?«, wollte er wissen.

Meine Onlinedating-Erfahrungen waren gering, aber alle hatten mir unisono geraten, keinesfalls lange hin und her zu schreiben, sondern sich im Gegenteil schnell zu treffen. »Sonst steigert man sich mit der Hin-und-her-Schreiberei in etwas rein, was in der Realität nicht haltbar ist und wie eine Seifenblase zerplatzt!«, meinte Harriet, eine Bekannte, die man mit Fug und Recht als Onlinedating-Expertin bezeichnen kann. Sie tummelt sich seit Jahren auf diversen Plattformen, bislang aber ohne dauerhaften Erfolg (was nicht unbedingt für die

Plattformen sprach!). Aber ausdauernd war sie, dass musste man ihr lassen.

Eigentlich wollte ich nie ins Netz, um einen Partner zu finden. Ich hatte so viel Gruseliges darüber gelesen, über all die Enttäuschungen, Lügen und diese weitverbreitete neue verdammte Unverbindlichkeit. Aber der Satz aus einem Ratgeber, »Was man nicht versucht, kann auch nicht gelingen!«, hatte sich in mein Hirn eingebrannt und den Gedanken, »Mister Perfect« könnte meinen Weg einfach so aus Zufall streifen, hatte ich inzwischen in die Abteilung »Naiv« verschoben.

Deshalb sagte ich Ja. Man muss mal was wagen, dachte ich. Sich trauen. Sven war aus Frankfurt, nicht direkt um die Ecke, aber über die A5 von Butzbach aus gut zu erreichen. Obwohl es mir egoistisch vorkam, dass er nicht mal fragte, ob wir uns auf der Hälfte irgendwo treffen, war es mir recht. Es war mir lieber, ein erstes Date nicht in meinem unmittelbaren Umfeld zu haben. Der Gedanke, am Nebentisch säße ein Patient und würde mit gespitzten Ohren lauschen, war mir unangenehm. Insofern war die Anonymität der Großstadt geradezu perfekt für ein Treffen.

Dazu war ich neugierig. Auf diesen Sven. Mein erstes Onlinedate. In meinem Alter sicherlich eine Rarität. Rund um mich herum wurde getindert und gedatet. Es war an der Zeit, mitzuspielen. Wer nicht mitmachte, konnte auch nicht gewinnen, versuchte ich mich mit Plattitüden zu beruhigen.

Trotzdem war ich wahnsinnig nervös. Was, wenn er mir so gar nicht gefiel? Was, wenn er zudringlich wurde? Ein ganzer Katalog von »Was, wenn«-Fragen schoss mir durch den Kopf. Ich googelte das Restaurant, um zu wissen, wie schick ich mich machen musste. Ich bin eher der sportliche Typ, besitze genau zwei Paar Schuhe mit höherem Absatz und hatte mir im Laufe meines Lebens oft genug von meiner Mutter anhören müssen, dass ich unter meinen Möglichkeiten blieb. Ich wählte eine Kombination, die ein bisschen weniger casual als meine Alltagskluft war, aber noch im Rahmen meiner selbst. Ich wollte mich nicht verkleiden. Nichts vorspielen, was ich nicht bin. Stiefeletten, schwarz, mit Absatz, Jeans und ein seidiges schwarzes Top mit Blazer drüber. Ich hoffte, nah am Restaurant parken zu können, mit den Schuhen würde ich keinen Marsch durch Frankfurt machen wollen. Allein der Gedanke!

Das Lokal sah gediegen aus, Modell »klassischer teurer Italiener«. Viel dunkles Holz und Stoffservietten. Ich schaute mir alles auf der Homepage an. »Montag Ruhetag« stand da. Heute war Sonntag – also hatte er sich mit mir am Ruhetag des Restaurants verabredet. Ich guckte, ob es ein gleichnamiges anderes Restaurant gab. Nein. Wollte der mich verarschen? War das seine Masche? Lockte er gerne Provinzfrauen in die große Stadt, um sich daran zu ergötzen, wie doof die waren? Wie war der denn drauf? Welches miese Spiel spielte der?

Sollte ich einfach zu Hause bleiben? So leicht wollte ich es ihm dann doch nicht machen. Der sollte zumindest sehen, dass ich nicht komplett bescheuert war. Dass ich keine von den naiven Trullas war, die er vielleicht sonst mit einer warmen Mahlzeit für lau in die große Stadt locken konnte. Ich schrieb ihm eine wütende Nachricht. Er reagierte sofort, und das ausgesprochen gelassen. »Lass das mal meine Sorge sein. Komm einfach, ich freue mich sehr!«

Ich beschloss, trotz aller Zweifel zu fahren. Was auch immer diese Aussage bedeuten sollte. Im schlimmsten

Fall habe ich zwei Stunden Lebenszeit auf der A5 verbracht. Aber ich hatte ja eh nichts vor. So wie eigentlich fast immer. Ich ging kaum aus. Traf vielleicht zweimal im Monat Freundinnen, ansonsten war Netflix meine Abendbeschäftigung. Oder Sport. Ein bisschen Fitnessstudio und danach noch eine Folge einer Serie. Oder mal zwei. Vor Mitternacht war ich im Bett. Schlaf ist wichtig für die Gesundheit, das wusste ich, und schon deshalb war er mir heilig. Viel los war in meiner Freizeit nicht. Insofern war das Date, so dubios es schien, eine willkommene Abwechslung. Was sollte denn passieren? Wenn er nicht auftauchte, würde ich einen Haken an das Thema Onlinedating machen und hätte eine schöne Geschichte für meine Freundinnen. Außerdem eine Bestätigung all meiner Vorbehalte. Ich rechnete sowieso damit, enttäuscht zu werden. Wenn man die Erwartung auf ein Minimum reduzierte, war auch die Enttäuschung direkt mit eingepreist und somit nicht weiter überraschend. Etwas womit man rechnet, kann einen nicht so frustrieren.

Ich erinnere mich genau an diesen Gefühlsmix, als ich am nächsten Abend ins Auto stieg. Vorfreude wäre das falsche Wort, Aufregung, Nervosität und Spannung waren meine Beifahrer. Ich schalt mich selbst für meine Unsicherheit, es war nicht mehr als ein Date. Mann trifft Frau. Etwas, was andere Frauen ständig auf ihrer To-do-Liste hatten. Aber irgendwie genoss ich die Anspannung, schon weil sie nicht Bestandteil meines normalen Lebens war. Da war immerhin ein Gefühl. Etwas, was ich so konzentriert lange nicht mehr verspürt hatte. Etwas, was abseits lag von meinem überschaubaren emotionalen Haushalt.

Natürlich war ich zu früh in Frankfurt. Ich bin eine Frau, die jede Eventualität, egal, wie bizarr sie sein mag, mit einplant, und wenn ich eines hasse, dann ist es Unpünktlichkeit. Ich hatte aber keinerlei Lust, vor einem geschlossenen Restaurant auf einen Sven zu warten, der vielleicht nicht mal so hieß (aber wieso sollte man sich einen Namen wie Sven als Tarnname aussuchen …?) und der sich daran erfreute, aufgeilte wäre passender, dass er eine Frau mit ein paar lapidaren Schmeicheleien in die Stadt gelockt hatte.

Ich parkte ein Stück entfernt, aber so, dass ich das Lokal noch im Blick hatte. Ich kam mir vor wie eine Undercoveragentin. Spannender als ein weiterer Netflixabend zu Hause war es allemal.

Um Punkt 20 Uhr hielt ein riesiger schwarzer Geländewagen direkt vor dem Restaurant und ein Mann stieg aus, der sich suchend umschaute. Nicht sehr groß, nicht sehr schlank, so viel konnte ich auch auf die Entfernung feststellen. Beides Dinge, auf die ich im Normalfall Wert lege. Aber das hier war kein Normalfall, das war mein erstes Onlinedate, und deshalb öffnete ich die Autotür, stieg aus und ging auf ihn zu. So fair wollte ich sein, jeder und jede haben eine Chance verdient. Sobald er mich entdeckte, lief er auf mich zu.

»Was bin ich nur für ein Glückspilz!«, eröffnete er das Gespräch, nachdem er mich einen Moment lang schweigend von oben bis unten gemustert hatte. Gute Taktik, direkt mit einem fetten Kompliment in den Abend zu starten, und automatisch erwiderte ich sein Lächeln. »Müssen wir hier einbrechen oder machen die den Laden nur für dich auf?«, wollte ich wissen. Manchmal kann ich auch lustig.

Aus der Nähe besehen, war er nicht sehr groß, höchstens 1 Meter 74, schätzte ich, und zudem nicht sehr schlank, aber er hatte ein sympathisches Lächeln. Ich dachte an meine Mutter und die Halbwertzeit von optischen Reizen. Nicht gleich so streng sein, Monika, riet ich mir selbst. »Ich denke, das werden wir ohne kriminelle Energie schaffen, hier eine schöne warme Mahlzeit zu bekommen«, antwortete er sehr gelassen und grinste selbstbewusst. »Ich bin Sven, und du musst die sagenhafte Monika sein, stimmt's?«, stellte er sich vor und musterte mich noch einmal mit wohlwollendem Blick. Der kleckert nicht, der klotzt, fand ich, aber es fühlte sich gut an. Niemand ist immun gegen Schmeicheleien. Selbst wenn man die Absicht erkennt, mit ein bisschen Verdrängung bleibt ausschließlich die Freude.

Das Restaurant war leer, in einer lauschigen Ecke war ein Tisch eingedeckt und mit Kerzen illuminiert. Was ein Wahnsinn! So was hatte ich mir nicht in meinen kühnsten Träumen vorgestellt. »Wow, wie hast du das geschafft?«, fragte ich. Ich kam mir vor wie in einer reichlich kitschigen romantischen Komödie. Fehlten nur noch der Geiger und ein üppiger Rosenstrauß. »Setz dich einfach und genieße das köstliche Essen. Ich habe uns ein schönes Menü zusammengestellt. Damit du gleich bemerkst, was ich so bewerkstelligen kann!«, antwortete Sven, und man konnte den Stolz darüber aus seiner Stimme heraushören. Er rückte mir aufmerksam den Stuhl zurecht, Manieren schien er zu haben. Ich hörte die Stimme meiner Mutter im Kopf: Der kommt definitiv aus einem guten Stall.

So etwas war mir seit Jahren nicht passiert, eigentlich, wenn ich gründlich darüber nachdachte, noch nie. Gefiel es mir? Ich fand es einen Tick drüber, aber entschied mich, es zu mögen. Es war anders, und es hatte sehr viel Schönes.

Ich suche gerne selbst aus was ich esse, finde es übergriffig, wenn jemand für mich mitbestellt, als sei ich ein Kleinkind, bevormundend, aber, das muss ich zugeben, er hatte gut gewählt. Das Essen war hervorragend. Außerdem musste man zu seiner Entschuldigung annehmen, dass »à la carte« in einem eigens für zwei Personen geöffneten Restaurant schwer zu bewerkstelligen war. »Normalerweise esse ich kein Fleisch!«, informierte ich ihn, aber Sven grinste nur und sagte: »Normalerweise ist vorbei. Gibt es ab heute nicht mehr! Ich bin nicht ›normal‹, und an meiner Seite zu sein ist nicht normal. Gewöhn dich schon mal dran!« Er lachte.

So begann es mit Sven.

Und ja, das Leben an seiner Seite war anders. Weniger »normal«. Bunter, lauter, wilder und glamouröser.

Dass Sven Geld hatte, war nicht zu übersehen. Das war auch nicht seine Absicht, Bescheidenheit war nicht sein Ding. Er zeigte gerne, was er hatte. Sven war, das merkte ich schnell, ein kleiner Angeber. Manchmal genierte ich mich dafür. Vor anderen. Vor Personal in Lokalen und gelegentlich vor Freunden. Seinen Freunden, meine sah ich nur noch selten. Mein Leben fand nun in Frankfurt statt und auf der Autobahn. Oft genug hetzte ich morgens über die A5, um rechtzeitig zur Arbeit zu kommen. Meine Chefin Silvi war angesäuert, weil ich trotz aller Hetze ab und an zu spät kam. Termine absagen musste. »So kenne ich dich gar nicht, Monika!«, rügte sie mich. Ich kannte mich selbst auch nicht so, aber mir gefiel mein neues Ich. Mein neues Leben. Es war weniger beschaulich, weniger bieder. Es hatte mehr Tempo, war ereignisreicher. Ständig gab es Partys, und Sven wollte, dass ich an seiner Seite war. Er war sichtlich stolz auf mich, präsentierte mich gerne und kaufte mir die passende Garderobe. Weniger Stoff, mehr Absatz. Mehr Glitzer. Weniger ich, mehr seine Idealvorstellung Frau. Er war insgesamt ausgesprochen großzügig. Auch das war eine neue Erfahrung für mich, bisher hatte ich nie einen Mann an meiner Seite gehabt, der gerne bezahlte. Gut, Sven tat es immer mit großer Geste, erwähnte es oft, sodass man es selbst als Außenstehender nicht übersehen konnte. »Tue Gutes und rede darüber!«, war seine Maxime. Vieles, was er tat, tat er für sich. Er gefiel sich in der Rolle des Gönners. Geschenke, die er machte, erfreuten ihn mindestens so sehr wie die Beschenkten.

Ich war ein dummes Schaf. Naiv. Sackblöd. Das weiß ich inzwischen, und es ist fast noch freundlich ausgedrückt. Ich hätte sehen können und müssen, was da vor sich geht.

Hätte. Habe ich aber nicht. Ich bin, nach all dem, was passiert ist, fast saurer auf mich als auf ihn.

Es lief rasant mit uns. Knapp drei Monate nachdem ich Sven kennengelernt hatte, begann er, mich zu überreden, nicht mehr so viel für so wenig zu arbeiten. »Macht doch keinen Sinn, du verfährst ja inzwischen fast mehr Geld auf dem Weg von und zur Arbeit, als am Ende hängen bleibt. Deine Bezahlung ist eh geradezu ein Witz!« Zweitausendachthundert Euro brutto waren für Sven ein Witz! »Mit und von diesem Witz leben ganze Familien. Das ist ein durchschnittliches Gehalt in Deutschland!«, hatte ich entgegnet. Durchschnitt für Durchschnitt, aber eine Frau wie du hat doch nichts mit Durchschnitt zu tun. Arbeite bei mir, massiere mich statt andere Männer, und kümmere dich hier um Dinge. Lass den ganzen Mist in diesem Kacknest.« Ich weiß, dass Butzbach kein »Place to be« ist und war, aber Kacknest traf mich trotzdem. Es ärgerte mich. Und meine Arbeit war vielleicht nicht sonderlich aufregend, aber ich hatte immerhin das Gefühl etwas Sinnvolles zu tun. »Mist« war nun wirklich etwas ganz anderes. Sven sah mir an, dass ich wütend war, und merkte, dass er übers Ziel hinausgeschossen war. Schnell lenkte er ein. »Gazelle, meine Rakete, es war nicht so gemeint, das kam ein wenig harsch rüber. Versteh mich nicht falsch. Hier in Frankfurt könntest du ganz anders verdienen, und wenn du endlich richtig bei mir einziehst, sparst du auch noch die Miete. Ich würde mich sehr freuen! Wir wären immer zusammen, all die Fahrerei wäre vorbei«, warf er geschickt einen versöhnlicheren Köder aus. Natürlich hatte ich nicht gleich zugestimmt. Ich wollte keinesfalls abhängig sein. Und ich fand meine Arbeit zwar nicht großartig, aber ich mochte sie. Meistens zumindest.

Aber, wie so häufig, steter Tropfen höhlt den Stein. Ich verbrachte wirklich viel Zeit auf der Autobahn, und Silvi, meine Chefin, war in letzter Zeit oftmals ungehalten.

»Was lässt du dir da von der eigentlich bieten?«, hatte Sven insistiert.

»Sie ist die Chefin, und ich war ehrlich gesagt auch schon mal engagierter bei der Arbeit!«, gestand ich. Ich wusste, dass ich in den letzten Wochen nicht das Zeug zur Angestellten des Monats gehabt hatte.

»Weil dir dämmert, dass ich recht haben könnte. Mach dich selbstständig, hier in Frankfurt, es kommt mehr rum und du bist die Alte los.« Sven war kein Fan von Silvi. Er hatte sie einmal bei mir getroffen, zu Beginn unserer Beziehung, als ich noch dachte, ich könnte unsere Welten vereinen. Schon damals war er nicht begeistert gewesen. »Sie ist so eine richtige Emanze, macht nichts aus sich und hat einen strengen Zug um den Mund. Diese Frau tut dir nicht gut!«, hatte er nach dem Abend befunden. Bis dato hatte ich Silvi immer gemocht. Ja, sie war sehr engagiert in Frauenfragen. Ja, sie konnte streng gucken, und ja, sie war nicht auf ihr Aussehen fixiert, aber all das war per se nichts Schlechtes. Ich hatte es nie so gesehen. Sie war eine gradlinige, offene und ehrliche

Person. Eine Frau, die loyal mit anderen Frauen war. Die Abneigung war allerdings beidseitig. »Was willst du mit dem?«, hatte Silvi mich am Tag nach dem Zusammentreffen mit Sven gefragt. »Er findet mich toll!«, stammelte ich und merkte, dass ich argumentativ nicht allzu viel zu bieten hatte. »Ich finde dich auch toll, na und? Du bist toll, insofern ist das ein bisschen wenig, oder?«, gab sie zu bedenken. »Er ist nur vor anderen so, zu mir ist er richtig lieb und nett. Er plustert sich gern mal ein wenig auf. Das darf man nicht so ernst nehmen!«, verteidigte ich Sven, aber tief drinnen wusste ich, dass sie nicht ganz falschlag. »Er ist großzügig«, schob ich noch hinterher.

»Geld ist seine Währung. Aber vielleicht täusche ich mich ja auch!«, gab sie sich schlussendlich ein wenig versöhnlicher.

Seither war die Stimmung zwischen uns ein bisschen angeschlagen. Niemand wird gerne kritisiert. Sie hatte ihn, nach nur einem Treffen, einsortiert – genau wie er sie. Sie war nicht mehr so offen, runzelte immer mal die Stirn oder zog demonstrativ die Augenbrauen hoch, wenn ich von irgendwelchen Events erzählte oder ihr zeigte, was mir Sven geschenkt hatte.

»Ist nicht meine Welt!«, war alles, was sie dazu meinte, und es klang verächtlich.

»Ich habe Spaß, wäre das nicht Grund genug, sich mit mir zu freuen?«, argumentierte ich.

»Ich habe einfach kein gutes Gefühl! Irgendwas an dieser ›Sache‹ ist nicht koscher! Das ist mir zu viel und zu schnell. Mit dem stimmt was nicht!«, legte sie nach.

Das hatte mich sehr genervt. Und gekränkt. Ich fand es übergriffig. Fühlte mich angegriffen. Hatte sie nicht nach ihrer expliziten Einschätzung gefragt. Wäre es nicht auch eine Nummer kleiner gegangen? Hatte sie kein

Vertrauen in meine Menschenkenntnis? Traute sie es mir nicht zu, dass ich selbst wusste, was gut für mich war?

Das war der Moment, in dem ich angefangen habe, mich von Silvi zu distanzieren. Ich hatte den Eindruck, sie gönnt mir meine Freude nicht. Meine Verliebtheit. War sie eifersüchtig? Nicht auf Sven als Person, aber auf die Tatsache, dass ich einen Mann an meiner Seite hatte? War es so einfach? Oder machte sie sich Sorgen um mich? Warum sagte sie es dann nicht so? Ein kurzes Gespräch nur, und die Vertrautheit, die wir aufgebaut hatten, bröckelte. Stattdessen hatte ich nach diesem kurzen Wortgeplänkel ständig das Gefühl, sie würde mich fast misstrauisch beäugen, um Bestätigung für ihre Vermutungen zu bekommen. Schon um ihr diese Genugtuung nicht zu geben, gab ich mich extrem gut gelaunt, hörte aber auf, Privates zu erzählen. Wir rückten voneinander ab, es gab eine Art unsichtbare Themenbarriere. Ich merkte es und konnte es nicht stoppen. Immer häufiger kehrte Silvi die Chefin heraus. Wir verloren uns, unsere Freundschaft.

Das und Svens beharrliches Zureden gaben den Ausschlag.

Obwohl mich der Gedanke an Selbstständigkeit schreckte, zog ich es immer öfter in Erwägung. »Ich besorge dir einen Laden, und schwuppdiwupp bist du Chefin und diese spaßbefreite Tante los!«, lockte Sven. »Man muss sich im Leben auch mal was trauen!«, forderte er mich heraus. Es stimmte schon, was er so oft sagte. Ich neige dazu, mein Licht unter den Scheffel zu stellen. Dass ich eine recht gute Physiotherapeutin bin, weiß ich. Ich hatte genug Feedback von meinen Patienten. Ich konnte was auf meinem Gebiet. Aber die betriebswirtschaftliche Seite, Rechnungen schreiben, Steuern machen und alles, was zu einer Selbstständigkeit dazugehört, schreckte mich. »Das habe ich noch nie gemacht, ich weiß nicht, ob ich das kann?«, gab ich zu bedenken. Sven wischte meine Einwände beiseite. »Das weiß man nie, bevor man es probiert hat!« »Du kommst zu mir, kündigst deine kleine Butze und deinen Job, und dann legst du hier los!« Eine innere Stimme sagte laut und deutlich: Das geht viel zu schnell! Was, wenn seine Begeisterung nachlässt? Dann bin ich nicht nur arbeitslos, sondern auch noch obdachlos!

Auf der anderen Seite fand ich die Idee verlockend. Vielleicht, weil sie mir Angst machte. Es war eine Herausforderung, wann hatte ich mich der letzten gestellt? Ich hatte mich lange nicht mehr aus meiner Komfortzone bewegt. Nicht mal sportlich. Ich absolvierte meine Läufe, diszipliniert, aber unambitioniert. Sieben Kilometer, in einem 10er-Schnitt. Ohne Aussicht auf einen Wettbewerb. Ohne Drang nach Verbesserung. Nicht mal meine Strecke wechselte ich. So wie beim Laufen war alles in meinem Leben. Vorhersehbar. Bliebe ich in Butzbach, würde ich auch in zehn Jahren noch bei Silvi arbeiten, meine Serien gucken und vor Mitternacht im Bett liegen. Ein bisschen wie in dem Film *Und ewig grüßt das Murmeltier*. Kein schlechtes Leben, aber frei von Überraschung. Allerdings auch von Enttäuschung.

Mir war klar, Butzbach würde ich nicht vermissen, es hielt mich nicht viel dort. Ohne den Ort bewusst schlechtzumachen, es war eine Kleinstadt. Ein paar Geschäfte, aber nichts, was es in Frankfurt nicht ebenfalls gab. Nichts, was mir besonders gefiel oder fehlen würde. Das Bekannteste in Butzbach war der Männerknast. Selbst den gab es auch in Frankfurt. Steht aber ohnehin nicht auf meiner Prioritätenliste bei der Ortswahl.

Meine Freunde kann ich weiter sehen, dachte ich. Damals. Der Rest wäre Veränderung. Mit der Option auf Verbesserung.

Meine Mutter war sofort Feuer und Flamme für Svens Idee, nicht nur weil Frankfurt näher an Darmstadt liegt als Butzbach. »Das ist ein Anzeichen für Verbindlichkeit, ich höre schon die Glocken!« Ich musste grinsen, als sie das sagte, daran erinnere ich mich zu gut. Die Glocken! Eine kirchliche Heirat hatte nie auf meiner Sehnsuchtsliste gestanden. Auch Heiraten war für mich nie ein erstrebenswertes Ziel gewesen. Ich gehörte nicht zu den Frauen, die beim Anblick von Brautkleidern in Schnappatmung verfielen. Sehnsucht hatte ich nach Nähe, nach Verbindlichkeit, nach Zweisamkeit. Wozu heiraten? Was genau sollte eine Hochzeit bringen? »Du wirst dich hoffentlich noch besinnen, eine Ehe gibt Sicherheit, nicht mehr, aber auch nicht weniger«, hatte meine Mutter betont und mich an den Schultern gepackt. Als könne sie mit der Geste diese Weisheit in mich reinrütteln. Andere Zeiten, hatte ich nur gedacht und innerlich gelacht und mit dem Kopf geschüttelt. »Liebe ist fragil, eine Ehe ist ein Stabilisator. Eine Art Imprägnierung für einen Zustand, der zu Beginn rosiger ist als auf der Langstrecke!«, hatte Mutter ergänzt. »Man wird nicht so schnell abgelegt, etwas, was Mühe macht, lässt man eher mal bleiben.« Ein kryptisches Plädoyer für die Ehe. Scheidung macht Arbeit, sollte das wohl bedeuten, und bevor man die Arbeit auf sich nimmt, harrt man eher aus. Ob das erstrebenswert ist, halte ich für fraglich. Wer will denn sein Leben aussitzen? Über sich ergehen lassen?

All das, was mir passiert ist, hätte auch passieren können, wenn ich verheiratet gewesen wäre. Aber es hätte es Sven schwerer gemacht und mir vielleicht leichter.

Ich muss Abbitte leisten: Silvi, du hattest recht. Und ja – Mama, du zu Teilen auch.

Ich war wie im Rausch, als ich schließlich bei Sven eingezogen bin. Seine Wohnung in Frankfurt war phänomenal. Eine großzügig geschnittene Altbauwohnung von hundertachtzig Quadratmetern in bester Wohnlage. Fußläufig zur Innenstadt und trotzdem lauschig. Ein schöner Park, direkt um die Ecke. Er köderte mich mit einem eigenen Zimmer, bis dato sein Gästezimmer. Bestimmt zwanzig Quadratmeter groß und mit kleinem Balkon. Jeder von uns hatte ein Bad. Mit großer Geste überließ er mir das mit Wanne und Regenwalddusche. Seine Küche, eine Wohnküche – offen zum Wohnraum mit Kamin, war technisch vom Allerfeinsten. Schwarz. Wirkte unbenutzt. Die Wohnung sah aus wie aus einem Katalog. Viel schwarzes Leder und Stahl – Männerkram halt. Fast alles Designermöbel, dazu weiße Wände und ein bisschen Kunst. Großformatige abstrakte bunte Bilder. Nicht unbedingt meins. Wirkte, als hätte jemand gesagt: »Da fehlt noch ein bisschen Farbe, Sven!« Ich bin auch nicht die sehr plüschige Type, aber es sah ein bisschen aus wie im Wartezimmer eines Zahnarztes. Eines sehr schicken Zahnarztes. Gemütlich geht anders. Aber die Wohnung war trotzdem die Wucht, hatte Potenzial. Hell, toller Dielen-Holzboden und große Zimmer mit alten Flügeltüren. Stuck an der Decke. Ein paar Kissen, vielleicht ein Teppich, ein paar Gardinen, und das Ganze könnte fantastisch aussehen. »Hier war mehr Kram, das hat die Daggi mitgenommen, als sie ausgezogen ist! Duftkerzen und so«, erklärte er mir. Die Daggi.

Dagmar war die Frau vor mir und die nach Dani, sehr auskunftsfreudig war Sven bei dem Thema Ex-Frauen nicht. »Wenn was vorbei ist, ist es vorbei. Ich lebe im

Jetzt. Zurückschauen macht selten Sinn. Sie hat mich betrogen, da kann ich nicht mit leben!«, sagte er einmal und bekräftigte die Aussage mit einem tiefen Seufzer. Ich war sofort voller Mitleid, wer will schon betrogen werden? Auf weitere Fragen bezüglich der Zeit mit Daggi war er sehr einsilbig. »Es tut weh, darüber zu reden, erspare mir das. Sie ist Geschichte, und keine bedeutsame.«

»Wie lange wart ihr zusammen, woher kanntet ihr euch, darf ich ein Bild sehen?«, hakte ich nach. Immer mal wieder.

»Ich versuche zu vergessen, und du reißt die Wunde wieder auf, Monika. Lass mich einfach das Glück mit dir genießen. Daggi war ein Fehlgriff. So wie Dani. Sie sind das Gerede nicht wert. Alles Probeläufe bis zu dir.« Eine harte Aussage, aber betrogen zu werden ist nun wirklich unschön, und ich kann verstehen, dass man da vor allem vergessen will. Ich habe versucht, Freunde von Sven zu fragen, aber egal, wen ich angesprochen habe, die Reaktion war verhalten. »Ach, die Daggi, ja, schade. Und die Dani, tja. Das war der allgemeine Tenor. Wirklich hartnäckig war ich bei meiner Recherche allerdings nicht, ich war ja nicht verantwortlich für die Daggis und Danis dieser Welt. Genau genommen waren mir Daggi/Dani egal, ich war ihnen fast ein wenig dankbar. Wäre Daggi noch hier, wäre ich nicht da. Ich hatte umgekehrt auch wenig Lust, mit Sven meine Ex-Lieben durchzugehen. »Was zählt, bist du!«, hat Sven mir wieder und wieder beteuert, und das hörte ich nur zu gern. Natürlich will man wichtiger sein als die Frauen zuvor. Er fragte seinerseits nie nach den Männern vor ihm. Unsere Vorgeschichten blieben mehr als vage. Wir blendeten sie aus. »Lass uns aufs Hier und Jetzt konzentrieren!«, entschied Sven, und ich fügte mich. Pflegeleicht halt.

Ich hatte das Gefühl, Sven sah etwas in mir, das nicht mal ich sehen konnte, egal, wie wohlwollend ich auf oder in mich schaute. Er sprach von immensem Potenzial, von Traumfrau, Ausnahmefrau, seine Superlative kannten keine Grenzen. Die erste Richtige. Selbst wenn man sein eigenes Potenzial für überschaubar hält, ist es ein enormer Ego-Booster, wenn jemand derart schwärmt. Ich dachte, endlich, endlich erkennt jemand mein wahres Ich. Sieht, was in mir steckt. Selbst wenn ich es nicht sehen kann. Es muss ja da sein, wenn er so sehr darauf besteht.

Was die Wohnung anging, ließ mir Sven schnell freie Hand. Er besorgte mir eine Partnerkarte seiner Kreditkarte und forderte mich auf, keinerlei Bescheidenheit an den Tag zu legen. Ich hätte nicht gedacht, dass es so einfach ist, mit fremdem Geld einzukaufen. Zu Anfang war ich kaufgehemmt, wollte die Karte gar nicht erst annehmen, aber das legte sich schnell. »Geld ist kein Problem, Moni, hau raus. Ich will es nicht mit ins Grab nehmen.« Ich war schnell von Monika zu Moni geworden. Daggi, Dani und jetzt eben Moni. Immerhin mal ein neuer Anfangsbuchstabe.

Wohnung aufhübschen, Sport machen, ein bisschen einkaufen und kochen – ich vermisste das Arbeiten zu Anfang so gar nicht. Genoss es, morgens nicht früh rauszumüssen und den Tag mit Kleinigkeiten zu verbummeln. Obwohl in meinem Kopf eine Stimme »Spinnst du total, das bist doch nicht du! Du lässt dich doch nicht aushalten!« flüsterte. Aber sie war sehr leise. Zu leise. Noch hatte ich Reserven, dreitausend auf meinem Girokonto und fünftausend Euro auf einem Tagesgeldkonto. Ich war nie eine Frau, die viel Kohle rausgehauen hat. Aber ich wusste, ich muss mich kümmern, ewig würde dieses Polster nicht reichen, und ich wollte meinen Anteil zum Haushalt beisteuern. »Dein Anteil ist die Arbeit, die du in meine, also unsere Wohnung steckst. Du kümmerst dich, du kochst, du putzt, du kaufst ein. Wenn ich das erledigen lasse, würde ich einiges zahlen. Sieh es als Gehalt«, versuchte Sven mich zu beruhigen. Endlich ein Mann, der sieht, was Frauen leisten und was es wert ist, redete ich mir ein. Ich fand seine Haltung gleichberechtigt und modern. Mich selbst eher weniger. Ich wusste, dass ich auf dem direkten Weg in die Fünfzigerjahre war. Bald würde ich Schürze tragen. Noch stand ich abends mit einem frisch gemixten Drink in der Hand da, wenn Sven nach Hause kam. Moscow Mule war sein Favorit. Wodka, Eiswürfel oder Crushed Ice, Limettensaft und Gingerbeer. Schmeckte wie eine leicht alkoholisierte Limo und wurde stilecht aus Kupferbechern getrunken. Ich hatte mir ein Buch über Mixgetränke besorgt. Irgendwann ist jede Wohnung ausreichend voll mit Kissen, und man braucht eine andere Beschäftigung. Natürlich hatte ich auch Kupferbecher für die Moscow Mules besorgt. Stilecht eben. Wennschon, dennschon. Sven legte Wert auf Details. Er mochte es außerdem, wenn ich mich hübsch machte für sein Nachhausekommen. »Nach all den Kerlen freut sich mein Auge, wenn es mal was richtig Attraktives sieht!«, betonte er, und ich wusste schnell was ihm gefiel. Weniger war hier definitiv mehr. Mein ehemaliger Zuhause-Look, Haare hochgezwirbelt in einem Knoten, null Make-up, kein BH, olle Jogginghosen, waren passé. Enge Kleider, enge Hosen – Hauptsache, eng. Und drunter filigrane Wäsche. Das war es, was Sven gefiel und was er erwartete. Ich lieferte. Obwohl ich mir oft genug albern vorkam. In der Küche stehend, herausgeputzt wie für einen Clubbesuch, lächerlich eigentlich. Aber ich fand, das sei ich ihm schuldig, für all sein Entgegenkommen. Er bezahlte indirekt dafür, dass ich mich herrichtete.

Sven ist Banker. Was genau er da so treibt, weiß ich ehrlich gesagt nicht. »Zerbrich dir nicht den Kopf darüber, ist langweilig, Zahlen, Kurse, Börse und Menschen, die nicht wissen, wohin mit ihrem Geld. Denen helfe ich. Investmentbanker nennt man uns. Wir investieren, kassieren Boni, verdienen einen Arsch voll Geld und leben auf der Überholspur.«

Ich merkte, dass er oft genug richtig unter Druck stand. Sein probates Mittel, um den zu mildern, war Sex. Ich war erstaunt darüber, wie viel Sex Sven wollte. Immerhin war er fast fünfzig Jahre alt, und man sagte doch, dass die Libido in dem Alter ihren Sinkflug antreten würde.

Es verging kaum ein Abend ohne.

Anfangs gefiel mir das. Dieses Begehren in seinen Augen, wenn er die Wohnung betrat. Wir gingen aus, oder wir hatten Sex. Oder wir gingen aus und hatten hinterher Sex. Ich will mich nicht beklagen, keinen schlechten Sex, das muss ich ihm lassen. Er war ein Egoist, aber eben auch ein gönnerhafter Typ. Er wollte performen. Abliefern. Auch im Bett. Er verschaffte mir mehr Orgasmen als jeder Mann zuvor. Und er feierte jeden von ihnen. Und damit immer sich selbst. Weil ja er dieses Wunder vollbracht hatte. Dass es weniger darum ging, dass es mir gut ging, dass ich Spaß hatte, sondern dass das eher ein netter Nebeneffekt war, begriff ich zu Anfang nicht. Ich dachte: Wow, das ist der erste Mann, dem ich wichtig bin. Der guckt, wie es für mich läuft. Ich lag falsch, aber es dauerte, bis ich es kapierte. Was Sven wirklich wollte, war den Effekt, dass alle sagten: Irre, was der Typ sich ausdenkt, was er macht! Im Bett genauso wie bei unserer ersten Begegnung im geschlossenen Restaurant. Ein Sven schafft es, dass die Türen sich öffnen. Ein Sven befriedigt alle Frauen. Ein Sven erfüllt Wünsche. Was ist Sven nur für ein Wahnsinnstyp! Das war es, worin sich Sven sonnte, nicht in meiner Befriedigung, sondern in seinem »Können«. Selbst mein Stöhnen im Bett war eine Form der gigantischen Selbstbefriedigung und Selbstbestätigung. Seht her – ich hab's drauf! Ich kann's. Es ging nie um mich, es ging überhaupt nie um andere, es ging immer nur um Sven. Hat lange gebraucht, bis ich es durchschaut habe, leider. Ach, Silvi.

Nach einem Monat wurde ich nervös. Kam mir vor wie eine Mischform aus gefälliger Gespielin und braver Hausfrau. Eine Rolle, die an sich so gar nicht zu mir passt. Aber obwohl sie mich einerseits abstieß, ich ekelte mich fast ein wenig vor mir selbst, mochte ich sie andererseits insgeheim. Ich hätte es nie öffentlich eingestanden, aber keine Verantwortung fürs eigene Wohlergehen zu haben, außer abends appetitlich auszusehen und einen leckeren Drink in der Hand zu halten, hatte etwas Verführerisches. Es war unglaublich bequem. Dazwischen blieb viel Zeit für Müßiggang, etwas, was ich mir sonst kaum gegönnt hatte. Sich treiben lassen, ein bisschen shoppen, ein bisschen lesen und ein bisschen Sport. Mit der Betonung auf bisschen. Eine Frau wie ich, die sich jahrzehntelang als ausgesprochen diszipliniert bezeichnet hatte. Ich stellte fest: Man konnte den Tag sehr gut ohne Arbeit verbringen. Disziplin war in der Theorie eine feine Sache, es lebte sich aber fast noch besser ohne sie.

Die Arbeit vermisste ich nicht. Schon wegen Silvi und ihrem verkniffenen Gesicht in den letzten Monaten. Es gab Patienten, um die es mir leidtat. Die ich gern gemocht hatte. Wie es denen wohl ging?

Trotzdem wollte ich nach einem guten Monat wieder arbeiten, ich merkte, dass mir Struktur fehlte, kam mir irgendwie nichtsnutzig vor. Ich genoss es, und ich verachtete mich. War ambivalent, was meine Situation anging. Kein schönes Gefühl. Ich wollte, als ich nach Frankfurt gezogen bin, zu Sven, raus aus meiner Komfortzone, mich herausfordern, und jetzt war ich tiefer in meine Komfortzone eingetaucht als je zuvor. Ich war meine Komfortzone.

Nicht das, was ich ursprünglich erreichen wollte. Frankfurt ist größer als Butzbach, aber auch nur eine Stadt. Kein Dschungel. Als Herausforderung allein war das zu wenig. Selbst meinen Sport ließ ich schweifen, obwohl ich wahrlich genug Zeit hatte. Sven hatte keinerlei Lust, mitzusporteln. »Ich habe eine gute Grundkonstitution, und ehrlich, bei dem bisschen Zeit, das ich habe, will ich nicht durch die Gegend rennen und die Zeit vergeuden.« Geschadet hätte es ihm nicht. Er war der typische Kandidat für satten Bluthochdruck, einen kleinen Diabetes und alles, was dazugehört. Auf seine Gesundheit achtete Sven nicht. Er aß und trank, worauf er Lust hatte. »Leben heißt genießen!«, war seine Devise. Er wollte auch nicht mit meinen Sportaktivitäten belästigt werden. »Das kannst du doch bitte tagsüber erledigen, abends bin ich dein Sportgerät!« Er wollte meinen schlanken, trainierten Körper, wollte, dass ich gut aussah, aber die Mühen, die man dafür aufwendete, wollte er bitte nicht sehen. So wie viele Männer, die es lieben, wenn ihre Freundin in Kleidergröße 36 passt, es aber hassen, wenn dieselbe Frau abends nur in einem kleinen Salat ohne Dressing rumstochert. Dass so was eben von so was kommt, interessierte sie nicht. Sie wollen den Verzicht und das Elend nicht sehen.

Als ich allein in Butzbach lebte, habe ich mein Sportprogramm nie überhaupt nur infrage gestellt. Es wurde gemacht. Obwohl ich jetzt sehr viel mehr Zeit habe, nutzte ich sie nicht. Früher war mein Tag durchgetaktet, jetzt kam es durchaus vor, dass ich bis 10:30 Uhr im Bett lag und mich durch Instagram scrollte. Viel Arbeit machte die große Wohnung nicht, Sven hatte zweimal die Woche eine Putzfrau, die auch unsere Wäsche bügelte. Was das Abendessen anging, war Sven nicht besonders anspruchsvoll. Es langte, wenn ich ein Sushi kaufte oder ein Steak in die Pfanne warf, er war kein Mann, der ein mehrgängiges Menü erwartete. »Wir können immer gerne essen gehen! Die Küche ist eh fast zu schade, um darin zu kochen! Bei dem, was die gekostet hat«, betonte er. »Du bist doch nicht meine Köchin, und solltest du es werden wollen, musst du noch ein paar Übungsstunden bei deiner Mama nehmen.« Das war, gelinde gesagt, kein Kompliment. Meine Mutter war eine solide Hausfrau, aber Kochen war sicherlich nicht ihre Kernkompetenz. Ich glaube, ich hatte eher ein Händchen dafür, aber damals einfach keine Erfahrung. Ich hatte nie viel gekocht, für wen auch? Kochen ist eine Prise Talent und sehr viel Übung.

Es war also insgesamt überschaubar, wofür ich zuständig war. Aber all die Zeit, die ich hatte, verging wie im Flug, und ich wusste sie nicht mal zu schätzen. Früher hatte ich mich über einen freien Tag gefreut, jetzt hatte ich durchgängig frei. Ein Samstag war nicht anders als ein Dienstag. »Lass dir die Nägel machen, geh zur Massage oder zum Friseur oder Yoga. Was Frauen halt so machen! Kosmetik und Ähnliches!«, lautete sein Vorschlag zu meiner Tagesgestaltung. Sein Frauenbild war sehr eindimensional, und ich war dabei, zu einer dieser Frauen zu mutieren, die nicht mehr zu tun hatten als irgendwie in *good shape* zu bleiben. Insgeheim, wenn ich darüber nachdachte, verachtete ich mich immer mehr. Deshalb ließ ich das mit dem Nachdenken und blendete die Selbstvorwürfe aus. Machte das Leben angenehmer.

Trotzdem erinnerte ich Sven eines Morgens an unseren ursprünglichen Deal. Seinen Köder, den Plan, hier eine Praxis aufzumachen und zu arbeiten. »Keine Hektik, Rakete, lebe dich erst mal ein hier in der großen Stadt. Ich genieße es sehr, dich für mich zu haben.« Ich widersprach. Wollte nicht dauerhaft eine Frau sein, die mit einem Drink in der Hand und einem Steak in der Pfanne (wenn überhaupt!) auf den Liebsten wartet. Sich zwischendrin mit Yoga und Blumendeko beschäftigt. Ein bisschen mehr von allem sollte es sein. Weniger Nagelstudio, mehr Sinn. Das war selbst mir dauerhaft zu fade. Ich wollte etwas zu erzählen haben, nicht nur meine neue Nagellackfarbe präsentieren, sondern mir wieder einen Alltag schaffen. Gebraucht werden. Fühlte mich wie in einer Art Dauerurlaub, nur ohne Strand und Meer. Genau das sagte ich Sven.

»Mein Leben ist wie Urlaub, nur ohne Palmen und Meeresrauschen. Aber Urlaub ist nur attraktiv, wenn er die Ausnahme ist. Wenn er von Alltag umrahmt ist. Dieser Großstadtdauerurlaub fängt an, mich nicht direkt zu langweilen, aber sich öde anzufühlen. Ich muss raus aus diesem Kosmos. Das ist nicht das echte Leben.«

»Du bist es nicht gewohnt, das ist das Leben, aber wenn du was anderes willst, werde ich was anderes finden«, antwortete Sven, und ich bemerkte, dass ihm das gegen den Strich ging.

Aber so schlau war er, er hätte nie direkt dagegen argumentiert. Sven bekommt, was er will, ohne es implizit zu verlangen. Er schiebt einen taktisch geschickt in die Richtung, die ihm zusagt. So, dass man am Ende denkt, man hätte selbst entschieden. Ich werde was anderes finden, hatte er gesagt, nicht etwa wir werden etwas finden, sondern ich. Er entschied. Auch über mein Leben.

Am Tag nach unserer Unterhaltung hat er mir eine Palme mitgebracht. Ein riesiges Gewächs. »Dein Leben soll wie Urlaub mit Palme sein, Gazellenrakete. Moni, mach dir doch keinen Stress, es langt doch, dass ich am Limit bin. Zwei von der Sorte verträgt keine Liebe. Ein Hamster im Rad langt. Je gechillter du bist, umso besser für mich. Du hast doch Jahre gearbeitet. Lerne zu genießen. Du hast es verdient!«

Das mit der Palme fand ich witzig. Aufmerksam. Er hatte zumindest zugehört. Er dachte sich immer häufiger Kleinigkeiten aus, um mich zu überraschen und bei Laune zu halten. Hier ein Mitbringsel, da eine Einladung zum Abendessen. Vielleicht fehlte mir wirklich das Genießer-Gen. War das nicht unglaublich nett von ihm? Andere Frauen würden sich wie im Paradies fühlen, nur ich muckte auf. Hatte ich nicht genau das, was viele sich sehnlichst wünschen? Meine Mutter, der ich bei einem Telefonat mal vorsichtig von meinen Bedenken erzählte, fand mich ein Stück weit undankbar. »Er legt dir die Welt zu Füßen, und du meckerst. Also ich kann dich nicht verstehen, Monika. So spannend war deine Arbeit nun auch nicht!« Typisch meine Mutter. Urteilt über eine Arbeit, die sie nie interessiert hat. Von der sie gar nicht weiß, ob sie spannend oder nicht spannend ist. Meine Mutter, eine Frau, die nie einer bezahlten Arbeit nachgegangen ist. Natürlich war es idiotisch, sie auf das Thema anzusprechen, ich hätte die Reaktion vorhersagen können. Ihr Weltbild war nicht nur in dieser Hinsicht überschaubar.

Alles mit Sven lief enorm hochtourig, so wie er auch. Sven war kein Mann für Abende auf der Couch. Er hatte eine Rastlosigkeit, trotz seiner sichtlichen Erschöpfung. Er wollte raus, sich zeigen, da sein, wo man eben ist, trinken und Leute treffen. Freunde konnte man die nicht nennen. Es waren Kolleginnen und Kollegen, größtenteils Männer.

Ich kam mir an vielen dieser Abende vor wie eine Dekoration; das, was ich vorher als langweilig empfand, Abende auf der Couch, waren nun etwas, wonach ich mich sehnte. Man will halt immer das, was man gerade nicht hat. Keine enorme Erkenntnis.

Gemeinsam eine spannende Serie gucken, vielleicht sogar einfach reden, diskutieren oder auch nur mal früh ins Bett – ohne Sex. Ich mochte den Sex, aber es ist ein bisschen wie mit Urlaub. Inflationärer Sex ist ermüdend. Ich hatte zunehmend den Eindruck, es ging darum, zu beweisen, wie viel Potenz in einem Mann um die fünfzig noch stecken kann.

»Meine Art der Entspannung!«, nannte es Sven. »Manchmal würde ich gerne nur mal kuscheln und reden, mehr über dich erfahren. Über deine Familie, deine Freunde, deine Schulzeit. Deine Hobbys, deine Interessen. Alles halt. Um dir näher zu sein. Dich besser zu kennen«, versuchte ich zu erklären, warum ich nach ein paar Monaten erste Sexmüdigkeit zeigte.

Er war fast beleidigt. »Wo sollte man mehr übereinander erfahren als im Bett, intimer geht's ja wohl nicht!«, herrschte er mich an. »Willst du meine Tagebücher lesen, um dich einzufühlen?«, legte er nach.

Ich war überrascht zu hören, dass er Tagebuch geschrieben hatte. Hätte ich ihm gar nicht zugetraut. Das passte nicht und rührte mich. Da war sie, die weiche Seite von Sven. Die, nach der ich immer Ausschau gehalten hatte. Geht doch, dachte ich. Dann sah ich sein Grinsen.

»Ironie off!«, meinte er nur und schaltete genervt den Fernseher an. Das Timing hätte schräger nicht sein können. Es lief eine Reportage auf Spiegel TV über einen etwa fünfundvierzigjährigen Mann, ein Verwaltungsangestellter, der mit lebensgroßen Gummipuppen lebte. Ersatzfrauen, die er hübsch anzog, schminkte, wusch und mit denen er Sex hatte. Wann immer es ihm passte. Manchmal kochte er für sie, manchmal machte er sogar kleine Ausflüge mit ihnen. Er hatte sogar einen kleinen Fahrradanhänger, um sie hineinzusetzen, und fuhr mit ihnen gerne zum Picknick. Abends saßen sie neben ihm beim Essen, bekamen einen Teller hingestellt und lagen nachts im Doppelbett an seiner Seite. Drei hatte er zur Auswahl. Susi, Manu und Gabi. Gabi war die Seriöseste, aschblonder Pagenkopf, gerne im Kostüm und immer mit Pumps. Modell Chefsekretärin. Assistentin der Geschäftsleitung. »Das war meine erste! Sie wird immer einen Platz in meinem Herzen haben! Gute Qualität, sie ist acht Jahre bei mir und hat kaum Abnutzungserscheinungen. Obwohl die neuen natürlich aus sehr viel besserem Material sind. Und noch echter aussehen!« Manu, blonde Wuschelmähne bis über die Schultern (Echthaar, wie er betonte), war eher der sportliche Typ, allerdings mit Riesenoberweite. 75 Doppel D. »Fand ich damals echt scharf!«, erklärte er und wirkte ganz kurz ein wenig verlegen. Seine aktuelle Lieblings»frau« war Susi. Langbeinig, mit ordentlichem C-Cup und sein bisher teuerster Kauf. Nur sie durfte momentan nachts neben ihm

liegen. Ins Bett durfte immer nur eine. Die aktuell Auser-
wählte. »Ich will ja keine Eifersucht schüren!«, erklärte
der Verwaltungsangestellte.

Die anderen schliefen im Gästezimmer, gemeinsam
auf einer großen Matratze. »Sie leisten mir Gesellschaft,
zicken nicht rum, haben immer Lust auf Sex, und ich
muss nie streiten!«, argumentierte der Mann, der keinesfalls einen dummen Eindruck machte und sich offensichtlich für diese Aussage null schämte.

»Wie gut ich den verstehen kann!«, brummte Sven gerade so laut, dass ich es hören konnte.

»Soll das witzig sein?«, fragte ich nur.

Er schüttelte den Kopf, während der Puppenmann mit
Susi, seinem Liebling, gerade baden ging. Er rieb sie
sanft mit Schaum ab. »Eine Megafrau, mit Eins-a-Brüs-
ten, die für immer so bleiben. Eine Frau, die nie auf-
speckt, die macht, was man will, super aussieht, an-
spruchslos ist, keinen Unterhalt kostet, nicht auf einmal
Kinder will und kein Widerwort gibt. Und bei der Trennung lässt man nur die Luft raus und packt sie in den
Schrank. Ehrlich, Moni, auch wenn es viele abstreiten
würden, das ist der geheime Traum aller Männer.« Er
lachte lauthals.

Ich nicht. Ich wusste in diesem Moment, er meint das
zumindest in Teilen ernst. Aber was noch schlimmer war,
ich kam dem Puppenideal inzwischen verdammt nah.
Machte größtenteils, was er wollte, neigte nicht zum Widerspruch und sah hübsch aus. Ich war eine Puppe, in
der Haltung ein wenig teurer als Susi (obwohl so eine
Puppe in der Anschaffung erst mal richtig Geld kostet),
aber fast genauso benutzbar. Bespielbar. »Ich glaube, ich
muss mich übergeben! Oder dir eine knallen! Das ist wi-
derlich«, sagte ich, schnappte meine Bettdecke und über-

legte, ob ich direkt ausziehen sollte. Schnell, bevor ich es mir anders überlegte. Ich könnte Silvi anrufen, bei allem, was ich mir dann anhören müsste (siehst du, Monika, ich habe es gleich gesagt …), ich wusste, sie würde mich sicherlich für ein paar Nächte aufnehmen. Sven reagierte schneller, als ich klar denken und handeln konnte.

»Moni, du Gazellenrakete, das war doch bloß Spaß. Wie kann man da so abgehen, der Typ ist doch komplett *weird!*« Sven hielt mich fest und schaute mich mit seinem Welpenblick an. *Weird* war eines der aktuellen Lieblingswörter von Sven. So wie von sehr vielen unter Dreißigjährigen. Kleiner Formfehler dabei: Sven war fast fünfzig. Deshalb wirkte die krampfhafte und bewusste Verjüngung der Sprache, dieser Drang, so zu reden, einen Hauch lächerlich. Es war, als kämen die Worte aus dem falschen Körper.

»Susi hat fünftausend Euro gekostet, aber sie ist jeden Cent wert, diese Haut, fast wie echt, da merkt man halt den Preis, sie ist meine Traumfrau!«, gestand parallel der Verwaltungsangestellte im Fernsehen seine Liebe. Wie wollte der Mann nach der Ausstrahlung dieser Dokumentation je wieder ins Büro gehen? War dem das nicht superpeinlich? Allein der Gang mit Susi oder Manu oder auch der im Vergleich fast seriös wirkenden Gabi durchs Treppenhaus zum Spaziergang? Die Begegnung mit Nachbarn? Taten die dann so, als sei alles ganz normal? Gab es dafür einen Verhaltenskodex? Nahm er sie mit, wenn er abends irgendwo eingeladen wurde? Hatte er sie seinen Eltern vorgestellt? Sitzt sie Weihnachten mit unterm Baum, mit Tante Hannelore, Onkel Wolfgang und Oma Gertrud? Ist das für Kinder nicht total verstörend? Aber insgeheim, bei aller Gestörtheit, bewunderte ich solche Menschen, Menschen, die zu ihren Neigungen oder Hobbys oder Vorlieben stehen, egal, was andere denken könnten. Denen ihre Außenwirkung unwichtig ist. Die sprichwörtlich »drüberstehen«. Ich fand es schon manchmal schwierig, Sven zu präsentieren, und der war aus Fleisch und Blut. Er sah oft genug aus wie das lebende Klischee eines erfolgreichen Bankers.

Aber clever war er. Er wusste sofort, dass er Mist gebaut hatte. »Entschuldige, Moni, das war eine dumme Bemerkung. Ich würde dich nie eintauschen.«

Das immerhin hatte er auch vorher nicht gesagt.

»Das war ekelhaft! Und von Eintauschen war ja nicht die Rede. Du hast gesagt, so was wie Susi wäre der Traum, der geheime Traum aller Männer«, betonte ich.

»Mehr als entschuldigen kann ich mich nicht! Oder kann ich anderweitig Buße tun?«, fragte Sven und lächelte mich an. Er nahm seine Hand und legte sie in meinen Schritt. Ließ seine Finger spielen. »Ich bringe mein Mädchen schon wieder auf andere Gedanken!«, versprach er.

Denkt der ernsthaft, damit wäre alles aus meinem Kopf raus? Ein bisschen Gestreichel, und Moni ist wieder die alte? »Lass das augenblicklich sein, das ist nicht der Moment!«, zischte ich und dachte: Tja, da wärst du jetzt mit einer Puppe wirklich besser dran.

»Leg bitte nicht jedes Wort, das ich sage, auf die Goldwaage, das hier ist mein Safe Space, hier kann ich einfach sein. Einfach mal was raushauen. Weil ich dir so sehr vertraue. Ich muss immer auf meine Worte achten, in Verhandlungen, im Büro, du darfst mich nicht immer so ernst nehmen. Moni. Das war so dahingesagt. Sei wieder lieb, bitte, bitte!« Er kitzelte mich und wirkte tatsächlich leidlich zerknirscht. Ich hatte den Eindruck er bereute seine Aussage, allerdings weniger inhaltlich, sondern eher die Tatsache, es laut ausgesprochen und nicht nur gedacht zu haben. »Ich bin doch ein Guter, alle machen mal Fehler, Moni, bitte.«

Ich ließ mich einlullen. Aus vielerlei Gründen. Ich hatte wenig Lust, jetzt in einer Nacht-und-Nebel-Aktion zu packen, wollte kein Drama, und irgendwie war er auch süß, wenn er so angeschlagen war. Einen Tick weniger selbstsicher, verunsichert fast schon.

Ich war einfach faul, weiß ich inzwischen. Zu faul, aufzustehen, zu faul, mir die Verantwortung für mein Leben zurückzuholen. Das muss ich eingestehen, es gab keinen anderen Grund als Bequemlichkeit. Es rumorte in mir, aber nicht genug. Ich war wütend, aber die Faulheit erstickte die Wut. Besiegte sie.

»Siehst du, Fernsehgucken ist nicht gut für uns, so einen Ärger hat man mit Sex nie!«, flüsterte er mir vor dem Einschlafen ins Ohr.

Am nächsten Morgen war er wie immer, doch in mir nagte die Puppengeschichte. »Weißt du, was mir aufgefallen ist, gestern bei dieser Dokumentation?«, wollte ich morgens beim Kaffee wissen. Er schüttelte den Kopf, und ich sah ihm an, dass er gehofft hatte, das Thema sei durch. »Der hat seine Susi sogar schon seinen Eltern vorgestellt, warum willst du das eigentlich nicht? Schämst du dich für mich?« Ich wusste, damit mache ich ein kleines Fass auf, aber noch schwelte die Puppenäußerung in der Luft, und ich hatte das Gefühl, einen gutzuhaben. Wenn nicht jetzt, wann dann, dachte ich. Bisher hatte Sven alle Fragen nach seinen Eltern und seiner Beziehung zu ihnen sehr freundlich, aber auch sehr bestimmt ins Leere laufen lassen.

»Wir sind nicht eng, haben kein gutes Verhältnis. Frag

besser nicht!« Damit war für ihn, auch wenn ich nachfragte, das Thema erledigt. »Ich muss ins Büro, das weißt du. Und natürlich schäme ich mich nicht, ganz im Gegenteil, das weißt du. Ich bin stolz auf dich. Stolz, dass du die Frau an meiner Seite bist. Und mit meinen Eltern, das ist, freundlich formuliert, schwierig. Ich muss echt los. Hab einen schönen Tag!« Weg war er. Den Kaffee hatte er nicht ausgetrunken. Fluchtartig getürmt war er. Beim Thema Eltern reagierte er allergisch.

Was sollte das mit seinen Eltern? Klar, man musste nicht nach dem zweiten Date der Mutti vorgestellt werden, aber immerhin teilte ich seit ein paar Monaten mein Leben mit Sven. Wohnte bei ihm. Lebte mit ihm. Verbrachte jeden Tag mit ihm. Er kannte meine Mutter und wusste, dass meine Beziehung zu ihr auch alles andere als einfach war. Trotzdem habe ich sie ihm zügig vorgestellt. Ehrlich gesagt, vor allem, um meine Mutter ruhigzustellen und ihr den Beweis zu liefern, dass ich durchaus Akquise-tauglich war, aber das wusste Sven ja nicht.

Ist es ihm nicht ernst mit mir? Was sagt dieses Verhalten über unsere Beziehung? Ist das nicht schon immer einer der Schritte raus aus der Unverbindlichkeit in eine feste Bindung? Hat er die Doppel Ds, Dani und Daggi, mit zu ihnen genommen?

Was war bloß mit seinen Eltern? Hatten sie ihn gequält? Aus Neugier habe ich mich auf die Suche im Netz gemacht, im Internet aber nichts über sie gefunden. Kann natürlich mit dem Nachnamen zu tun haben. Bauer ist kein besonders ausgefallener Name. Gut, mein Nachname ist Fischer, auch kein Solitär. Ihre Vornamen kannte ich nicht, weil Sven einfach nie über sie sprach. Anfangs hatte ich gedacht, sie seien tot. Ich wusste, dass er einen drei Jahre jüngeren Bruder hat, aber auch den sah er an geblich so gut wie nie. »Thorsten arbeitet ebenfalls viel, wir haben wenig Zeit und waren schon als Kinder nicht innig. Wir sind zu verschieden. Ich meine, man kann sich seine Geschwister halt nicht aussuchen!«, rechtfertigte er die Abwesenheit des Bruders in seinem Leben. Niemand muss eng mit seiner Familie sein, es gibt häufig Gründe für ein distanziertes Verhältnis. Trotzdem war mir diese Absolutheit suspekt. Was hatten seine Eltern getan? Sein Bruder? Warum sprach er nicht darüber? Was war vorgefallen? Verschiedenheit kommt in allen Familien vor, das allein ist kaum ein ausreichendes Argument.

Ich beschloss, in der Familiencausa nachzuhaken. Vielleicht lag in der Geschichte rund um seine Eltern und seinen Bruder ein Hauptgrund für seinen immensen Geltungsdrang.

Sven hatte mich angerufen und einen Tisch für den Abend nach dem Puppengau bei Luigi reserviert. Er wusste, ich ging gerne dorthin. »Ein kleines Entschuldigungsdinner«, schrieb er mir auf WhatsApp. Immerhin, er schien doch so etwas wie Unrechtsbewusstsein zu haben, und das wollte ich an diesem Abend auf jeden Fall nutzen. Musste ich gar nicht.

»Ich habe den ganzen Tag ein schlechtes Gewissen gehabt. Ich habe mich wie ein Arsch benommen, entschuldige, Monika.« So reumütig hatte ich Sven noch nie erlebt. Ich wollte etwas erwidern, doch er unterbrach mich. »Lass mich reden, ich muss dir was sagen, Monika.« Bei »ich muss dir was sagen« dachte ich nur, das war's. Das sind die klassischen Einleitungsworte, bevor man sich trennt. Aber ich lag falsch. »Ich habe heute ein paar Anrufe getätigt, Sonntagnachmittag sind wir bei meinen Eltern eingeladen. Wenn es dir denn recht ist.« Er schluckte.

Das war nicht das, was ich erwartet hatte, ganz im Gegenteil. Ein leichter Sieg für mich. Kein Nachhaken, nichts war vonnöten. Wir hatten ein Kaffeedate bei seinen Eltern, ohne dass ich insistieren musste. Sven wirkte wie weichgespült. Handzahm. »Wie kommt es zu der erstaunlichen Wandlung?«, wollte ich wissen. »Du hast es verdient, und das ist noch nicht alles. Nächste Woche habe ich mir freigenommen und fliege auf meine Finca. Richte alles her, und eine Woche später kommst du nach. Dann habe ich alles hübsch gemacht, und du kannst endlich meinen Zweitwohnsitz kennenlernen.«

Jetzt war ich baff. Erst die Eltern und im Anschluss auch noch Mallorca. Im Gegensatz zu seinen Eltern hatte er mir schon viel von Mallorca erzählt, aber bisher waren wir nicht dort gewesen. Der Pool sei undicht, und im Haus würde renoviert, hatte Sven gesagt. Das Haus sei ein bisschen in die Jahre gekommen, wie der Besitzer halt, und so wolle er mir die Finca nicht zeigen. Er wolle, dass ich gleich begeistert sei. Das kam mir bisher immer wie eine seltsame Ausrede vor, ich hatte eine Weile sogar vermutet, das Haus sei eine reine Erfindung, eine Angeberei, um für Frauen attraktiver zu sein, aber vielleicht war es ihm wirklich wichtig, volle Perfektion zu präsentieren.

»Das ist eine fantastische Idee!«, freute ich mich. »Also beides finde ich gut. Deine Eltern kennenzulernen und deine Finca. Wie aufregend!« Ich war im siebten Himmel. Ohne auch nur einen Satz zu sagen, ohne Problemgespräch und mühselige Diskussion hatte ich bekommen, was ich wollte. War es einfach nur sein schlechtes Gewissen? War das der schlichte Trick, um Männer zu »überzeugen«?

Im Kopf bedankte ich mich bei dem Verwaltungsange-

stellten aus der Dokumentation und seinen drei Silikon-
frauen. Susi, Manu und Gabi hatten diesen Sinneswandel ermöglicht. Das war im wahrsten Sinne des Wortes
puppenlustig. »Du musst nicht ohne mich fliegen und
alles herrichten. Ich kann dir gerne helfen. Wird ja keine
Komplettsanierung sein«, schlug ich ihm vor.

»Auf keinen Fall! Ich will, dass alles schön für meine
Moni ist. Nur das Beste und vom Besten für die Beste.
Lass mich das mal machen, ich hole dich dann vom
Flughafen ab! Du sollst begeistert sein.«

Ich wäre über jedes noch so kleine Häuschen, auch
über ein Einzimmerapartment begeistert, so viel sollte
Sven von mir inzwischen wissen. Häuser auf Mallorca
oder Ibiza oder in Südfrankreich gehörten für Menschen
in meinem Dunstkreis nicht zur Normalität. Immobilien
im Ausland waren ein Synonym für Reichtum. Zumindest in meinem Umfeld. Wer konnte sich, nur für die
Freizeit oder mal ein langes Wochenende, ein Zweithaus
leisten? Die meisten Menschen waren sehr glücklich,
wenn sie es schafften, den Kredit für eine Doppelhaus-
hälfte in irgendeinem Vorort stemmen zu können. Ein
lebenslanges Abstottern der Hypothek oft genug bis zur
Rente.

Sven war, wie er gerne sagte, nicht wie die meisten. Er
konnte und wollte es sich leisten. Empfand es inzwischen, wie er mir mehrfach erzählt hatte, sogar als ein
bisschen provinziell. »Hätte ich noch einmal die Wahl,
würde ich mir was an der Côte d'Azur kaufen, da ist es
vom Publikum doch noch eine Spur schicker. Weniger
gewöhnlich.«

An diesem Abend bei Luigi war Südfrankreich aber
kein Thema. »Ich nutze die Finca auf Mallorca nicht oft
genug, was sehr schade ist, denn sie liegt wunderschön,

fußläufig zum Strand und mit herrlichem Ausblick. Als ich das Anwesen besichtigt habe, war ich sofort Feuer und Flamme, so wie bei dir, meine Gazelle!«

Feuer und Flamme, Anwesen, drunter tat es Sven nicht. Alles oder nichts. Klein konnte er nicht. Nie Sekt, immer Champagner. Eine Haltung, die ich von Beginn an extrem anstrengend fand. Die Fallhöhe ist mir zu groß.

Aber ich freute mich auf Mallorca. Ich war bisher zweimal auf der Insel gewesen, einmal zu einem Yoga- und Fastenretreat und einmal eine Woche zum klassischen Strandurlaub in Cala D'Or an der Ostküste. Jedes Mal hat es mir sehr gefallen. Auch ich hatte Vorurteile in Bezug auf die Insel. Hatte die Ballermannbilder vor Augen. Aber ich wurde eines Besseren belehrt. Mallorca hat viele Gesichter. Hat Berge und Meer, Partys, Rausch und Gegröle, genauso wie Wanderurlaube und Familienhotels. Fahrradtouren neben Schlagerpartys. Kübelsaufen und Meditation im Kloster. Exklusive Restaurants und Currywurstbuden. Alles auf einer Insel. Praktisch und noch dazu schnell erreichbar. Exotisch war Mallorca nicht, und man kam auch ohne ein Wort Spanisch gut zurecht. Für mich war das genug. Es entsprach meinem Reiseanspruchsprofil fast perfekt. Ich bin nicht der Typ Frau, der allein durch Nepal reist oder Südamerika mit dem Rucksack erkundet. Sich nachts in ein Zelt legt und fantastisch schläft. Ich würde mich zu Tode gruseln. Ich wäre allerdings gerne eine solche Frau. Abenteuerlustig, mutig und neugierig. Kühn, entschlossen und spontan. Bin ich aber nicht. Natürlich könnte man so was einfach probieren, aber wenn ich nur darüber nachgedacht hatte, war mir bereits mulmig geworden. Herausforderungen beinhalten immer auch Gefahren, ich will mich im

Urlaub entspannen und nicht froh sein, ihn zu überleben. Ich interessierte mich für ferne Länder, andere Kulturen, aber es war mir sehr viel lieber, sie von der Couch aus in einer Fernsehdokumentation zu bestaunen und dabei ein paar gesunde Walnüsse zu snacken. Ganz nach der Devise meiner Mutter: warm, satt und trocken.

So war es mit vielem in meinem Leben. In der Theorie war eine Reise ohne genaue Planung in ein fernes Land eine aufregende und großartige Sache, in der Praxis graute mir davor. Ich wollte keine Kakerlaken im Zimmer, mir nicht die Zunge mit etwas irrsinnig Scharfem wegätzen, versehentlich Hund oder Katzencurry essen, wollte wissen, wo ich abends schlafe, und hatte es gerne sauber. Es ist ernüchternd, sich selbst zu gestehen, dass man kein bisschen die Frau ist, die man gerne wäre, aber in einem gewissen Alter sollte man versuchen, sich über seine Möglichkeiten klar zu werden und zu erkennen, was an Potenzial in einem steckt. Bei manchen ist da eben nicht viel, und ich war und bin eine davon. Klar besteht in jedem Alter die minimale Chance, dass da noch mal was aus dem tiefsten Inneren durchbricht, aber für besonders realistisch halte ich es nicht. Es ist die Ungewissheit, die mich schreckt. Ich habe es gerne, wenn Dinge planbar sind. Berechenbar. Wenn ich weiß, was mich erwartet, und weiß, dass ich damit umgehen kann. Das war auch bei Sven die große Herausforderung. Dieser Mann hatte etwas Unberechenbares, und was man fürchtet, fasziniert einen im Umkehrschluss oft genug. Doch bisher war es immer so, dass er just in den Momenten, in denen mir Sven zu viel war, mich einschüchterte – Momente, in denen ich dachte, nein, das ist nicht kompatibel, das geht nicht, und ich muss das beenden –, einlenkte. So als habe er sehr feine Antennen für meine

Ausstiegsgedanken. Immer dann wurde er verständnis-voller, er hatte eine Art eingebauten Radar und wusste instinktiv, wann er seine andere Seite hervorkehren musste. Das war so ein Abend gewesen.

Was soll ich anziehen bei deinen Eltern?«, wollte ich Sonntagmorgen wissen. Ich war wahnsinnig gespannt auf seine Eltern, hatte so gar kein Bild vor meinem geistigen Auge. »Wie sind sie so, wie kann ich sie begeistern?« Ich wollte ihnen gefallen. Wollte, dass sie – so wie meine Mutter nach Svens Besuch – sagen: »Gib nur acht, dass diese Frau dir nicht abhandenkommt! Das ist der Fang überhaupt!«

»Mach dir keinen Kopf, sie werden dich mögen! Sie sind nicht allzu anspruchsvoll!«, antwortete Sven, und diese Aussage war vieles, aber nicht besonders charmant. Ich nervte ihn, wollte mehr über seine Eltern erfahren, aber er war hartleibig. »Du lernst sie doch kennen, mache dir selbst ein Bild. Eins ist sicher: Sie und ich sind auf unterschiedlichen Planeten zu Hause. Wir haben, außer den Genen, nichts gemein. Du brauchst also nicht nach Ähnlichkeiten zu suchen. Ich habe lange gedacht, sie hätten mich adoptiert, weil ich mich einfach nicht in ihnen erkennen kann!«

Inzwischen wusste ich wenigstens, dass sie in Sprendlingen leben. So viel hatte er mir mitgeteilt. Gerade mal knapp elf Kilometer von unserer Wohnung entfernt. Man könnte hinjoggen. »Sie leben um die Ecke, und du fährst nie hin? Kommen sie denn ab und zu in die Stadt?«, fragte ich erstaunt. »Nein, wozu? Wir haben uns nicht besonders viel zu sagen. Und ich wüsste nicht, was sie in der Stadt zu erledigen hätten. Sprendlingen hat alles, was sie brauchen«, antwortete er und zuckte mit den Schultern.

All diese kryptischen und reichlich distanzierten Aussagen steigerten meine Neugier noch mehr.

Sven war auf dem Weg nach Sprendlingen ausgesprochen angespannt. Fast so, als hätte er eine unangenehme Prostatauntersuchung vor sich. Oder zumindest eine Zahntaschenreinigung.

Ich war direkt schockverliebt in Svens Mutter. Klein, kugelrund und einfach nur herzig. Sie hat schon beim Türöffnen übers ganze Gesicht gestrahlt und mich zur Begrüßung umarmt und sich gefreut, als wäre ich von der Lottostelle und gekommen, um ihr ihren Millionengewinn auszuzahlen. »Isch bin die Elli, Elisabeth sacht kaan Mensch zu mir, und du bist die Moni, hat de Sven mir verrate. Am Telefon. Mer könne doch Du sache, gell. Isch freu misch werklisch doll, dess ihr den Weg uff euch genomme habt!«

»Welchen Weg meinst de denn, Elli, übertreib halt net so! Die komme doch net aus Amerika!«, kam ein Einspruch von dem Mann, der jetzt hinter ihr im Türrahmen auftaucht. Das Häuschen, in dem Elli Bauer und ihr Mann, »Manni Bauer, freut mich, Sie kennezulerne«, wohnen, ist ein gelb gestrichenes Reihenhaus in einer kleinen Siedlung am Rande von Sprendlingen. »Zweihundertfünfzig Meter weiter, und mir täte in Buchschlag wohne, des wär natürlich was, was em Sven besser gefalle tät, gell, Sveni! Da wohnt nämlich die Haute Volaute von Dreieich.« Jetzt weiß ich zumindest, woher Svens Vorliebe für die ständigen i-Endungen herkommt. Von Mutti.

Sveni schien schon zu diesem Zeitpunkt genervt. »Mutter, ich bitte dich, rede doch nicht so einen Unsinn!« »Blaff die Mutti net so an, wo se recht hat, hat se recht!«, mischte sich nun Manni ein.

Wir hatten noch nicht mal die Jacken ausgezogen, und die Stimmung war Richtung Keller unterwegs. Sven guckte so grimmig, als wolle er am liebsten sofort wieder raus aus dem Haus. »Isch hab dir dein Maulwurfkuche gebacke, den hat der Sveni immer so schrecklisch gern gegesse!«, wendete sie sich an mich.

»Mutter, da war ich elf Jahre alt, wenn überhaupt!«, erwiderte Sven und rollte demonstrativ mit den Augen. Den Kommentar hätte er sich ersparen können. Ein schlichtes »Danke« hätte es auch getan.

»Ich liebe Maulwurfkuchen!«, beeilte ich mich zu sagen.

»De Thorsten kommt nachher, er is ja aach neugierig un freut sich, dich ema wiedä zu sehe!«, redete Elli einfach weiter, ohne auf Svens Unfreundlichkeit einzugehen.

»Mutter, wir bleiben nicht lang!«

Elli tat mir inzwischen leid. Sie mühte sich redlich und biss auf Granit. Der Eisprinz war da.

Ellis Wohnzimmer sah nicht stylish, aber doch sehr gemütlich aus. So wie der Gegenentwurf zu Svens Einrichtung. Kein Edelstahl, kein schwarzes Leder, Kissen, Gardinen mit Übergardinen, viel Stoff und sehr viel Porzellanfigürchen. Elli sah meinen Blick auf eine Gruppe kleiner Marienkäfer. Marienkäfer aus Porzellan, aus Stein, aus Holz, Plastik, und sogar ein kleiner goldener war dabei. »Isch lieb die, der Sveni hat mir einen zu Weihnachten gemacht, des war der Anfang, hier, der hier war's!«, sagte sie voller Stolz und hob einen bemalten Stein hoch. Sehr alt kann Sveni beim Herstellen dieses Kunstwerks nicht gewesen sein.

»Mutter, das interessiert doch die Moni nicht die Bohne, das olle Ding!«, unterbrach Sven die Marienkäferhuldigung. »Dass du den immer noch hast.«

»Er geniert sich!«, versuchte ich seine schroffe Bemerkung abzumildern.

»Jetzt setzt euch halt, es is Kaffeezeit! Und isch freu mich uff die Torte!«, beendete Manni die Käferdebatte.

Selbst auf dem Kaffeegeschirr von Elli waren Marienkäfer. »Da hat das kleine Steinkunstwerk ja nachhaltige Spuren hinterlassen!«, bemerkte ich.

»Isch hab die immer gemocht, der Sveni hat des gewusst un mir desdewesche aanen gemacht. Er war ein so uffmerksames Kind!«, sagte Elli und strich ihrem Sohn über den Kopf.

»Des mit der Uffmerksamkeit hat sich allerdings gelegt!«, warf Manni in die Runde. Manni sah seinen Sohn weniger verklärt als seine Frau, das war schon nach den ersten Minuten klar.

»Wie soll der Bub denn aach, so viel, wie der arbeite tut!«, übernahm Elli spontan die Verteidigung.

»Isch tät behaupte, selbst der Kanzler sieht sei Mutter öfter, als wie der Sven Zeit findet, sei Mutter zu besuche!«, grummelte Manni.

Sven sagte rein gar nichts. Man sah ihm an, wie unwohl er sich fühlte.

»Jetzt sind wir ja da!«, versuchte ich die Stimmung ein wenig zu beleben.

Nach dem Maulwurfkuchen, von dem Sven drei Stück in sich reinschob, kamen die Fotoalben. »Mutter, bitte nicht, das will niemand sehen!«, probierte Sven seine Mutter von dem Vorhaben abzubringen.

»Die Moni is alt genuch, selbst Nein zu sache, wenn se net will!«, rief Manni seinen Ältesten zur Räson. »Ich bin gespannt, wie der Sveni (ich legte die Betonung aufs i und sah, wie Sven sein Gesicht verzog) als Kind so aussah.«

»Wolln mir zwei en paar Schritte machen, damit der

Kuche net so ansetzt!«, schlug Manni seinem Sohn vor, und Sven, der mir bisher nicht als leidenschaftlicher Spaziergänger aufgefallen war, stimmte zu. »Kann ich dich mit meiner Mutter allein lassen?«, fragte er mich, und als ich fröhlich bejahte, zogen die beiden Männer von dannen.

»Der is gar net so stoffelisch, wie er immer tut, tief drinne is er en gute Kerl, aber des wisse Sie bestimmt, Moni, gell?«, legte Elli los, kaum, dass die beiden die Tür zugezogen hatten.

»Sagen wir mal so, ich hoffe es inständig!«, antwortete ich. Ich hörte alles über Svens grandiose Schulzeit, schaute Babyfotos an, und Elli schwärmte ausgiebig. »So en uffgeweckte klaane Kerl, und so hübsch, die Nachbarn un alle, die wo ihn gesehe habe, warn verzückt.«

Ich wollte die Gunst der Stunde nutzen und erkundigte mich ganz beiläufig nach den Frauen vor mir. »War er mit der Dani und der Daggi auch hier?« Ich glaube, ich wollte hören, dass ich die Erste war, die er mitgebracht hat. »Ei klar, die Daggi war so 'ne Schöne, aber so dürrrappig, ich hab ihr immer noch was mitgegebe, damit se net noch mehr vom Fleisch fällt. Diese Beinscher, wie Zahnstocher. Mer konnt zwische de Schenkeln dörschgucke. En Kind hätt aach dörschlaufe könne. Aber dem Sveni hat's gefalle. Er mag normalerweis die ganz Dörre.«

Ich horchte auf. Normalerweise! Hielt sie mich für nicht dünn? War ich fetter als Daggi? Wieso regte mich das so auf? Wetteiferte ich mit irgendwelchen Verflossenen? »Haben Sie Bilder aus der Zeit, von den beiden, oder auch von Dani?«, recherchierte ich nicht mehr ganz so subtil weiter.

»Die Daggi hatte ja mordsviele Bilder im Internet, die war doch Model. Des war ja aach des Problem. Die war ja ständisch unnerwegs, Mailand, Paris, New York. Da war de Sveni mordseifersüchtig. Ich denk, desdewesche is des aach ausenannergegange.«

Davon hatte Sven mir nie erzählt. Ich wusste nicht mal, dass Daggi Model gewesen ist. Ich merkte, wie Eifersucht in mir aufstieg. Ich hatte, ziemlich eingebildet, angenommen, dass ich die Optik-Trophäe in Svens Frauengalerie war.

»Da war der Sveni bedient, als die ihn verlasse hat, erst des mit de Dani und dann die Daggi. Des hat en mitgenomme. Der war so verschosse in die Daggi. Rakete hat er se genannt. Da hat der Manni sich drüber kaputtgelacht.«

Mir war gar nicht nach Lachen. Rakete! Nicht mal den Spitznamen zu ändern! Aber trotzdem konnte ich nicht aufhören, weiterzufragen. »Und die Dani, mochten Sie die auch so gerne?«, blieb ich am Ball.

»Die war unsern Liebling, also bisher!« Sie schaute mich freundlich an. »Die war mehr so normal, also net so uffgedonnert. Aanfach 'ne nette un natürlich hübsche Person. Aber ich glaub, die war dem Sveni irschendwann zu moppelig. Die hat halt forschtbar gern gegesse, un da hat er ständig gesagt: Muss des sein, Dani. Lass des ema. Der hat se richtisch gegängelt. Weschen en paar Nudeln. Hat immä direkt uff ihrn Bauch und die Schenkel geguckt.«

Aus irgendeinem Grund wollte ich nichts mehr als der neue erklärte Liebling unter den drei i sein.

»Des war damals net schee för uns, als er die Dani in de Wind gekickt hat und direkt en paar Woche später mit dere Daggi hier uffgekreuzt is. Na ja, es is ja sein Lebbe. Aber es muss eim ja net alles gefalle, sagt de

Manni.« Der Manni schien in diesem Haus die Instanz für richtig und falsch zu sein, immerhin etwas, was Sveni von seinem Vater hatte.

Bevor ich weiter nachhaken konnte, klingelte es. »Des muss de Thorste sein, isch mach ema uff!«, sprang Elli für ihr Gewicht ausgesprochen behände aus dem Sessel.

»Na, Mamita, wie isses mit dem verlorenen Sohn, der mal vorbeischaut!«, hörte ich aus dem Flur.

»Sei doch net so, de Sveni hat halt viel Arbeit!«, entschuldigte Elli ihren Sveni.

»Mama, ich habe auch viel Arbeit, das ist eine Frage der Prioritäten! Eine Entscheidung, was einem wichtig ist. Fertig. Wo ist er denn, der Supersohn?«, hörte ich Thorsten frotzeln.

»Spaziern, mit em Papa. Aber sei Freundin is drinne im Wohnzimmer.« Das ist der Vorteil eines Reihenhauses. Man hört alles.

Thorsten sah seinem Bruder ähnlich, allerdings war er die attraktivere Variante von beiden. Größer, schlanker und mit mehr Haar. Gut, er war ja auch drei Jahre jünger. Er begrüßte mich freundlich. »Du bist also die neue Frau an Svens Seite, ich bin der kleine Bruder, von dem du wahrscheinlich noch nicht viel gehört hast. Sven ist ja nicht so der Familienmensch!«

Jetzt hatte ich den Impuls, Sven zu verteidigen. »Doch, klar, Thorsten, stimmt's!«, sagte ich freundlich, um deutlich zu machen, dass Sveni sehr wohl über seine Familie sprach.

»Hast du schon wieder die Gelegenheit genutzt und die Alben vorgeführt!«, neckte er seine Mutter.

»Seid doch net so, es macht mir halt Spaß. Und ihr wart ja aach so verdammt niedlich, als ihr klein wart!«, redete sich Mama Elli raus.

»Ach, Mama, das ist goldig, wie du immer noch von uns schwärmst!«, freute sich Thorsten und reagierte somit sehr viel souveräner als sein älterer Bruder.

»Is des net schee, des mer jetzt alle ma beisamme sind, also fast alle, die Elvira, wo is en die?«, sagte Elli und schaute Sohn Nummer zwei fragend an.

»Elvira ist meine Frau!«, ergänzte Thorsten, wahrscheinlich weil er ahnte, dass ich mit dem Namen wenig anfangen konnte. »Die ist bei der Karla, die hat Sachen fürs Baby, Mama, die Elvira ist im Rausch.«

»Mir freue uns aach so doll, endlisch en Enkelscher! Des hat ja so lang net geklappt, aber jetzt.« Sie schaute mich erwartungsvoll an, und ihr Blick glitt runter zu meinem Bauch.

»Mama, du hast die Monika eben kennengelernt! Aus!«, lachte Thorsten.

»Ach, ihr bekommt Nachwuchs?«, erkundigte ich mich freundlich.

»Ja, in zwei Monaten! Wir freuen uns wie verrückt. Nach fünfzehn Jahren Üben! Es wird ein Junge!«, erklärte mir Thorsten strahlend.

»Gratuliere, wie aufregend!«, beglückwünschte ich Thorsten. Hätte mir Sven auch mal erzählen können, dachte ich nur. Aber wusste er überhaupt davon? Erzählte man sich so etwas nicht unter Geschwistern?

»Hat dir Sven gar nichts davon gesagt?«, fragte Thorsten.

Also hatte er es gewusst. Unangenehm. Jetzt gab es zwei Möglichkeiten: Entweder ich stand blöd da, weil ich nichts gesagt hatte, oder Sven war der Doofe. Was der Wahrheit entsprach. »Nein! Hat er nicht erwähnt!«, entschied ich mich für Variante zwei.

»Typisch!«, murmelte Thorsten nur.

Es war ein netter Nachmittag, zumindest für mich. Aufschlussreich noch dazu. Sven machte auch nach dem Spaziergang noch immer einen angespannten Eindruck und drängte auf baldigen Aufbruch.

»Esst doch noch mit uns Abendbrot, wo ihr schon ema da seid!«, schlug Elli vor, aber Sven brummte was von Terminen am Abend, einer Einladung bei einem Geschäftsfreund, und jeder der Anwesenden wusste, es war eine Ausrede. Ich wäre gern noch geblieben. Fühlte mich wohl. Es war herrlich normal und nicht so überkandidelt. Trotzdem spielte ich das Spiel mit.

Im Auto stöhnte Sven auf. »Boah, ich kann es kaum aushalten, dieses Provinzielle. Das lähmt mich so sehr!«

Das machte mich sauer und auch traurig. Woher nahm er diese Überheblichkeit? Was war an seinen Eltern verkehrt? »Liebst du sie denn nicht?«, wollte ich wissen.

»Was ist das für eine Frage, natürlich liebe ich sie, sie sind meine Eltern! Aber wenn du die Wahrheit hören willst, die dir, by the way, nicht gefallen wird – ich respektiere sie nicht.«

»Warum?« Die Frage lag auf der Hand.

»Weil sie keinerlei Ehrgeiz haben. Sich zufriedengeben mit dem, was sie haben. Nie mehr wollten. Ohne Antrieb sind. Es sich in ihrem unteren Mittelmaß, wenn überhaupt, bequem gemacht haben. Mein Vater ist nie befördert worden, und er hatte auch nie Ambitionen. Es langt mir! Das war seine Aussage, als ich ihn mal gefragt habe. Es war ihm schlicht egal. Ich glaube, das ist der Grund für meinen Ehrgeiz gewesen, ich wollte nicht so enden.«

So viel Persönliches hatte Sven fast noch nie preisgegeben. Er hatte sich geöffnet, das gefiel mir, selbst wenn ich das, was er sagte, grauenvoll fand. »Es sind sehr nette und anständige Menschen, soweit ich das beurteilen kann – und deine Mama könnte Vorsitzende deines Fanclubs werden, so sehr hat sie von dir geschwärmt. Und das, obwohl du dich einen Dreck kümmerst. Allein das verdient Respekt. Wäre ich deine Mutter, ich würde dir gehörig den Marsch blasen. Sie bleibt liebevoll, obwohl du ihr keinen Anlass dafür gibst.«

Ich war stolz auf mich, so deutlich meine Meinung gesagt zu haben. Mit seiner Reaktion hatte ich nicht gerechnet. Er fing an zu weinen. Ich hatte Sven, seit ich ihn kenne, nie weinen gesehen. »Und mal ehrlich, dein Bruder wird Vater, und du hast mir nicht einmal davon erzählt. Ich höre mir jeden Abend deinen Büroklatsch an, wer mit wem und warum, und etwas so Privates hat für dich keinerlei Stellenwert. Das ist doch beschämend. Apropos Scham: Schämst du dich für deine Eltern?« Ich kam richtig in Fahrt und fühlte mich moralisch ein wenig überlegen. Zumindest auf der richtigen Seite. Was in diesem Kontext eigentlich auch beschämend war.

»Du hast recht, ja ich schäme mich manchmal für sie. Ich finde das alles so kleinkariert, und Thorsten mit seiner Dorfschönheit Elvira, der das Leben meiner Eltern eins zu eins nachlebt, das ist alles so anders. Die verstehen mein Leben nicht. Und ich ihres auch nicht!« Er schniefte.

»Man muss nicht alles verstehen, aber respektieren sollte man andere Lebensentwürfe zumindest. Das ist die Minimalanforderung. Nur weil einem etwas nicht gefällt, ist es noch lange nicht falsch.« Ich fühlte mich wie eine Psychologin. Verständnisvoll, aber klar in der Haltung. »Noch ist es nicht zu spät!«, schob ich eine Ladung Pathos hinterher.

»Na ja!«, sagte er und sein sentimentaler Moment war

definitiv vorbei. »Jetzt bist du ja da und kannst mein Familienregulativ sein. Meine Rakete! Wir können ja wieder mal hinfahren! Irgendwann.«

Meine Rakete! Rakete Nummer wie viel?, hätte ich am liebsten geschrien! Aber ich wollte nicht eingestehen, dass ich seine Mutter ausgefragt hatte. Bei allem Ärger über das, was ich gehört hatte, die Blöße wollte ich mir dann doch nicht geben.

Der Tag meines Fluges nach Mallorca nahte. Ich war aufgeregt. »Alles jetzt in Bestform, so wie du!«, hatte Sven geschrieben. »Ich bin gleich am Flughafen, um dich einzusammeln, und freue mich!«

Die Finca war, im Gegensatz zu Sven, Liebe auf den ersten Blick. Sie lag am Rande von Portocolom, einem wunderhübschen Ort mit großem Hafen im Südosten der Insel. Groß war sie, zweihundertfünfzig Quadratmeter Wohnfläche, aber trotzdem heimelig. Es sah komplett anders aus als in Svens Wohnung. Kaum Schwarz, viele Naturtöne, Stoffe, Kissen. Richtig chic und dabei noch ansatzweise gemütlich. Ich würde auf der Stelle einziehen und nicht ein einziges Teil ersetzen. Dazu ein fantastischer Pool. Schlicht, rechteckig, fünfzehn Meter lang und mit Minimosaik in allen Blautönen der Erde gefliest. Ich war begeistert, kam aus dem Staunen kaum mehr heraus, rannte total hektisch von Zimmer zu Zimmer und konnte mein Glück nicht fassen. Ein Paradies! »Du kannst mich hierlassen, ich will nie mehr woanders sein!«, sagte ich schon nach drei gemeinsamen Tagen auf der Finca.

Sven war anders hier. Viel entspannter, netter und sogar ab und an lustig. »Keine Arbeit tut dir gut!«, stellte ich fest, und er stimmte zu. Wir erkundeten die Umgebung, verbrachten Tage am Strand und redeten. Ich verliebte mich. In einen Mann, mit dem ich inzwischen fast ein Dreivierteljahr zusammen war. Ein Gefühl wuchs. Er

74

war immer noch klein, immer noch speckig um den Bauch, aber das sah ich nicht mehr. Es war nicht mehr im Fokus. Die Insel machte was mit uns. Ich mag diesen Ausdruck eigentlich nicht, aber in dem Fall stimmte er zu einhundert Prozent. Das Gesamtpaket, Sven, seine Finca, das Meer, der Strand, dieses Licht, verzauberte mich.

»Hier will ich sein. Hier will ich leben! Ich kann mir gar nicht mehr vorstellen, wieder heimzufahren!«, seufzte ich eines Abends auf der Couch. Sven hatte den Kamin angemacht, und es lief eine romantische Komödie im Fernsehen. Irgendwas mit Hugh Grant. Der Moment hat sich in meinen Kopf eingebrannt.

Ich werde nie vergessen, wie Sven mich ansah und sagte: »Dann mache es doch. Bleibe einfach hier! Ich komme immer, wenn ich freihabe! Und auf Dauer leben wir ganz hier! Wäre das nicht großartig?« Zunächst hatte ich gelacht und dann sehr schnell überlegt, warum nicht? Was hinderte mich?« Er legte noch mal nach, konkretisierte seinen Vorschlag: »Anneliese, meine Haushälterin, kümmert sich ums Haus, du musst hier nicht putzen und so, du könntest alles noch hübscher machen, dich und das Haus, und wenn wir zusammen sind, genießen wir die Insel. Erkunden sie. Klingt das nicht fantastisch! Ich wollte immer eine Sauna bauen lassen, du könntest das beaufsichtigen.«

Ich dachte an Frankfurt, die Penthousewohnung und mein Leben dort. An Butzbach. Was würde mir fehlen? Wen würde ich vermissen? Es klang wirklich ausgesprochen verlockend. Ich mag die Sonne, mochte das Haus. Hier könnte ich neu durchstarten, vielleicht eine kleine Praxis aufmachen? Ich sah mich schon Yoga bei Sonnenaufgang am Strand machen, Paella kochen und täglich schwimmen. Vielleicht könnte ich einen Triathlon machen? Endlich mal meditieren lernen? Neue Freunde finden? Spanisch lernen? Die Sauna bauen!

Eine ganz andere Beziehung mit Sven führen als in Frankfurt. Hier war Sven so viel lockerer. Ein neuer Mann.

Gut, meine Mutter. Sie wäre sehr weit weg. Aber wenn Sven nicht hier wäre, könnte sie zu Besuch kommen, und so oft sahen wir uns sonst ja auch nicht. Mallorca war nicht aus der Welt. Eine gewisse Distanz zwischen ihr und mir hatte sich bisher bewährt. Zweieinhalb Stunden Flug, und man war in Deutschland. Zur Not konnte ich schnell zurückfliegen.

Tagelang gärte der Vorschlag in mir. Sollte ich es wagen? Ganz allein in einem fremden Land zu leben? Sven wäre ab und an da – aber unter der Woche wäre ich allein. Ich war unsicher, ob ich mich das trauen sollte. Zweifelte. Schob den Gedanken hin und her. Einerseits eine wirkliche Herausforderung, andererseits wahnsinnig beängstigend.

Allerdings wusste ich auch, wenn ich in Deutschland bleiben wollte, musste ich etwas verändern, meine Unzufriedenheit war zu groß und wuchs beständig weiter. Der Gedanke, dort eine Praxis zu eröffnen und weiterhin brav abends auf Sven zu warten, war keine Offenbarung. Keine Aussicht, die mich glücklich machte.

Aber würde das Leben auf einer Insel, die ich nicht wirklich kannte, das erreichen können? War Glück ortsgebunden, oder lag es, wie es ständig behauptet wurde, in einem selbst und schlummerte dort vor sich hin?

Obwohl ich wusste, dass mir letztlich niemand die Entscheidung abnehmen konnte, überlegte ich, wer mir bei meiner Entscheidungsfindung helfen könnte. Ich telefonierte in den nächsten Tagen mit zwei Freundinnen, die ich in den letzten Monaten ziemlich aus den Augen verloren hatte. Zum einen mit Michaela, meiner Schulfreundin, die mit dem Fleckpullunder, die inzwischen als Kauffrau für Büromanagement arbeitete. Sie war so lieb, mir das obligatorische vorwurfsvolle »Dass du dich mal meldest!« zu ersparen. Ich hatte ein schlechtes Gewissen, dass ich seit Wochen, eher schon seit Monaten, keinen Laut von mir gegeben hatte, aber Michaela war entspannt und kein bisschen nachtragend.

»Warum probierst du es nicht einfach aus, wenn es dir nicht gefällt, kommst du zurück!«, sagte sie nur, nachdem ich ihr mein vermeintliches Dilemma erklärt hatte. Wie einfach das klang. Und wie logisch es war. »Sind ein bisschen Luxusprobleme!«, fügte sie dann noch, immerhin lachend, hinzu. Womit sie natürlich absolut recht hatte. Ich schämte mich direkt ein wenig. Penthousewohnung oder Finca, das war keine existenzielle Entscheidung. Mehr so wie »Aperol oder Hugo«. »Wann lerne ich denn deinen Wundersven mal kennen?«, wollte sie wissen.

Ich hatte bisher gezögert, die beiden einander vorzustellen. Ich ahnte, dass da wechselseitig keine Begeisterung aufkommen würde, und scheute mich vor der Begegnung. Michaela war vieles, aber nicht besonders chic oder trendy. Bodenständig traf es eher. Keine Qualität, die Sven besonders schätzte. Michaela hatte inzwischen zwei Kinder und war schwanger mit dem dritten. »Ich wollte immer eine große Familie, und jetzt muss ich mich ranhalten, sonst bin ich zu alt!«, hatte sie mir erklärt. Ein kleiner Stich war das gewesen.

Ich war, was das Kinderthema anging, ambivalent. Wollte ich welche? Es gab Tage, da dachte ich: Ja. Natürlich, welche Frage, schließlich wollen doch alle Frauen insgeheim Kinder, oder? Aber dieses drängende Rumoren, dieser unbändige Kinderwunsch, diese Besessenheit von dem Thema, die Frauen Ende dreißig oft an den Tag legen, ging mir ab. Ich wusste, dass die Uhr tickte, meine Mutter erinnerte mich oft genug daran, aber ich hörte sie nicht allzu oft. Konnte sie perfekt ignorieren.

Wollte ich mein Leben einem Menschen unterordnen? Für die nächsten achtzehn bis zwanzig Jahre immer hintenanstehen? Ich weiß, das klingt enorm egoistisch, aber es ist die Wahrheit, dass mich diese Aussicht schreckte. Ich weiß, dass es sinnstiftend sein kann, Kinder zu haben. Behaupten jedenfalls alle, die welche haben. Nur der Preis machte mir Angst. Ich beneidete Michaela nicht um ihre Kinder, aber um ihre Entschiedenheit, ihre Klarheit in der Sache. Sie klagte nie, obwohl sie es, wie meine Mutter sagen würde, weiß Gott nicht dicke hatten. Sie und ihr Mann Tom, ein Finanzamt-Sachbearbeiter. »Ist was Sicheres, das beruhigt ungemein! Nicht aufregend, aber sicher«, hatte Michaela gefunden. Sie hatte seinen Beruf gemeint, aber so war nicht nur sein Beruf, so war Tom auch selbst. Ungemein beruhigend, aber sicherlich nicht aufregend.

Die beiden kamen, wie Michaela meinte, gut über die Runden, aber schon eine kaputte Spülmaschine brachte ihr Konstrukt gehörig ins Wackeln. Wollte ich so leben? Urlaub im Freibad machen? Oder am Badesee? Immerzu bangen, ob es hintenraus langt. Ob die Spülmaschine durchhält? Wie sollte ich mit meinem Gehalt zusätzlich ein Kind finanzieren? Klar, ich wusste in der Theorie, das ging. Andere schafften es auch. Aber knapsen für einen Wunsch, der gar nicht existiert? Jedenfalls keinesfalls ganz oben auf der Prioritätenliste steht.

Wollte Sven Kinder? Wir hatten bisher nie darüber geredet. Auch erstaunlich, vor allem in Anbetracht unseres Alters. Wir hatten das Thema nicht mal gestreift. Beide nicht. Ich schon deshalb nicht, weil ich finde, dass man für solche Gespräche mindestens ein, zwei Jahre zusammen sein muss, und er war ein Mann von fünfzig Jahren, würde er Kinder wollen, hätte er sich diesen Wunsch sicherlich erfüllt oder ihn zumindest mal geäußert. Ich wollte keine der typischen Enddreißigerinnen sein, die, kaum dass sie Hallo gesagt hatten, mit dem Kinderwunsch um die Ecke kamen.

Das Thema schien für uns beide auf der Dringlichkeitsliste keine Topposition einzunehmen. Im Zweifelsfall war Sven ein Mann, der wie viele da draußen dachte, dass dieses Thema alle Zeit der Welt hat. Männer können auch mit Anfang sechzig noch Vater werden, ach was, wenn sie wollen, auch noch zwanzig Jahre später, da muss man sich nur Robert De Niro angucken, bei Frauen gibt es diese Option nicht. Männer nehmen sich im Zweifelsfall einfach eine jüngere Frau. Umgekehrt leider nicht zielführend.

Michaela war, was Mallorca und meine Lebensplanung anging, sehr entspannt. »Probiere es, und dann wirst du schon sehen, ob es gefällt, du musst auf niemanden Rücksicht nehmen, kannst einfach nur nach deinen Vorstellungen und Wünschen handeln. Genieße es. Ich bin die nächsten zwanzig Jahre verplant. Du kannst doch machen, was du willst.« Sie lachte. Bei ihr hörte sich das alles so einfach an. Vielleicht war es das ja auch? »Wenn dir langweilig ist, komme ich mal mit den Kindern vorbei, dann wirst du danach glücklich über deine Langeweile sein!«, kicherte sie. Allein der Gedanke. Die Kinder und die beigen Sofabezüge aus Leinen!

Meine zweite Ratgeberin war Kerstin, eine Freundin aus der Zeit meiner Ausbildung. Sie lebte noch immer in Darmstadt, hatte sich nie wegbewegt aus ihrer Heimatstadt und fand das auch nicht verwerflich. »Warum sollte ich gehen, wenn es mir gefällt?«, lautete ihr Credo. Als wir darüber sprachen, hatte ich was von Horizonterweiterung gefaselt, aber das hatte sie nicht überzeugt. »Du willst weg von deiner Mutter, und Butzbach ist jetzt auch nicht das, was man sofort mit Horizonterweiterung in Zusammenhang bringt.«

Kerstin war keine Frau, die ein Blatt vor den Mund nahm. Sie hielt das mit Mallorca für eine Schnapsidee. »Was willst du auf einer Urlaubsinsel? Leben ist doch kein Dauerurlaub. Bau dir hier was auf, du bist doch keine dieser Frauen, die den ganzen Tag Bauch, Beine, Po macht. Oder ins Nagelstudio geht. Du wirst dich totlangweilen und irgendwann noch Golf spielen!«, meinte sie.

Obwohl ich ihren Rat gesucht hatte, war das nicht die Antwort, die ich hören wollte. Manchmal, wenn man fragte, wollte man nicht mehr als Bestärkung für das, was man eh schon entschieden hatte. Wollte, dass jemand sagte: Genau so solltest du es machen. »Dein Leben wird doch nicht komplett anders, nur weil du es da verbringst, wo die Sonne ein bisschen mehr scheint. Das ist doch naiv«, legte sie noch mal nach.

Niemand, auch ich nicht, lässt sich gerne sagen, dass sie oder er naiv ist. Vor allem, wenn man den Gedanken selbst in sich hat. Ihre Aussagen weckten meine Widerstandskraft, ich wollte es ihr und allen anderen zeigen.

Ich hatte in meiner Ratlosigkeit sogar noch meine Mutter gefragt. »Wenn Sven das für gut hält und es dir gefällt, warum nicht!«, befand die. Ich hatte Gejammer erwartet, etwas in der Art wie: »Lass deine alte Mutter ruhig allein«, und war überrascht.

»Es würde dich nicht stören?«, hakte ich nach.

»Nein. Es ist dein Leben«, sagte sie und erstaunte mich damit sehr. So selbstlos kannte ich sie gar nicht.

Als sich unsere gemeinsame Woche dem Ende näherte, schlug Sven vor, dass ich einfach mal probeweise blieb. »Eine Art Schnupperaufenthalt. Schau, wie es ist, und dann sehen wir weiter. Du kannst dich jederzeit umentscheiden. Dann fährst du zum Flughafen und setzt dich in den nächsten Flieger. Nichts muss für immer sein!« Das hat mich überzeugt, und ich blieb.

Nach zwei weiteren Wochen auf der Insel war ich überzeugt. Hier wollte ich sein, hier wollte ich leben.

Schön angebräunt und euphorisiert flog ich für zwei Tage nach Deutschland, um meine Klamotten und ein paar Habseligkeiten zu holen, und hatte das Gefühl, endlich da zu sein, wo ich sein wollte.

Der Anfang war nur sonnig, in jeder Hinsicht. Ich hatte die Finca, ein Auto und eine Insel, die es zu erkunden galt. Um Geld musste ich mir keine Sorgen machen, ich hatte ja die Zweitkreditkarte von Sven, und alle laufenden Kosten waren gedeckt. Ich kaufte Lebensmittel, dekorierte und lag in der Sonne. Ich war, das muss ich rückschauend gestehen, eine wirklich nichtsnutzige Tusse. Aber das, was man schnell bei anderen bemängelt, sieht man bei sich selbst oft sehr viel wohlwollender. Ich war ja noch in der Findungsphase. Musste mich orientieren, schauen, was ich wollte, mich zurechtfinden in einer neuen Umgebung. Mich akklimatisieren. An Entschuldigungen für mein Faulenzertum mangelte es mir nicht. Es gab einfach auch nicht viel zu tun. Da war immer schon Anneliese. Svens Mallorca-Haushälterin, die so gar keine Lust hatte, sich das Zepter von mir aus der Hand nehmen zu lassen. Von Anbeginn an hatte Anneliese deutlich gemacht, wer in diesem Haus das Sagen hatte. Ich war es eindeutig nicht.

Anneliese hatte etwas, was mich sofort einschüchterte. Sie war nicht grob unfreundlich, aber als verbindlich und nett konnte man sie keinesfalls bezeichnen. Sven sah das anders, wunderte sich über meine Beschwerden, aber sobald er in der Nähe war, war die Dame auch anders. Zugänglicher. Sie wusste sehr genau, wer sie bezahlte und wer nicht. Wo sie sich anstrengen musste und bei wem das nicht nötig war. Ich hatte unterschwellig immer das Gefühl, dass sie mich nicht achtete. Wir beschränkten unsere Konversation aufs Nötigste. Es war klar, mehr wollte sie nicht.

»Lass sie einfach machen, sie weiß, was gemacht werden muss, und niemand kann so gut mit Handwerkern wie Anneliese. Sie hat Haare auf den Zähnen, ich weiß, aber sie ist treu und zuverlässig. Sie hat alles unter Kontrolle. Ohne Anneliese würde Mallorca nicht funktionieren. Wenn sie weg wäre, wäre ich geratzt!«

Da war ich anderer Meinung. Sven hatte jetzt mich, und ich wollte Verantwortung übernehmen. Wollte die sein, ohne die nichts funktionierte, wollte mich unersetzlich machen, den Haushalt schmeißen und vor allem gerne Anneliese loswerden. Die schien das zu spüren und setzte alles daran, Sven zu beweisen, dass ohne sie rein gar nichts ging. Wir befanden uns sehr schnell in einem Wettstreit um Svens Anerkennung. Stellte ich eine Topfpalme um, räumte Anneliese sie am nächsten Tag zurück.

Aber gegen Annelieses Erfahrungen konnte ich nicht anstinken. Sie wusste genau, was Sven wichtig war, hatte ein riesiges Netzwerk, kannte Gärtner und Poolmann seit Jahren und sprach fließend Spanisch. Sogar mit der Topfpalme lag sie richtig.

Es war wie bei Hase und Igel. Leider war ich lange Zeit der arrogante Hase und das Schlimmste, ich fühlte mich nicht so. Dachte, ich bräuchte nur ein bisschen Zeit, um ihr zu zeigen, wer die Chefin im Ring war. Ich hatte wirklich geglaubt, ich komme auf die Insel und zeige anderen, wie es geht. Überheblich war ich, dumm und naiv. Anneliese hatte das damals nie direkt ausgesprochen, das brauchte sie auch nicht, sie wusste schon aus Erfahrung, dass sie diese Konfrontation nicht ausleben, nur auszusitzen brauchte. Sie war die Platzhirschin und sie wusste es.

Bis ich das begriff, verging eine Menge Zeit. Ich quengelte bei Sven, beschwerte mich über Anneliese, biss auf Granit und irgendwann änderte ich meine Taktik. Ich beschloss, sie mit Freundlichkeit zu ersticken, bis sie zu meiner Verbündeten würde. Aber auch mit dieser Taktik erreichte ich nichts. Anneliese wollte nicht zu meiner Freundin werden. Sie war distanziert, egal, wie sehr ich rumschleimte. Ich fragte, zeigte Interesse, und sie beantwortete meine Fragen sehr kurz und knapp. Gerade so, dass man es nicht als Affront empfinden konnte. Sie schrappte immer haarscharf an der Unfreundlichkeit vorbei. Eines Tages fasste ich mir ein Herz und wollte wissen, was sie eigentlich gegen mich habe. Sie zuckte mit den Schultern. »Ich habe nichts gegen Sie, aber auch nichts für Sie. Ich bin die menschliche Schweiz, was Sie angeht. Sie sind die aktuelle Freundin meines Chefs, aber nicht meine Chefin. Wenn Sie das akzeptieren und mich meine Arbeit machen lassen, läuft es. Auch mit uns.«

Ich wusste, Anneliese, diese Nuss, Frau menschliche Schweiz, würde ich nicht knacken. Die war tougher, als ich je sein würde. Auch meine Versuche, mehr über Sven und sein Vorleben zu erfahren, waren gescheitert. Anneliese war nicht auskunftsfreudig. »Wenn Sie Fragen haben, fragen Sie Herrn Bauer«, war alles, was sie sagte.

Ich entschloss mich, meine Eroberungsversuche einzustellen, man musste kapieren, wenn man keine Chance hatte. Von ihrer Warte aus konnte ich sie verstehen. Niemand will aktiv selbst daran beteiligt sein, sich wegzurationalisieren.

So blöd war Anneliese nicht.

Die ersten sechs Monate kam Sven Wochenende für Wochenende. Freitag reiste er an, und Montagfrüh nahm er den ersten Flieger zurück nach Frankfurt. Ich stand immer abholbereit am Flughafen, und der Kühlschrank war mit Leckereien gefüllt. Wir verbrachten weinselige Abende in kleinen Chiringuitos, so hießen die Strandbars hier, und gingen hübsch essen. Sven lag viel in der Sonne, seine Akkus auftanken nannte er es, und als er das erste Mal ein Wochenende absagte, dachte ich mir nicht viel dabei. Er habe wahnsinnig viel Arbeit und Termine, den Stress mit der Fliegerei wolle er da nicht noch zusätzlich. Ich bot an, nach Frankfurt zu kommen, aber er lehnte ab. Das mache keinen Sinn, er habe keine Zeit und sei angespannt, da sei er kaum zumutbar. Das wisse ich doch. Ich solle die Sonne genießen und mir eine schöne Zeit machen.

Ich war so verdammt arglos. Die Firma würde umstrukturiert, er bekäme mehr Verantwortung, aber das bedeute, er müsse verfügbar sein. Bald war der zweiwöchige Rhythmus Normalität. Das ständige Zum-Flughafen-Fahren fehlte mir nicht. Fehlte mir Sven? Ich war, ehrlich gesagt, nicht mal unglücklich, wenn er nicht kam. Er war inzwischen oft nörgelig und ungeduldig. Wirkte unzufrieden. Mit sich, mit mir. Betrachtete mich irgendwie anders. Auch das mit dem ständigen Sex war abgeebbt. Manchmal ging jetzt die Initiative sogar von mir aus, aber viel lief insgesamt nicht. Er sei müde. Müsse sich ausruhen, sei ja keine dreißig mehr. Mir kam das zupass. Ich hatte auf Komplett-Ausruhmodus umgestellt, wobei … man sich fragen konnte, wovon ich mich ausruhen musste? Meine Triathlon-Ambitionen hatten sich auch verflüchtigt. Es war wie schon in Frankfurt. Man hat mehr Zeit und macht immer weniger. Ein unseliger Kreislauf. Ausgedehnter Müßiggang führt zu noch mehr Müßiggang. Ein schönes und ziemlich schmeichelhaftes Wort für Faulheit.

Ich fing sukzessive an, mein aufgestyltes Ich abzulegen. Trug Leggings, Shorts, T-Shirts und Flipflops. Ich wusste, das entsprach nicht Svens Vorlieben, aber irgendwie erschien es mir lächerlich, eine Art Wochenendmaskerade aufzuführen. Mit meinen sportlichen Ambitionen verhielt es sich ähnlich wie mit meinen sprachlichen. Ich schwamm ein paar Wochen jeden Morgen. Allerdings nicht bei Sonnenaufgang. Das hatte ich genau zwei Mal gemacht. Wer bei Sonnenaufgang schwimmt, dem bleibt sehr viel Tag übrig, das bemerkte ich schnell, und die Faszination der aufgehenden Sonne verliert sich mit der Häufigkeit. Etwas, was man immer haben kann, kann man ja morgen noch machen. Ich, die immer so sportlich war, verlor die Freude am Sport. Wofür die Plackerei, das Gerenne und Geschwimme? Wem wollte ich was beweisen? War ich nicht ausreichend gerannt in meinem Leben? Wem *musste* ich noch was beweisen? Als ich mir auch noch den Fuß verstauchte, stellte ich den Sport zunächst komplett ein. Ging ja nicht. Manchmal muss man sich den Sachzwängen beugen.

Lieber lag ich auf der Luftmatratze und ließ mich über den Pool treiben. Erstaunlicherweise fehlte mir der Sport gar nicht. Ich wunderte mich, horchte in mich rein und befand, dass es für alles im Leben eben Phasen gibt. Ich hatte jahrelang Sport getrieben, und jetzt konnte ich auch mal pausieren, ohne ein schlechtes Gewissen zu haben, redete ich mir ein. Komisch war nur, dass man doch immer sagt, dass Dinge, die man regelmäßig tut, zur Gewohnheit werden. Ich hatte kein Problem damit, mich zu entwöhnen und die Unsportlichkeit sehr schnell als neue Gewohnheit zu etablieren.

Meine Mutter war die Erste, die das kommentierte. »Hast du zugenommen, Monika?«, fragte sie, während wir über Facetime telefonierten. Ich fühlte mich ertappt. Wusste selbstverständlich, dass sie recht hatte. Aber ich hatte keinerlei Schuldbewusstsein, es konnten nicht mehr als vier, fünf Kilo sein.

»Möglich, ich wiege mich nicht, aber mein Fuß hat mich stark eingeschränkt, das weißt du doch!«, rechtfertigte ich mich und war einen Hauch beleidigt. Sie hatte wirklich Adleraugen.

»Dein Fuß! Das war doch vor Wochen! Wenn man sich nicht bewegt, darf man nicht Berge essen. Das solltest du wissen. Lass dich nicht gehen!«, feuerte sie eine Salve Vorwürfe ab.

Ich hätte am liebsten direkt aufgelegt. »Ich finde, es steht mir, vor allem im Gesicht!«, konterte ich.

»Pass auf, das geht schneller, als du denkst, und es wird sich nicht auf ein paar nette Polster im Gesicht beschränken, irgendwann wachst du auf und musst bei Ulla Popken einkaufen«, wies sie mich zurecht.

Jetzt musste ich lachen. Allein der Gedanke lag so fern. Ich bei Ulla Popken, einem Laden für Frauen jenseits von Kleidergröße 44.

»Was sagt denn dein Sven dazu?«, wollte meine Mutter dann wissen.

»Nichts, er mag mich so, wie ich bin!«, behauptete ich sehr entschieden, war mir aber nicht ganz so sicher, ob das den Tatsachen entsprach. Bei seinem letzten Inselaufenthalt hatte er mich in den Oberschenkel gekniffen, an der Innenseite, und gesagt: »Was haben wir denn da?« Und als ich mir bei unserem Lieblingstapasladen *Patatas bravas,* kleine Bratkartoffeln mit scharfer Soße, bestellt hatte, hatte er was von »besser mal Salat« gemurmelt, erneut meine Oberschenkelinnenseite berührt und den Brotkorb zur Seite geschoben. Das ärgerte mich. Was fiel dem ein? Wegen ein paar kleiner Bratkartöffel-chen. Vor allem in Anbetracht seiner Figur. Wäre es nicht angemessen, er würde sich erst mal um seine eigene Wampe kümmern? Das, was ich da an Körperfett hatte, war im Vergleich mikroskopisch wenig. Dieser stumme Kommentar machte mich trotzig. Schließlich konnte ich ja nichts dafür, dass sich mein Körper ein bisschen ver-ändert hatte. Ich hatte mir den Fuß nicht absichtlich ver-letzt, und jeder wusste, dass man, wenn man älter wur-de, auch schneller Fett ansetzte. Das war eine biologische Tatsache, und es war doch schön, dass ich endlich mit Genuss aß. Noch war es wirklich geradezu lächerlich wenig. Ich war noch immer ein Hingucker. Hatte auch an den Klamotten kaum etwas bemerkt. Okay, das konnte daran liegen, dass ich inzwischen sehr viel Leg-gings trug. Die waren, was Gewicht anging, flexibel. Je-denfalls deutlich flexibler als meine Mutter.

»Ich warne dich nur, Monika. Speck breitet sich gerne aus, wenn er erst mal Fuß gefasst hat. Er ist sehr anhäng-lich. Zum Glück weiß ich das nicht aus eigener Erfah-rung. Aber eines weiß ich, je älter man wird, umso vor-sichtiger muss man sein. Es ist was dran am alten Spruch: Eine Sekunde auf der Zunge, lebenslang auf den Hüften. Denk an unsere Nachbarin, die Frau Borhauser. Die konnte irgendwann kaum mehr gehen.«

Was für ein Horrorszenario. Frau Borhauser, die min-destens hundertfünfzig Kilo gewogen hat. Die arme Frau. Meine Mutter fuhr immer schon gerne große Ge-schütze auf. Aber Frau Borhausers Körper und meinen zu vergleichen war lächerlich. Da lagen Welten dazwi-schen. »Mama, ich bitte dich, ich fange an, mich, was

Essen angeht, zu entspannen, und du kommst mir mit einer Frau, die extrem übergewichtig war. Das war krankhaft bei ihr!«

Unsere Gespräche damals waren auch krank, so viel habe ich begriffen. Eine Mutter, die einen warnt, dass man wegen ein paar Kilo mehr verlassen wird, was ist das für eine Mutter?

Aber es traf mich insgeheim doch. Ich wusste es selbst, dass sich da ein bisschen was getan hatte. Und ich kannte mich mit der Materie nicht aus. Hatte nie zu den Frauen mit »Diätkarriere« gehört und war darauf immer stolz gewesen. Würde ich jetzt, mit bald vierzig Jahren, in den nicht sehr ausgewählten Kreis aufsteigen? Sollte ich Trotz und Stolz nicht hinunterschlucken und nur für mich mal wieder zurück in den ursprünglichen Ess- und Sportmodus schalten, bevor ich bei Weight Watchers landete? Wem half es, wenn ich wie ein bockiges Kind war und darauf bestand, dass es niemanden außer mich etwas anging, in welcher Form mein Körper war. War ich nicht endlich alt genug zu begreifen, dass meine vermeintliche Idealfigur nicht die Kleidergröße wert war, in die sie passte? Dass ich mehr war als ein knackiges Figürchen? Wollte ich wie meine Mutter enden? Würde auf ihrem Grabstein etwa stehen: »Sie hat immer brav verzichtet! Wir gratulieren! Sie ist mager gestorben!«

Auf wessen Anerkennung war ich aus? All diese Fragen prasselten auf mich ein. Liebte mich Sven wegen meiner Persönlichkeit, als Ganzes, als Mensch, oder hauptsächlich für das, was ich repräsentierte? »Er liebt mich, wie ich bin! Egal, was ich wiege«, beendete ich das Gespräch mit meiner Mutter und entschied, demnächst kein Facetime mehr zu nutzen.

Inzwischen hatte ich den Eindruck, dass auch Anneliese, mit der ich eine Art Waffenstillstand geschlossen hatte, »tu mir nix, dann tue ich dir nichts«, Spaß daran hatte, mich indirekt zu mästen. Ständig schleppte sie irgendwelche Leckereien ins Haus. Angeblich alles für Sven, der immer mehr zum seltenen Gast wurde. Ich hatte das Gefühl, dass wir unsere Rollen tauschten. Nicht er buhlte mehr, sondern ich war es, die sich bemühte. Immer häufiger klappte es nicht mit den Wochenenden. Oft recht kurzfristig. Ich war schon auf dem Sprung zum Flughafen, und dann kam die WhatsApp. »Muss absagen. Bis bald.« Sehr aussagekräftig war das nicht, freundlich auch nicht, und auch Rakete, Gazelle und Co. hatte ich lang nicht mehr gehört. In mir begann Misstrauen zu wachsen. Vor allem, als er danach oft nicht mal ans Telefon ging. Ich war kurz davor, überraschend nach Frankfurt zu fliegen, um die Lage zu checken und mich zu beruhigen, als sich all das rumorende Misstrauen bestätigte.

Wieder war es eine WhatsApp-Nachricht. »Es tut mir leid, Monika, aber das mit uns hat keine Perspektive. Ich bitte dich, bis Ende dieses Monates auszuziehen. Anneliese weiß Bescheid, gib ihr die Schlüssel. Ich wünsche dir alles Gute für deinen weiteren Lebensweg.«

Ich dachte zunächst, ich hätte mich verlesen. Las die Nachricht wieder und wieder. Aber die Botschaft war eindeutig. Er war fertig. Fertig mit mir. Wollte mich loswerden. Alles Gute für deinen weiteren Lebensweg. Wie kaltschnäuzig kann man sein! So was kann man doch nicht machen. Ich probierte, ihn zu erreichen. Wieder und wieder.

Er hatte sein Telefon abgestellt, »der Teilnehmer ist momentan nicht erreichbar«. Und dann blockierte er mich. Ich konnte ihn nicht mehr anrufen, ihm nicht schreiben – er hatte mich aus seinem Leben ausgesperrt.

Kalt, feige und fies. Ich war so unglaublich wütend, auf ihn, auf mich, auf das Leben. Fand alles ungerecht.

Es war vorbei. Das immerhin hatte ich verstanden. Da gab es keine Zweifel. Null Interpretationsspielraum. Da stand nichts von »wir müssen mal reden« oder Ähnliches.

Mein erster Impuls war, sofort und gleich zu gehen. All das hatte ich nun wirklich nicht nötig. All das musste ich mir nicht gefallen lassen.

Stattdessen legte ich mich am helllichten Tag ins Bett und blieb die nächsten zwei Tage. Bemitleidete mich. Jammerte vor mich hin. Beklagte meine Dummheit, weinte und haderte mit meinem Schicksal. Verzweiflung und Empörung mischten sich. Ich wusste, das war der Liebes-Super-GAU. Kein Mann mehr, keine Arbeit, keine Freunde vor Ort und noch genau tausendfünfhundertdreiundachtzig Euro. Meine Ersparnisse hatte ich in einige Abendessen, ein paar Schlafzimmergardinen und seine Sauna gesteckt. Ich wollte auch mal die Großzügige sein. Dachte, es ist jetzt alles unser und nicht mehr meins und seins. Wie bescheuert! Die Sauna konnte ich schlecht abbauen, in den Trolley packen und mitnehmen.

Ich hatte kein Auto, keine Wohnung in Deutschland, und es blieben mir genau siebenundzwanzig Tage bis zum Monatsende. Welch eine Schmach, wie peinlich. Ich fühlte mich dermaßen gedemütigt. Natürlich hatte ich die Option, zu meiner Mutter zu fahren. Sie würde mich mit großer Geste aufnehmen, aber allein die Vorstellung: all die Vorwürfe, Vorhaltungen, gepaart mit dieser grausigen Stille. Ich schwor mir: Egal, was passiert, ich werde nicht zurück in mein Elternhaus gehen. Auch Butzbach wäre eine Möglichkeit. Zu Kreuze kriechen bei Silvi und mir dort in Dauerschleife »Ich hab's gleich gewusst« anhören. Ähnlich verlockend.

Nach zwei Tagen Dauerliegen rappelte ich mich auf und hielt mir selbst einen kleinen Vortrag. »So nicht, Monika. Das lässt du dir nicht bieten. Das wird er bereuen. Dem zeigst du es.«

Wirklich überzeugt war ich nicht von meiner kleinen Selbst-Ansprache, aber ich wusste, dass Dauerbettliegen keine Lösung sein konnte. Nicht, dass mich irgendwann ein Räumungskommando völlig verlottert aus dem Bett zerren musste.

Ich musste weg hier, die Finca verlassen und hatte bisher nie über einen Plan B nachgedacht. Warum auch? Es gab keinen Anlass dafür, und es gefiel mir hier auf der Insel. Aber ganz allein, ohne Job und Wohnung?

Eins nach dem anderen, beschloss ich. Ich würde die siebenundzwanzig Tage nutzen, um einen Schlachtplan zu entwickeln. Würde mich nicht sofort mit eingezogenem Kopf ins Nirgendwo trollen. Ich würde zu einer Frau mutieren, auf die ich selbst wieder stolz sein könnte. Sveni, unterschätze mich nicht. Ich wollte ihm zeigen, dass er sich mit der falschen Frau angelegt hatte. Rache war ein schöner Gedanke, auch wenn ich wusste, dass Rache nie eine Lösung war. Aber mir gefiel die Idee, es ihm heimzuzahlen. Obwohl ich genauso wusste, wie viel Anteil ich an dem ganzen Desaster hatte. Ich hatte ohne Nachdenken und trotz zahlreicher Bedenken alles stehen und liegen gelassen, nur für die Aussicht, ein weniger durchschnittliches Dasein zu haben. Was für eine verdammte Schnapsidee. Was war denn an normal und durchschnittlich so schlecht? Wie leicht war ich zu manipulieren?

Nach drei Tagen rief ich Michaela an. Bei ihr hatte ich den Mut zu sagen, was Sache ist. Sie hörte sich meine Geschichte in Ruhe an. »Scheiße, was ein Drecksack!«, war ihre erste Reaktion. Man hätte es nicht treffender zusammenfassen können. »Ärgerlich, ich hatte gerade mit Tom gesprochen und wollte mal bei dir vorbeischauen! Mit den Kindern. Tja, das kann ich mir wohl abschminken. Schade«, beendete sie den Satz.

»Warum nicht?«, hörte ich mich zu meiner eigenen Überraschung sagen. »Komm doch. Noch wohne ich hier, es läuft ein Auszugs-Countdown, aber bis dahin machen wir es uns nett. Du kannst mir helfen, einen Plan zu machen, und die Kinder haben den Pool.« Noch vor vier Wochen wäre das eine Horrorvorstellung gewesen. Zwei Kinder und eine beige-weiße Sofalandschaft. All die Kunst. Die Lackoberflächen der Küche. Dazu vier Kinderhände, mit Nutella oder Eis beschmiert! Jetzt dachte ich nur: Mir doch egal. Sollen sie doch. Nicht mehr mein Problem.

»Echt jetzt?«, fragte Michaela.

»Echt jetzt!«, sagte ich beherzt, und der Gedanke, Verstärkung zu bekommen, gefiel mir. »Ich buche dir Flüge!«, schlug ich vor. Noch hatte ich Svens Zweitkreditkarte, und ich hatte vor, sie ausgiebig zu nutzen.

Michaela lachte: »Im Ernst?«

»Was die Karte hergibt, werden wir sehen!«, antwortete ich, und seit Langem musste ich mal wieder lachen.

Ich buchte die Flüge, Business Class, wennschon, dennschon, und die Karte erfüllte ihren Zweck. Jetzt hieß es schnell sein, denn lange würde das mit Sicherheit nicht gut gehen. Sven hatte ein Auge auf seine Finanzen. Aber ich wusste, dass er Kreditkartenausgaben im Normalfall nur monatlich checkte, auf sein Girokonto hatte ich sowieso keinen Zugriff. In zwei Tagen würden Michaela und ihre beiden Kinder anreisen. Theo und Mia. Vier und sieben Jahre alt.

Als Glücksfall in diesem Szenario entpuppte sich Annelieses anstehender jährlicher Urlaub. Sie fuhr zweimal im Jahr für vierzehn Tage nach Deutschland, um sich mit ihrer älteren Schwester zu treffen. Mit Anneliese wäre das mit dem Spontanbesuch von Michaela problematisch geworden, sie hätte mich mit Sicherheit bei Sven verpetzt, so aber konnte ich wenigstens auf den letzten Metern in dieser Finca nach eigenem Gusto schalten und walten. Erstaunlich, dass Sven dachte, ich würde ohne zu mucken das Feld räumen. Es kränkte mich, dass er mich für ein solches Hasenherz hielt. Abwarten, Freundchen. Du wirst diese Beziehung bald noch mehr bereuen, als ich es jetzt schon tue! Niemand wird gerne unterschätzt!

Der bevorstehende Besuch von Michaela und ihren Kindern beflügelte mich. Eins war klar, ich musste den Kühlschrank auffüllen. Eis, Süßigkeiten und Co. einkaufen. Genug klebriges Zeug.

Ein paar Gummitiere für den Pool, Sandspielzeug, Wasserpistolen, ich würde die Karte zum Glühen bringen.

Ich kaufte für dreihundertfünfundsiebzig Euro Lebensmittel, guckte nicht auf Preise, lud zudem Champagner, Spielzeug und Taucherbrillen samt Schnorchel für die Kinder in meinen Wagen. Die Karte funktionierte. Weil ich so in Geberinnenlaune war, wartete ich an der Kasse und spielte Kostenübernahmelotterie. Die nächste Stunde zahlte ich die Einkäufe von acht weiteren Kunden. Einfach aus einer Laune heraus. Ich suchte mir Leute aus, von denen ich dachte, dass sie es gebrauchen könnten. Dass sie es mit Sicherheit nicht so dicke hatten. Allein die erstaunten Gesichter waren das Bezahlen wert. Bis ich der Kassiererin verklickert hatte, dass ich zahle, dauerte es eine Weile. »Heute ist Ihr Glückstag! Sven zahlt! – *Sveni paga! Hoy es tu día de suerte!*«, erklärte ich den Käufern nur (nachdem ich die Übersetzung gegoogelt hatte) und zückte dann immer wieder Svens Karte. Zwei Frauen umarmten mich. Ein älterer Mann hatte Tränen in den Augen. Eine Salve von unzähligen *gracias* prasselte auf mich ein, den Rest verstand ich leider nicht. Was ein schönes Gefühl. Ich glaube die meisten hielten mich für komplett verrückt, aber es hinderte mich niemand am Bezahlen. In einer Stunde hatte ich so weitere 678,90 Euro ausgegeben, insgesamt also mehr als tausend Euro rausgehauen. Eine zarte Stimme in mir nannte mich Betrügerin. Ich überhörte sie geflissentlich. Sven hatte mir seine Karte freiwillig gegeben und auch nie gesagt, dass ich nur meine Einkäufe zahlen darf. Wie sagt Anneliese gerne: So was kommt von so was. Tja, Sveni – Obacht, wem du demnächst deine Karte mit großer Geste übergibst. Dass er mir die Karte bisher noch nicht gesperrt hatte, mochte einer gewissen Gönnerhaftigkeit geschuldet sein, mit der er vielleicht sein leises schlechtes Gewissen entlastete. Außerdem hatte er nun mal viel Geld, wenig Zeit, und Geiz gehörte nicht zu seinen vorrangigsten Charaktermakeln. Aber vor allem hielt er mich wohl für zu feige und zu schwach, etwas anderes zu tun, als mich anzupassen und seine Anweisungen zu befolgen, zumal unter den wachsamen Augen von Anneliese.

Natürlich war mir klar, dass tausend Euro keine Summe war, die Sven schlaflose Nächte bescherte. Ich musste also noch ein bisschen Gas geben. Bloß, was sollte ich kaufen? Morgen ist auch noch ein Tag, entschied ich. Ich würde nach Palma fahren, da gibt es mehr Möglichkeiten, richtig Kohle zu verprassen.

Das war die erste Nacht seit Svens unsäglicher WhatsApp, in der ich ohne Weinen und mit einem leichten Grinsen auf den Lippen einschlief. Rache, egal, wie kindisch sie ist, kann sehr viel Spaß machen.

Noch ein Tag, bis Michaela kommen würde. »Nehmt euch ein Taxi, ich zahle, wenn ihr hier seid!«, informierte ich sie.

»Echt jetzt?«, fragte sie zum wiederholten Mal. »Wir können auch den Bus nehmen!«, betonte sie. Zwei Kinder, schwanger und Koffer – mit dem Bus. Michaela ist wirklich bodenständig.

»Taxi, ich zahle und keine Widerrede. Geht alles auf den Dreckskerl und ist mir ein Vergnügen! Gute Anreise, ich freue mich auf euch. Pack den Kindern auf jeden Fall genug Filzstifte ein.« Ich schickte ihr die Adresse, sie bejahte schlussendlich und fragte nicht mehr nach.

Am nächsten Tag war ich energiegeladener als in den gesamten letzten Monaten. Etwas vorzuhaben tat mir offensichtlich gut. Anneliese guckte skeptisch, als ich gegen 8:30 Uhr schick angezogen in der Küche stand. Wobei schick nur meint, keine Leggings und keine Flipflops und ein wenig Rouge. Das hatte sie in den letzten Wochen nicht mehr erlebt. »Ersparen Sie mir jedwede Kommentare. Ich wünsche Ihnen eine gute Zeit in Deutschland«, sagte ich nur kurz und knapp.

Sie schien überrascht, wie schnell ich mich vom heulenden Elend wieder in eine arrogante Ziege verwandelt hatte. »Werde ich haben, danke. Sie wissen, dass Herr Bauer mich gebeten hatte, Ihren Auszug zu begleiten, also die Schlüssel einzusammeln. Ich werde rechtzeitig wieder zurück sein.« Ich nickte. Herr Bauer. Ich schluckte alles, was mir auf der Zunge lag, es war nichts Nettes, herunter und sagte nur: »Wir sehen uns dann, wenn Sie aus Deutschland zurück sind.«

Jetzt nickte sie.

Morgen würde Anneliese fliegen und Michaela landen. Würden sich vielleicht sogar am Flughafen begegnen. Perfektes Timing.

Die drei würden eine Woche bleiben, und dann blieb genau noch eine Woche, bis meine Frist endete. Noch immer hatte Sveni, wie harmlos ein Name mit einem kleinen i hintendran klang, sich nicht bei mir gemeldet. Wie ein erwachsener Mann das mit seinem Gewissen vereinbaren konnte, war mir ein Rätsel. Aber das Verhältnis zu seinen Eltern hatte schon deutlich aufgezeigt, wie gut Sven im Verdrängen war. Ich war inzwischen wahrscheinlich längst ein Bestandteil der »Dani, Daggi und Co.«-Liste. Eine weitere Frau aus der Vergangenheit, die mit einem Schlag Geschichte ohne Bedeutung war. Ich hätte trotzdem gerne gewusst, warum er, der eben noch so begeistert war, mich so radikal ausgemustert hatte. Hatte ich Fehler gemacht? War ich nicht aufmerksam genug gewesen? Eigentlich komplett verrückt, dass wir Frauen uns, egal, was Männer veranstalten, immer auch noch fragen, wo unser Anteil am Scheitern liegt. Ob wir nicht am Ende selbst schuld sind? Was sagt das über uns?

Ich dachte auf der Autofahrt nach Palma darüber nach. Ein Dreckskerl – mir gefiel der neue Name, den ihm Michaela gegeben hatte, ausgesprochen gut – ein Dreckskerl hat nur eine gewisse Halbwertzeit, bis er sein wahres Ich zeigt. Irgendwann kommt es zum Vorschein.

Wer wusste schon, was mit Daggi und Dani gewesen ist? Ich kannte nur seine Version, wer weiß, ob es ihnen nicht ähnlich wie mir ergangen war. War das sein Muster? War er einer dieser Männer, die alles taten, damit man von ihnen abhängig wurde, um einen dann, wenn man sich nichts ahnend wohlig entspannt in diesem Leben eingerichtet hatte, unsanft herauszuschubsen? Er wusste doch sehr genau, dass er mich mit diesem Gebaren quasi in die Obdachlosigkeit warf.

Okay, obdachlos war natürlich übertrieben, aber dass ich vollends auf die Sven-Karte gesetzt hatte, dürfte ihm schon klar sein. Er wusste, dass ich nicht arbeitete, und er wusste, dass ich keine Wohnung mehr hatte. Beunruhigte ihn das gar nicht?

In Palma fiel mir, zu meiner Schande, erstmals auf, dass es auch hier auf der sonnigen Insel, dem Hort der Reichen und Schönen, deren größte Sorge es war, dass sie einen Tisch im angesagten Restaurant bekamen, jede Menge Obdachlose gab. Ich hatte mich, das musste ich gestehen, nie viel mit dem Thema beschäftigt. Als ich eine ältere Frau nahe der großen Zara-Filiale im Herzen von Palma in einem Mülleimer wühlen sah, kam mir die Idee, wie ich Svens Zweitkreditkarte wirklich sinnvoll einsetzen konnte. Ich gab mir einen Ruck und sprach die Frau an. Mit meinem Spanisch war es, trotz vieler guter Vorsätze, nicht weit her. Auf dieser Insel kam man sehr gut mit Deutsch zurecht.

»*Hola*«, sagte ich also, und auf mein zaghaftes Spanisch-Hallo reagierte sie mehr als verhalten, hob nur den Kopf und schaute skeptisch, die eine Hand noch immer im Müll. »*Do you speak English?*«, fragte ich die Frau, die mich fast schon erschrocken ansah.

»*Yes*, Sie können aber auch Deutsch mit mir reden,

oder Spanisch. Was wollen Sie von mir?«, entgegnete sie, und es hörte sich nicht besonders freundlich an. Sie war bei näherer Betrachtung sicherlich jünger, als ich zunächst gedacht hatte. Anfang bis Mitte fünfzig vielleicht.

»Sind Sie Deutsche?«, wollte ich wissen.

»Ja, warum? Sind Sie von der Behörde, oder wollen Sie Geheimtipps für Palma?« Sie lachte rau und musterte mich. »Nee, Behörde, die sehen anders aus. Also was ist? Ich habe zu tun!«, blaffte sie und wühlte weiter.

»Also … ich wollte Ihnen gerne was einkaufen!«, sagte ich.

»Sind Sie eine von denen, die einem ein Bocadillo kaufen und dann Vorträge über Alkoholismus halten?« Sie schnaubte, und es hörte sich wütend und keinesfalls begeistert an.

Was hatte ich erwartet? Ausgelassene Freude? Ekstase ob meines Angebots? »Entschuldigen Sie, vielleicht war das übergriffig, aber ich dachte nur, ich könnte Ihnen vielleicht eine Freude machen.«

»Geben Sie mir einfach ein paar Euro, und ich entscheide selbst, womit ich mir Freude mache!«, konterte sie.

»Ich habe fast kein Bargeld, das ist eine lange Geschichte, aber wir könnten zusammen ein bisschen was einkaufen? Kleidung, Lebensmittel, Hygieneartikel, was immer Sie brauchen.«

Jetzt wurde sie fast schon wütend. »Sind Sie auf dem Wohltätigkeitstrip? Derart gelangweilt, dass Ihnen mit Ihrer Kohle nichts anderes mehr einfällt?«

Ich entschied mich für die Wahrheit. »Ich bin verlassen worden, und alles, was bleibt, ist seine Kreditkarte. Und die will ich nutzen, bis er es merkt. Kann sein, dass ich Ihnen bald die Mülleimer streitig mache!«, antwortete ich ein wenig theatralisch.

»Aha«, war alles, was sie sagte. Erneut ließ sie den Blick an mir runtergleiten. »Ist das Ihr Ernst, oder sind Sie von *Goodbye Deutschland!* oder RTL2 oder so? Suchen Sie die lebende Auswanderabschreckungsperson?«

Ich schüttelte entsetzt den Kopf. »Schade, denn wenn, dann hätten Sie sie gefunden. Ich hatte mal ein Restaurant! Lange her!«

»Wir gehen jetzt frühstücken, mit der Karte, reden und dann, wenn Sie mögen, einkaufen!«, entschied ich.

»Sie sind auch nicht von *Verstehen Sie Spaß?*, oder?«, blieb sie misstrauisch. »Oder haben Sie Ihren ›Ich tue Gutes und fühle mich wie Mutter Teresa‹-Tag, um es dann brühwarm Ihren reichen Freundinnen zu erzählen?«

Ich konnte es verstehen. War mein Vorschlag eine Beleidigung? Ich sagte einfach nichts, schaute sie nur an und schüttelte kurz den Kopf.

»Gut«, murmelte sie dann, »was soll schon sein, Sie wollen mich ja wohl kaum entführen, und ein frischer Kaffee wäre eine feine Sache. Und wenn Sie sich dann gut fühlen, auch egal, dann hatte ich wenigstens einen Kaffee. Zu stolz zu sein, kann ich mir eh nicht mehr leisten.«

Sie wollte nicht in eines der besseren Cafés. »Nicht so, wie ich aussehe, das ist mir unangenehm. Ich will mich nicht anstarren lassen. McDonald's tut es!«, bekundete sie, als ich auf eines der angesagten Cafés gegenüber der Zara-Filiale zusteuerte.

Der Kaffee bei Mäckes war erstaunlich gut und kostete weniger als die Hälfte des sonstigen Promenadenpreises.

Die Frau war noch immer angespannt. »Ich bin Sandra!«, stellte sie sich vor.

»Monika!«, antwortete ich und unterdrückte den Impuls, sie sofort auszufragen. Wie konnte man so tief sinken, warum musste sie Mülleimer durchwühlen, wenn sie mal ein Restaurant gehabt hatte? All das hätte mich durchaus interessiert. »Wollen Sie denn nichts essen, Sie müssen doch Hunger haben?«, fragte ich.

»Habe ich, aber essen gehen ist mir peinlich. Also so, wie ich aussehe. Wir könnten ein Brötchen holen oder ein Big-Mac-Menü.« Sie begann allmählich, nicht mehr ganz so auf der Hut zu sein.

»Wir holen jetzt ein Brötchen, und damit wir später hübsch Mittag essen gehen können, in ein nettes Restaurant, geht's danach zum Friseur und zum Klamottenshoppen, damit Sie sich restauranttauglich fühlen«, entschied ich.

Es war nicht leicht, einen Friseur zu finden, der nicht sofort abwinkte und behauptete, keinen Termin zu haben. Gut, Sandra sah nicht wirklich aus, als wäre sie eine regelmäßige Kundin, aber für eine obdachlose Frau war sie in keinem schlechten Zustand. Sie war sehr dünn, ausgemergelt, blass im Gesicht, faltig, wirkte, wenn man es nett ausdrückt, wettergegerbt, und ihre Klamotten waren nicht sauber, aber sie muffelten nicht. (Nur wenn man sehr nah an sie herankam.)

»Waschen, schneiden und ein paar Strähnen!«, schlug ich ihr vor.

»Das Grau bleibt! Sieht doch sonst noch schlimmer aus, wenn es rauswächst!«, meinte sie nur.

»Sie haben recht, ist praktischer!«, musste ich ihr zustimmen.

Wir zeigten dem spanischen Friseur ein paar Fotos, einen etwa kinnlangen Bob, ein wenig durchgestuft. Er nickte und deutete auf ihre Hände. »*Manicura?*«, fragte er.

Das Wort verstand ich. »*Claro!*«, akzeptierte ich seinen Vorschlag, bevor sie ein Veto einlegen konnte. »*Maquillaje también?*«, wollte er dann wissen und holte eine Schminktasche hervor, um zu demonstrieren, was er meinte.

Sandra schüttelte den Kopf. »Nee, das bin ich nicht. *No, gracias*«, lehnte sie ab.

»Ein bisschen, nur ganz sanft!«, unterstützte ich die Idee. »*Un poco!*«, sagte ich dem Friseur.

»Ach, scheiß drauf, dann halt auch das, wo wir schon mal dabei sind. Mal sehen, was man aus einem ollen Straßenköter noch machen kann!«, grinste Sandra, und ich hatte das Gefühl, dass sie so langsam Gefallen an der Aktion fand.

Ich setzte mich neben Sandra und beobachtete die Verwandlung. Eine herrliche Vorher-nachher-Geschichte. Nein, sie war keine neue Frau, die Straße hatte Spuren hinterlassen, ihr Gesicht sicherlich lange keine Creme mehr gesehen, aber sie würde definitiv nicht mehr für eine Obdachlose gehalten werden. »Wie bei Aschenputtel, aus dem Kürbis wird 'ne Kutsche und dann recht schnell wieder ein Kürbis.«

Sie sah nett aus, nicht glamourös, aber nett. Adrett. Wie eine mittelalte, sehr dünne Frau in ziemlich abgenutzten Klamotten. Aber allein die frisch gewaschenen und geschnittenen Haare bewirkten einen riesigen Unterschied.

Als der Friseur nach vollendeter Arbeit die Karte auf sein Lesegerät hielt, war ich kurz angespannt. Zweihundertvierundsechzig Euro kostete die Verwandlung, Haare, leichtes Tages-Make-up und Maniküre. Nicht gerade ein Schnäppchen, aber was hatte ich mitten in Palmas Innenstadt auch erwartet? Die Karte tat, was sie sollte.

»Sie geht noch immer!«, atmete ich erleichtert auf. »Wir sollten also keine Zeit verschwenden und direkt weitermachen, bevor sie ihre Dienste einstellt.«

Sandra war inzwischen nicht komplett aufgetaut, aber zumindest nicht mehr ganz so verschlossen. Vor drei Jahren, mit fünfundvierzig Jahren, war sie nach Mallorca ausgewandert, mit einem Mann. Er habe davon geträumt, sich selbstständig zu machen, und sie habe ihn unterstützt. Mit allem, was sie gespart hatte. Fünfundvierzigtausend Euro immerhin. Ein Haufen Geld. Er kaufte ein kleines, ein wenig heruntergekommenes Restaurant am Ballermann und »vergaß«, sie eintragen zu lassen. Alles lief auf seinen Namen. »Ich dumme Kuh habe da nicht drauf geachtet, ich dachte, wir lieben uns. Er sagte, das wäre irgendwie kompliziert, würde zusätzliches Geld kosten, und wir haben es nicht weiter thematisiert. Ich habe gerackert wie verrückt, dann zu viel getrunken, und wir kamen einfach auf keinen grünen Zweig.« Sie seufzte. »Ich war selbst schuld. Alles falsch gemacht, was man falsch machen kann.«

Ich hakte vorsichtig nach, fragte, warum sie nicht zurück nach Deutschland gegangen sei. »Ich wollte es ihm zeigen, allen zeigen, wollte all den Bedenkenträgern zu Hause nicht recht geben. Niemand hat den Tobias gemocht, alle hatten mir abgeraten. Gesagt, er sei ein halbseidener Kerl, na ja, sie haben es halt besser gewusst. Liebe vernebelt schnell die Sinne! Und dann war ich irgendwann so runter, na ja, sie haben es ja gesehen, und jetzt kann ich mir den Flug nicht mehr leisten, und so will ich schon gar nicht zurückkommen.«

»Und wie ging es dann weiter?«, ließ mir meine Neugier keine Ruhe.

»Immer weiter runter, ich erzähle es nicht gern, ist

nicht meine Lieblingsgeschichte«, beendete sie das Thema.

Ich war zu forsch gewesen, hatte zu viel gefragt. Jetzt hatte sie zugemacht. »Alles klar, geht mich ja auch nichts an«, lenkte ich ein. »Jetzt gehen wir Klamotten kaufen und dann in die Drogerie«, entschied ich.

Sandra schaute ausgiebig in jedes Schaufenster, und man merkte, dass sie verzückt war. »Da geht ja echt noch was! Nicht wie früher, aber trotzdem ein gewaltiger Fortschritt.« Es freute mich, wie sehr sie sich freute. Danke, Sveni, das war mal gut investiertes Geld.

Sandra wollte nicht zu Zara. Sträubte sich. »Viel zu teuer!«, befand sie. »C&A reicht mir vollkommen, Markenkram brauche ich nicht!«

Zara war für sie schon Markenkram. Sie dachte in anderen Dimensionen als all die Frauen in der Sveni-Welt, denen ich in den letzten Monaten näher gerückt war. Marken waren für die Gucci, Hermès oder Louis Vuitton. Zara hingegen einer dieser Läden, wo man eben mal was mitnahm. Gerne tütenweise, weil es ja so günstig war. Tiefstapeln war für sie Zara. Wenn man nicht als Verschwenderin dastehen wollte, behaupteten diese Frauen oft lapidar: Ach das, das habe ich mal bei Zara geholt, nix Besonderes. Auch mal bei Zara zu kaufen war der Beweis in der Peergroup, dass man die Bodenhaftung nicht verloren hatte. Eine normale Frau war.

Sandra einzukleiden war ein Spaß. Ich, beziehungsweise Sveni, investierte fünfhundertsiebzig Euro, und wir verließen den Laden mit zwei großen, prall gefüllten Plastiktüten und Kleidung für fast alle Fälle. Unterwäsche, diverse T-Shirts, zwei Pullover, zwei Hosen, ein Jogginganzug, eine Allwetterjacke, ein dünnes Daunen-

jäckchen, Turnschuhe und ein Badeanzug. »Zweckmä-
ßig« war das Zauberwort für Sandra. »Wo soll ich denn
deiner Meinung nach bügeln?«, fragte sie nur, als ich ihr
eine weiße Bluse vorschlug.

Ihre alten Klamotten entsorgten wir direkt an der
Kasse.

Jetzt war sie eine andere Erscheinung, sah aus wie eine
Durchschnittstouristin in ihrer dunkelblauen Allwetterjacke, den Jeans mit dem Ringelshirt und den neuen
Turnschuhen. Kleider machen Leute, das bewies sie ein-
drücklich.

»Erst essen und dann Drogerie?«, schlug ich vor, und
sie willigte ein. »Was magst du?«, wollte ich wissen. Wir
landeten in einem kleinen koreanischen Lokal und aßen
uns durch die Speisekarte. Wer uns nicht kannte, hätte
uns, trotz unseres Altersunterschieds, sicherlich für
Freundinnen gehalten.

»Wie soll es mit dir weitergehen?«, traute ich mich zu
fragen.

»Gute Frage, nächste Frage!«, entgegnete sie mit wenig Enthusiasmus.

»Wir brauchen einen Plan! Sonst wird das nicht gut
enden!«, sagte ich.

»Wow, was für eine Erkenntnis! Da wäre ich nie drauf
gekommen. Was für eine sagenhafte Idee. Aber auch
wenn das in deiner Welt nicht vorstellbar ist, es ist sehr
einfach: ohne Job kein Geld, ohne Geld keine Wohnung,
ohne Wohnung kein menschenwürdiges Leben. So ist
das. Wer mal in der Spirale nach unten steckt, ist verratzt!«

»Hast du denn keine Freunde hier, andere Restaurant-
besitzer aus der Zeit, Menschen, bei denen du vielleicht
arbeiten könntest?«

Ein höhnisches Lachen war die erste Antwort. »Nein, die haben alle selbst zu knapsen, und Freunde hast du nur, wenn alles gut läuft, niemand will mit Elend in Berührung kommen. Als wäre das was Ansteckendes. Was man nicht sieht, ist auch nicht da. Da machen alle ganz schnell die Augen zu. Und davon mal abgesehen, im Gastrobereich ist die Konkurrenz verdammt groß.«

Ich verstand. Es ging mir, natürlich mehrere Ebenen darüber, nicht so anders. Auch ich kannte durch Sveni ein paar Leute, hatte mit zwei Frauen sogar versucht, Freundschaft zu knüpfen, schon allein um Gesellschaft zu haben, wenn Sveni nicht da war, aber wirklich nah waren wir uns nie gekommen. Bei aller Freundlichkeit, die Grundstimmung war eine unterschwellige Vorsicht. Die Frauen, die ich getroffen hatte, waren alles Trophäenfrauen. Arbeiteten hart daran, ihre Form zu halten, um damit auch ihren Lebensstandard zu sichern und nicht durch ein jüngeres, schöneres Modell ersetzt zu werden. Auf Konkurrenz war keine scharf. Man beäugte sich und holte sich garantiert keine potenzielle Nachfolgerin ins Umfeld, die den Liebsten auf blöde Gedanken bringen konnte. Bestandssicherung war die Lebensaufgabe.

Ich hatte es, nachdem mir Sveni meine Parkerlaubnis entzogen hatte, bei einer, bei Laura, der Frau von Svenis Kumpel Gert, versucht. Sie hatte mehr als verhalten reagiert. Mir ihr Bedauern ausgedrückt und angeboten, mal in drei Wochen mittags zum Lunch im Golfclub zu gehen. Vorher sei es bei ihr eng.

»Na ja, ich habe bald keine Wohnung mehr, und Lunch im Club ist dann auch keine Option mehr. Du verstehst, was ich meine?«, wurde ich deutlich.

Sie hatte vielleicht verstanden, sehr wahrscheinlich sogar, aber sich nie gemeldet. Keine möchte das Szenario, das sie selbst so fürchtet, begleitend miterleben. Niemand ist gerne an der Seite von Verlierern. Denken diese Frauen, dass bei meinem Anblick ihr eigener Mann auch auf die Idee kommen könnte, sie auszusortieren?

Es war eine Art von subtilem Beziehungscorona. Maske auf, Gesellschaft meiden und hoffen, dass das Virus an einem vorbeizog, obwohl man insgeheim ahnte, dass es jede und jeden irgendwann erwischen würde.

Ich wusste, dass ich inzwischen bestimmt Gesprächsthema war, aber ich wusste auch, dass ich keine Hilfe erwarten konnte. Wer nicht mehr mitspielt, verschwindet. Wo war all die viel zitierte Frauensolidarität, wenn man sie brauchte? Hätte ich sie deutlich erbitten müssen? War mein Stolz ein Teil des Problems?

Wie kam ich also auf die Idee, dass es bei Sandra so anders sein musste? Vielleicht, weil man denkt, dass Menschen, die weniger haben, automatisch stärker zusammenhalten. Sozialromantik, schalt ich mich. Umgekehrt wäre es an sich einleuchtender. Wenn es weniger gab, war der Kampf um das wenige sicherlich härter. Ich hatte, auch vor Sveni, nie kämpfen müssen. Mein Überleben war sicher. Geregeltes Einkommen, ein paar Ersparnisse und eine Wohnung. Wieder fiel mir ein, was meine Mutter immer sagte: warm, satt und trocken.

»Gibt es denn niemanden in Deutschland, der bereit wäre, dir (wir waren inzwischen beim Du gelandet) eine kleine Wiedereinstiegshilfe zu leisten? Alte Freunde? Oder Familie?«, blieb ich beim Thema.

»Nein.« Ihre Antwort war klar und deutlich. Sie merkte, dass das schroff gewesen war, und hob zu einer Erklärung an: »Meine Eltern sind tot. Schon lange. Meine Schwester ein Biest. Auch schon lange. Sie würde sich die Hände reiben und einen Sekt darauf trinken, wenn sie wüsste, wie ich hier lebe. Und Freunde, ach, Freunde, nach all den Jahren ist da niemand mehr. Und ehrlich, wenn's um Geld geht, dann ist es schnell vorbei mit der Freundschaft.«

»Na ja, jetzt hast du ja mich!«, platzte es aus mir heraus. »Ich werde dir helfen, auch wenn es gerade bei mir selbst nicht ganz so rosig aussieht, aber vielleicht können wir uns gegenseitig stützen.« Was hatte ich da gerade gesagt? Wollte ich mir in meiner durchaus prekären Lage noch ihr miserables Leben aufbürden? War ich verrückt geworden? Überredete ich gerade eine Obdachlose, mit mir gemeinsame Sache zu machen?

»Rede keinen Scheiß!«, wies sie mich zurecht. »Nur weil dir das hier gerade Spaß macht! Du bist nicht für mich verantwortlich, krieg erst mal deinen eigenen Kram auf die Reihe. Vor allem weil dein Kärtchen von diesem Typ auch nicht ewig da sein wird. Und dann ist Schluss mit lustig.« Es stimmte, was sie sagte. Aber allein ihr Widerspruch forderte mich heraus. »Du kommst jetzt erst mal mit zu mir, da kannst du mal richtig duschen und durchatmen, drei Wochen bleiben mir noch auf der Finca. Und danach kannst du immer noch sehen.«

Sie runzelte die Stirn. »Du willst mich in deine Bude mitnehmen? Warum?«

Gute Frage, die ich nicht beantworten konnte. Es war einfach ein Gedanke, ein Impuls, den ich nicht weiter durchdacht und direkt ausgesprochen hatte. Aber mal ehrlich, was sollte schon passieren? Selbst wenn sie kriminell war? Die Finca und alles, was drin stand, gehörte Sven. Da musste ich mir keinerlei Sorgen machen. Sie würde sich kaum an meinen Klamotten vergreifen. »Wir können die Zeit nutzen und überlegen, wie es weitergeht. Du kannst mal durchatmen. Ich könnte dir aber auch jetzt und hier einen Flug buchen. Zurück nach Deutschland. Das ist mein Angebot! Wir gehen jetzt in die Drogerie, und du denkst nach.« Alles, was ich sagte, war Wahnsinn. Was würde meine Mutter sagen? Was Sveni?

Allein der Gedanke an Svens Gesicht machte die Idee ausgesprochen attraktiv. Auf seiner Finca, in seinem Gästebettchen, in seinem Pool, nicht nur Michaela mit den zwei Kindern, sondern zur Krönung des Ganzen noch eine Obdachlose, die sich in seiner Dreihundert-fünfzig-Euro-Leinenbettwäsche wälzt.

»Willst du mir einen Gefallen tun, mir helfen oder dem Arsch von der Karte, diesem Sven, eins auswi-schen?«, traf sie den Punkt mit ihrer Rückfrage.

»Was, wenn es eine Mischkalkulation wäre? Wenn mir beide Ideen enorme Freude machen?«, entgegnete ich und merkte, dass das genau die Wahrheit war. Oder war es ein peinlicher Versuch, mich selbst besser zu füh-len im Angesicht eines wirklichen Schicksals? Nach dem Motto: Hör auf zu jammern, nach unten ist immer noch jede Menge Luft. Selbst wenn, wäre das so schlecht? Am Ende würde auch sie profitieren, und selbst wenn sie nur kurz da sein würde, hätte sie doch wenigstens einen Mo-ment zum Durchschnaufen. Zum Akku-Aufladen. »Überlege es dir, mein Angebot steht!«, bekräftigte ich meinen gewagten Vorschlag. »Morgen kommt Michae-la, eine alte Freundin von mir, und dann sind wir drei Köpfe, die vielleicht zusammen eine Lösung finden! Aber jetzt gehen wir erst mal in die Drogerie, Svenis Karte ist noch lange nicht ausgelastet!«

»Du bist ja vollkommen irre, noch irrer, als ich vorhin dachte, als du mich angesprochen hast! Aber ich werde darüber nachdenken!« Ich wusste nicht, warum dieser Vorschlag Bedenkzeit erforderte, in ihrer Situation fände ich jedes Angebot verführerisch, ich konnte aber nachvollziehen, dass sie dachte, ich sei verrückt. Ich hatte selbst den Eindruck. War mir nicht sicher, ob dieser Vorschlag, den ich einer wildfremden Frau gemacht hatte, nicht wirklich komplett irre war.

Es dauerte nicht mal eine halbe Stunde, und sie sagte Ja. Nicht zum Flug, sondern zur Kurzzeitwohngemeinschaft. »Was habe ich schon zu verlieren, selbst wenn du irre bist. Du wirst mich kaum als Sexsklavin missbrauchen, und wenn es ein Experiment mit der Unterschicht ist oder ein Schnellsozialisierungsprojekt, dann bitte schön. Ganz viel Spaß!«

Vier Stunden später saßen wir auf der Couch im Wohnzimmer und schauten, frisch geduscht und Sandra in ihrem neuen C&A-Jogginganzug, eine Folge *Die Auswanderer*. Fast schon Ironie des Schicksals.

Ihr Umzug von der Straße in die Finca war schnell erledigt, wir hatten auf der Heimfahrt von Palma nach Portocolom am Ballermann haltgemacht und ihre Sachen aus der verlassenen Garage in einem Hinterhof geholt. »Das war jetzt meine Endstation, vorher habe ich so eine Art Wohnungs-Hopping gemacht. Ich bin immer irgendwo für ein paar Nächte gewesen, zwei oder mal drei oder vier Nächte, und jetzt hat mir eine Bekannte diese Garage überlassen. Mir fiel auch niemand mehr ein, bei dem ich hätte unterschlupfen können. Die Bewohner des Vorderhauses waren nicht begeistert über die Garagennutzung, aber sie konnten es nicht ändern. Gehört ja nicht ihnen, die Garage«, erzählte sie mir, während sie ihren Schlafsack aufrollte. »Manchmal, wenn ihr cholerischer Mann Juan Xavier arbeiten war, ließ mich die Frau, Maria, eine Spanierin, auch bei sich duschen und gab mir ein paar Essensreste. Das war nett.«

»Warum hast du keine Sozialhilfe beantragt?«, fragte ich. Ich hatte, zu meinem großen Glück, das fing ich so langsam an zu kapieren, keine Ahnung von diesen Dingen. War nie in der Situation gewesen, mich damit zu beschäftigen. Welch ein Segen.

»Ich bin deutsche Staatsbürgerin, und man kann im Ausland keine Sozialhilfe beantragen und empfangen. Dazu hätte ich zurückgemusst. Ich bin allerdings keine Residentin hier auf Mallorca, deshalb sind auch die Spanier nicht für mich zuständig. Insofern war der Staat, welcher auch immer, kein Ausweg. Und ehrlich, Monika, das entspricht so gar nicht meinem Selbstverständnis. Ich wollte mich da rauswursteln, so wie ich mich auch reinmanövriert habe. Aber da in der Garage, da war ich, im wahrsten Sinne des Wortes, am Boden. Ganz unten angekommen. All das hätte ich noch vor einem Jahr nicht für möglich gehalten. Das mit dem Mülleimer in Palma war das erste Mal, ich dachte, ich kann nicht mehr wählerisch sein.«

Ich war erstaunt darüber, wie nüchtern und glasklar Sandra mir ihre Geschichte schilderte.

Dann, nachdem sie so offen mit mir war, erzählte ich ihr meine Geschichte. Ungeschönt.

»Macht der wahrscheinlich schon immer so. Was ein Arsch«, lautete ihr knapper Kommentar. Dass Svenis Verhalten Methode sein könnte, war mir noch gar nicht in den Sinn gekommen. Wer weiß, was mit Daggi und Dani gelaufen war?

111

»Aber Geschmack hat er, der Arsch!«, sagte sie, als sie das Gästezimmer betrat. Ich nickte. »Damit meine ich nicht nur das Zimmer und die Finca und all das, sondern auch dich!«, stellte sie noch fest. »Ich danke dir sehr. Das war das Netteste, was ich in den letzten Jahren erfahren durfte. Gute Nacht, Monika.«

Als ich mich dann selbst schlafen legte, war ich, trotz der lieben Worte, ein bisschen unsicher. War das nicht vorschnell von mir, ich kannte diese Frau doch gar nicht? Wen hatte ich mir da ins Haus geholt? Was, wenn sie eine komplette Lügnerin und Psychopathin war? Sollte ich besser mein Zimmer abschließen, damit sie mich nicht im Schlaf niedermetzelte? War das vielleicht sogar ihre Masche? Vertrauen mit einer rührseligen Geschichte erschleichen und dann, vielleicht mit einer Bande, die Finca leer räumen?

Als ich am nächsten Morgen wach wurde, ich hatte die Nacht somit überlebt, auch das Mobiliar war noch da, roch es nach Kaffee. Sandra stand in der Küche und bereitete Frühstück. Der Tisch auf der Terrasse war gedeckt, frischer Orangensaft wartete.

»Guten Morgen, ich wusste nicht genau, was du morgens am liebsten isst, magst du Spiegeleier, Rühreier, Eier Benedict oder einfach nur ein schlichtes weiches Ei?«, fragte sie und strahlte mich an. »Was für eine Megaküche, da geht einem ja das Gastroherz über!«, bekundete sie strahlend.

Obwohl ich fest vorhatte, wieder in meinen »Morgens esse ich nicht«-Modus zurückzuschalten, entschloss ich mich, diesen Vorsatz zu verschieben. »Zwei Spiegeleier bitte und Toast«, sagte ich und genoss es, Gesellschaft zu haben. Sandra jetzt, heute Morgen, und die Sandra gestern vom Mülleimer in Palmas Innenstadt hatten wenig gemein. Daran waren nicht nur die neue Frisur und die Klamotten schuld, auch die Umgebung machte etwas. Der Luxus des Hauses, der Küche, die Umgebung bewirkten die Veränderung, fast als würden sie auf den Menschen abstrahlen.

»So lässt es sich leben, das ist eine Wucht. Mannomann, wenn ich mir vorstelle, dass das für manche Leute Alltag ist. Normalität. Da kann man verdammt neidisch werden.«

Ich hatte sofort den Reflex, mich zu verteidigen, all das offensichtlich Schöne kleinzureden. Nach dem Motto: Unglück kann sich überall breitmachen, es schert sich nicht um Äußerlichkeiten. Irgendwas in der Art antwortete ich dann auch.

»Ich liege lieber weinend in dem feinen Boxspringbett als in meinem ollen Schlafsack in der Garage, mehr sage ich dazu nicht!«, konterte sie, und ich musste ihr recht geben. »Ach, und eins noch, wenn ich jetzt hier bin und dir auf der Tasche liege, oder diesem Kerl, will ich wenigstens irgendwas machen. Ich kümmere mich ums Essen und die Küche. Du lässt dich einfach bedienen, und deine Freundin, die da heute kommt, wird mitbedient. Keine Widerrede. Das brauche ich, um mich nicht wie eine Vollschmarotzerin zu fühlen. Anders kann ich mich im Moment nicht bedanken. Und ich stehe gern in der Küche! Vor allem in so einer!«

Ich willigte ein, allein das Frühstück war schon ziemlich vielversprechend gewesen.

Wir nutzten den restlichen Vormittag, um uns gegenseitig unser Leben zu erzählen. So intensiv hatte ich lange nicht mehr mit jemandem gesprochen. Sandra konnte zuhören, war interessiert. Zeigte Empathie. Ich fühlte mich sehr wohl in ihrer Gesellschaft.

Ich war mir allerdings nicht sicher, ob es sie als Person war, die mir dieses Gefühl gab, oder die Tatsache, nicht allein zu sein. Von Angesicht zu Angesicht mit jemandem zu reden. »Was macht denn dieser Typ, der, dem du dein Geld gegeben hast? Dieser Tobias. Hat der das Restaurant noch? Ist der noch auf der Insel? Hast du ihn noch mal gesehen? Zur Rede gestellt? Weiß der, wie es um dich stand, also … steht?« Ich hatte viele Fragen, konnte mir immer noch nicht erklären, wie man so abschmieren konnte.

»Ich war einfach vertrauensselig. Dusselig. Und nein, ich habe ihn nicht mehr gesehen. Er ist weg. Ich habe ihn gesucht. Wollte mir sogar einen Anwalt nehmen. Aber wie soll man jemanden verklagen, der verschwunden ist. Davon mal abgesehen, kosten Anwälte Geld. Das Restaurant, unser ›La Paloma‹, existiert nicht mehr, da ist jetzt so ein Sushi-Laden. Die haben ihm eine Abfindung gezahlt. In unserer ehemaligen Wohnung wohnt er nicht mehr. Ich habe den Vermieter angerufen, und der ist direkt ausgerastet, weil Tobias schon seit Monaten nicht mehr gezahlt hat und dann einfach abgehauen ist. Mit einem Haufen Mietschulden und all unseren Möbeln. Der wollte dann von mir die Kohle. Da habe ich schnell aufgelegt. Das hätte mir noch gefehlt.

Der Tobias ist so ein Mann, dem man schnell auf den Leim geht, der kann total charmant sein, man traut dem so was nicht zu. Ich habe mich volle Pulle verschätzt. Ich dachte immer, ich hätte Menschenkenntnisse, aber mit so was rechnet ja keiner. Erst große Liebe, und dann kam die Nörgelei, ich konnte ihm nichts recht machen. Der hat mich richtig kleingemacht, heute weiß ich das.

114

Egal, was war, es war meine Schuld. Und ich habe es auch noch geglaubt. Das Restaurant lief nicht, weil ich angeblich nicht gut genug gekocht habe, ich war nicht jung genug, habe nicht genug mit den Gästen geflirtet, mich nicht genug eingesetzt. Er hingegen hat sich nur um die Gäste gekümmert, mitgetrunken, große Reden geschwungen, und ich bin gerannt. Küche und Service, das schafft man einfach nicht beides. Irgendwas leidet. Dann haben wir nur noch gestritten, oder besser gesagt, er hat mich fertiggemacht und ich habe den Kopf eingezogen. Und dann habe ich angefangen zu trinken. Immer wenn er sauer war, habe ich den Mund gehalten, gehofft, dass er sich beruhigt, und mir einen oder zwei genehmigt. Um runterzukommen, mich mal zu entspannen. Alkohol war ja immer verfügbar. Bier, ein Weinchen und dann auch mal was Härteres. Da hat dann vieles gelitten. Mein Selbstwert, mein Aussehen, das Restaurant, ich habe das nicht mehr geschafft. War überfordert. Das hat ihn immer mehr in Rage gebracht, und ich habe wirklich gedacht, guck dich an, Sandra, du bist, was er sagt: eine Versagerin. Irgendwann bin ich zusammengebrochen. Im Lokal. Ich hatte zwei Schnitzel in der Pfanne, Wiener Art, das ist das Letzte, woran ich mich erinnere. Aufgewacht bin ich im Krankenhaus. Kreislaufzusammenbruch, und weil ich so blöd gefallen bin, noch einen Oberschenkelhalsbruch. Das war, selbst wenn das komisch klingt, fast meine Rettung. Die vierzehn Tage im Krankenhaus waren, was den Alkohol angeht, lehrreich. Ich habe seitdem nie mehr auch nur den kleinsten Schluck getrunken. Von heute auf morgen gab es nichts mehr. Das war nicht leicht, aber ich war ja unter Aufsicht.

Tobias kam nicht ein einziges Mal vorbei. Es hat ihn

nicht interessiert, was mit mir ist. Wir haben mal telefoniert und er hat eine Tasche mit ein paar Hygieneartikeln und Klamotten am Empfang abgegeben. Das war's.

Als ich nach gut zwei Wochen entlassen wurde, stand ich mit meinen Krücken da und musste feststellen, dass Tobias die Zeit gut genutzt hatte. Das Restaurant war zu und er selbst weg. Ich hatte nichts mehr. Na ja. Das ist meine Geschichte. Mehr oder weniger. Ich habe keinen Schimmer, wo er sich rumtreibt, und ich bin nicht mal sicher, ob ich es wissen will. Ich weiß nicht, ob ich nicht was echt Unvernünftiges tun würde. Eine Weile habe ich wirklich gedacht, ich bringe ihn um, wenn er mir über den Weg läuft.« Sie guckte mich entschlossen an und lachte dann. Laut. »Würde ich natürlich bei allem Zorn nie tun. Die Knäste hier auf Mallorca sollen nicht besonders hübsch sein.« Ihre Miene wurde nachdenklich. »Was würdest du mit diesem Sveni machen?«, fragte sie mich.

Ich überlegte. Meine Rachegedanken waren bisher eher vage. »Ihm wehtun, also im übertragenen Sinne natürlich. Aber erst mal muss ich mich berappeln, momentan bin ich zu gekränkt und zu verletzt, um einen ausgefeilten Plan zu entwickeln. Aber noch ist Zeit. Seine Haushälterin ist in den Ferien und wird mir, wenn sie wieder da ist, die Schlüssel abnehmen. Bis dahin muss ich wissen, wie ich ihm das Leben versauen kann.«

»Auf mich kannst du zählen!«, sagte Sandra nur, und ihr Gesicht sah verdammt entschlossen aus. »Ich bringe deinen um und du meinen, niemand weiß, dass wir uns kennen, wir hätten kein Motiv und wären für immer durch unser Schweigen miteinander verbunden. Perfekt.«

Das ging mir doch etwas zu weit. Sie sah mein verstörtes Gesicht und lachte erneut aus voller Brust. »Man wird ja wohl mal einen kleinen Scherz machen können!«

Ich erzählte ihr von Michaela, von unserer gemeinsamen Schulzeit und dem Auseinanderdriften in den letzten Jahren. »Die Zeit mit Sven hat uns noch weiter voneinander entfernt, aber daran trage ich die Hauptschuld. Ich bin überheblich geworden, das weiß ich inzwischen. Dachte, was soll diese Demnächst-dreifach-Mutti in meinem Leben. Ich habe es mir mit meinem Umfeld verdorben, ich war davon überzeugt, dass mein Leben jetzt Sven ist. Ich war, das glaubte ich, aufgestiegen in eine andere Liga, weit entfernt von Michaela und Co. Wie sagt man so schön: Hochmut kommt vor dem Fall! Das waren unschöne Wahrheiten, es fiel mir schwer, sie einzugestehen. Was war ich bloß für eine unsympathische Ziege geworden. Aber Sven war für mich der Hoffnungsträger gewesen. Ein Symbol für ein anderes Leben.

Sandra schien mich nicht zu verurteilen. »Wenn ich das hier so sehe, kann ich mir sehr gut vorstellen, auch auf etwas Ähnliches reinzufallen! Fast alle denken doch insgeheim, es stehe ihnen mehr und ein besseres Leben zu. Und wir vergessen darüber schnell, dass unser bisheriges Leben gar nicht mal schlecht war. Mach dir keine Vorwürfe, guck mich an, bei mir hat ein gut aussehender Tobias gereicht. Jede ist auf ihre Art naiv gewesen. Und gäbe es einen Naivitätswettbewerb, wer ist die Einfältigste, dann wäre der Sieg meiner, so viel ist mal klar.«

Schlimmer geht immer, schoss mir durch den Kopf, aber wenn es um Ausweglosigkeit ging, hatte sie klar gewonnen. Im Vergleich sah es für mich schon nicht mehr so dramatisch aus. Ich konnte nach Hause. Auch wenn die Vorstellung, mit fast vierzig Jahren bei meiner Mutter unterzuschlüpfen, nicht besonders erfreulich

117

war. Aber es gab immerhin die Möglichkeit, sie würde mir garantiert helfen. Ich könnte mir eine Stelle suchen, und irgendwann wäre Sven nur noch eine beschissene Erfahrung. Das sah bei Sandra anders aus, ihr fehlte jedweder Rückhalt in Deutschland. Ich jammerte auf sehr hohem Niveau, das musste ich einsehen, und vor allem musste ich aufhören, so selbstmitleidig zu sein. Ich fand mich selbst allmählich unerträglich.

Um 15 Uhr klingelte es. Michaela und die Kinder waren angekommen. »Ich hätte stundenlang weiterfliegen können, war das herrlich! Sie bringen einem Getränke, und man hat viel mehr Platz in dieser Business Class. Tausend Dank!«, begrüßte sie mich.

»Sind Sie die berüchtigte Anneliese?«, wandte sie sich erstaunt an Sandra. Ich hatte ihr noch nichts von meiner neuen »Freundin«, meiner Straßenbekanntschaft, erzählt. »Nee, nee, Anneliese ist in Deutschland, Sandra und ich sind eine Art Interessengemeinschaft! Wir kennen uns noch nicht lange! Michaela, das ist Sandra, und Sandra, das ist Michaela, meine Freundin aus Schulzeiten!«, stellte ich die beiden einander vor.

Das gegenseitige Begutachten wurde von Theo und Mia unterbrochen. »Können wir in den Pool? Bitte, Mama! Du hast es versprochen!«

Ich hatte die beiden lange nicht gesehen. Sehr lange. Beim letzten Mal war Theo ein Baby gewesen.

»Erinnerst du dich an die beiden?«, fragte Michaela.

»Also ehrlich, auf der Straße hätte ich sie nicht erkannt, das sind ja richtige kleine Mernschen geworden«, antwortete ich und schämte mich. Eine gute Freundin hätte sich gekümmert. Meine letzte Amtshandlung war ein Geburtsgeschenk für Theo gewesen, ein blau geringelter Strampler. Dem war er offensichtlich schon sehr lange entwachsen. Beide sahen nett aus, wie Kinder eben so aussehen. Er versteckte sich hinter Michaelas Beinen, und Mia grinste mich scheu an. »Klar könnt ihr in den Pool, ich zeige euch euer Zimmer, und dann gehen wir zusammen hin!«, versuchte ich die beiden direkt mal für mich zu gewinnen.

»Hast du auch Eis?«, wollte Theo wissen.

Ich nickte.

»Eins nach dem anderen«, entschied Michaela, »wir ziehen uns um, gehen schwimmen, und dann gibt es Eis.«

»Jetzt Eis!«, motzte Theo.

Michaela blieb vollkommen gelassen. »Du kannst jetzt Eis haben, aber dann gehst du nicht schwimmen.«

Mia mischte sich ein. »Schwimmen, ich will schwimmen. Halt die Klappe, Theo! Wenn ich wegen dem da (sie deutete auf den zornigen Theo) nicht ins Wasser darf ...«

Sie kam nicht dazu, ihren Satz zu beenden, denn Michaela packte die beiden und sagte nur: »Umziehen. Badesachen an. Jetzt bringen wir unseren Kram ins Zimmer und dann geht es los. Der Pool wartet!« Sehr klar, sehr konsequent. Die Kinder schienen ähnlich beeindruckt und trappelten brav, ohne weiteres Gemecker, hinter Michaela und mir her.

Eine halbe Stunde später hatten wir uns am Pool versammelt, und die Kinder, beide mit Schwimmflügeln versehen, hatten einen Mordsspaß. »Die sind ja herzig, so süß!«, schwärmte Sandra und schaute wie beseelt auf Theo und seine ältere Schwester. Ich fühlte mich in diesem Moment seltsam. Ich hatte dieses generelle Beseeltsein beim Anblick von Kindern nicht. Manche fand ich ganz niedlich, andere eher nervig. In welche Kategorie die beiden für mich gehörten, konnte ich noch nicht genau sagen, bisher fiel mein Resümee eher positiv aus, aber ich wusste, dass Kinder keine besonders berechenbare Spezies waren. In einem Moment entzückend, im nächsten die Pest auf Beinen. Ich war Kinder um mich herum auch schlicht nicht gewohnt. In meinem Leben waren keine Kinder. Kinder bedeuteten für mich in erster Linie jede Menge Verantwortung. Sie kosteten Zeit, Geld und Nerven, und man wusste nicht genau, was hinten dabei rauskam. Sie waren ein Hochrisikoinvest. Im besten Fall wurden sie irgendwann selbstständig, und man bekam im Heim ab und an Besuch. Viel mehr konnte und sollte man nicht erwarten.

Das war, so viel war mir schon klar, keine besonders emotionale Betrachtung des Themas. Aber so war ich nun mal. Diese Verknüpfung von Kindern und überströmenden Hormonen schien bei mir nicht zu bestehen. War das was Genetisches? War ich gefühlskalt oder einfach anders disponiert?

Sandra war augenscheinlich im siebten Himmel. Wenn man sie beobachtete, wie sie mit den Kindern im Pool herumalberte und spielte, wie zutraulich die beiden in null Komma nichts ihr gegenüber waren, ich hätte ihr direkt jeden Animationskinderjob angeboten.

»Woher kannst du das?«, fragte ich und wusste nicht, ob ich neidisch war. Diese Ungezwungenheit im Umgang mit den beiden, sie hatte eindeutig »Kindertalent«.

»Ich war mal Erzieherin, in meinem früheren Leben, bevor ich die ›Gastrokarriere‹ angefangen habe!«, antwortete sie und strahlte. »Ich liebe es, mit Kindern zusammen zu sein. Diese Ehrlichkeit, einfach großartig. Tobias meinte, das sei doch nichts. Fremder Leute Kinder zu bespaßen, und das für, wie er fand, kleines Geld. Kochen konnte ich eh gut, und er sagte, wer Kinder aushalten kann und mit denen klarkommt, der kann ebenfalls mit Gästen. Als Erzieherin sei ich Nerverei ja gewohnt.«

Erinnerte mich an meine Geschichte, auch mir wurde von Sven beständig erklärt, dass die paar Euros in meinem Beruf wohl kaum angemessene Bezahlung seien. Wenigstens hatte mir Sveni kein Geld abgenommen, immerhin. Wenn es andere noch schlimmer erwischt hat, relativiert das die eigene Horrorgeschichte. Man musste konstatieren: Sandra hatte, was die miese Story angeht, deutlich gewonnen. Abgetaucht waren beide, aber zumindest hat mich Sveni im Gegensatz zu Tobias nicht mit einem Kreislaufzusammenbruch und einem Oberschenkelhalsbruch in einer Klinik liegen lassen.

Michaela war selig. Die Kinder würdigten sie keines Blickes mehr, waren total fixiert auf Sandra. »Wow, herrlich, Urlaub mit Kinderbetreuung!«, seufzte Michi.

So hatten sie und ich Zeit, in Ruhe die letzten Wochen durchzusprechen. Bei ihr, so ihre Aussage, keine besonderen Vorkommnisse. Sie liebe ihren Tom, sie kamen gut klar miteinander, ihr Leben sei anstrengend, der Alltag stressig, das Geld immer einen Tick knapp, aber ansonsten alles paletti. Nichts Besonderes im Großen und Ganzen, und das sei doch herrlich. Ich hatte dieses »Nicht-Besondere« nicht geschätzt, war sofort angesprungen auf das »Mehr von allem«, das Sveni mir versprochen hatte.

»Was willst du denn jetzt machen, Monika?«, fragte Michi, nachdem wir ihr Leben, ihre Schwangerschaft, die Kinder und Tom durchgehechelt hatten.

»Es ihm heimzahlen!«, war die kürzeste und treffendste Zusammenfassung meiner Wünsche.

»Aha!«, war die erste Reaktion von Michi. »Macht es glücklich, jemand anderen unglücklich zu machen? Ist Rache der Schlüssel? Und vor allem, und das ist die entscheidende Frage: Was bringt es dir?«, wollte Michi nach einer kleinen Pause wissen.

»Ich hoffe: Genugtuung. Das Gefühl, für ausgleichende Gerechtigkeit zu sorgen. Ein Gleichgewicht des Schreckens zu schaffen. All das eben«, lautete meine Antwort.

Wieder folgte ein »Aha«. »Aber wie willst du ihm es heimzahlen?«

Ich hatte mir tatsächlich schon einige Gedanken darüber gemacht. Es gab genug Filme und Serien mit fiesen Rachetricks. Gammeligen Fisch im Lüftungsschacht oder klein geschnittene Garnelen in Gardinenstangen verstecken. Selbstbräuner in seine Gesichtscreme füllen, Gras- oder Kressesamen auf feuchten Teppich streuen, Dschungelfeeling im Schlafzimmer (der einzige Raum mit Teppichboden), Juckpulver in seinen Klamotten verteilen, die Finca einsauen. Mit Filzstiften die Tapeten bemalen. Essensreste auf der Terrasse, um Mandelratten oder ihre Kollegen anzulocken. Ich hatte noch keine ausgefeilten Pläne, aber allein die Fischidee, auch wenn sie ein wenig abgestanden war, hatte was. Ich sah Sven bereits schnüffelnd, naserümpfend, angeekelt und suchend durchs Haus laufen.

Michaela schaute wenig begeistert. »Finde ich nur semi-originell. Alles schon mal gelesen oder in irgendeinem Film gesehen. Und mal davon ab, du weißt, dass du damit nicht in erster Linie ihm schadest«, gab sie zu bedenken.

»Na ja«, versuchte ich mich zu erklären, »da gibt es sicher noch originellere Ideen. Es existierten sogar Racheagenturen, man musste nicht mal selbst tätig werden!« Das mit den Agenturen hatte ich gegoogelt.

»Denk mal nach, Monika, was glaubst du, wer dann die Finca wieder auf Vordermann bringen muss? Teppich entsorgen, den Fischgeruch aufspüren? Natürlich seine Haushälterin. So einer wie dieser Sven muss das nicht selbst erledigen, der hat Personal dafür. Es wird ihn kurz ärgern und ein bisschen Geld kosten, aber am Ende nur darin bestärken, dass er sich zu Recht getrennt hat und wie sehr es dich verletzt hat, dass er dich verlassen hat. Diese Art von Rache signalisiert doch nur, wie groß der Verlust für dich ist. Wie arg du haderst und leidest. Und das alles wegen ihm«, interpretierte Michaela meine Rachegedanken.

So hatte ich all das noch gar nicht gesehen, und ich musste gestehen, das klang leider einleuchtend. Am Ende wären meine Aktionen womöglich eine Form des speziellen Ego-Boosters. Das war nicht das, was ich erreichen wollte. »Aber wie sollte ich mich deiner Meinung nach verhalten?«, fragte ich verunsichert.

»Er muss mitbekommen, dass dir das Glück aus allen Poren leuchtet! Ohne ihn! Du solltest eine Art Glückskeks auf zwei Beinen werden! Strahlend vor Selbstbewusstsein und Freude!«

»Das mit dem Fisch geht leichter!«, antwortete ich, aber ich wusste, dass sie recht hatte. Für einen Sveni war er der Sechser im Lotto, und wenn er eine Frau verließ, stand natürlich Leiden auf der Tagesordnung. Eine Frau hingegen, die pupsvergnügt und glücklicher denn je agierte, war für ihn mit Sicherheit kränkender als ein Stück alter Fisch. Aber zum einen hatte ich keine Ahnung, wie ich aus meiner Situation heraus pupsvergnügt und glücklicher denn je werden sollte, zumindest ohne Zuhilfenahme von Psychopharmaka und Drogen, und zum anderen musste er das auch noch mitbekommen. Die Idee von Michaela hatte einige Haken.

»Ich glaube, die beiden wären bereit für ein kuscheliges Handtuch und das versprochene Eis – und ich bin kurz davor, Schwimmhäute zu bekommen!«, unterbrach Sandra unsere Unterhaltung.

»Ich denke darüber nach und übe mich schon mal im Glücklichsein. Ich hole Eis, das hilft in dieser Hinsicht immer, wollt ihr auch?«, fragte ich in die Runde.

Alle nickten, und wir verbrachten einen wunderbar faulen Nachmittag am Pool.

Schwimmen und frische Luft machen müde, die Kinder fielen nach dem Abendessen, das Sandra uns kochte, ein sämiges Risotto mit Scampi und Pilzen, ermattet ins Bett.

»Danke, Sandra!«, sagten wir fast unisono, als sie den beiden auch noch eine Geschichte vorgelesen hatte. »Du bist ja unbezahlbar! Könnte ich dich bloß immer um mich haben. Einfach behalten!«, lobte Michaela.

Sandra freute sich sichtlich. »Es macht mir sauviel Spaß mit den Kleinen, man kriegt so viel zurück!«, beteuerte sie. »Ich mache das echt gerne! Kinder sind ehrlich und authentisch. Die lügen einem nicht die Hucke voll.« Sandra fand meine Fischidee lustig, aber auch sie verstand schnell, was Michaela daran störte. »Es stimmt, am Ende haben so Typen immer Menschen, die das Malheur für sie erledigen. Man muss an ihr Ego ran. Worauf ist dieser Sven stolz? Da müssen wir ansetzen!«, lautete ihr Vorschlag.

Michaela nickte zustimmend. »Und was ist mit deinem Typen?«, fragte sie Sandra.

Sandra schilderte ihre Geschichte in Kurzversion. »Er ist eine Art Sven. Ohne Geld, aber mit einem ähnlich gigantischen Ego. Er hält sich für einen Supergewinnertypen. Was ich will, kriege ich, heißt seine Parole.«

»Wie sympathisch. Beides Männer, die die Welt nicht braucht, aber leider auch nichts Ungewöhnliches. Solche Typen laufen da draußen zuhauf rum. Und wir Frauen sind zu doof, sie direkt zu erkennen«, seufzte Michaela. Sandra und ich senkten die Köpfe. Sie hatte so was von recht. Wie doof kann man sein? Michaela legte noch mal nach: »Die meisten Frauen stehen ja auf solche Schaumschläger, ich weiß doch genau, Monika, dass du einen Mann wie meinen Tom langweilig findest. Diese Überheblichkeit hat dann am Ende ihren Preis.«

Erwischt. Da war was dran. Ich hatte mich blenden lassen, hatte gedacht, Sven sei mein Ticket aus der Langeweile, der Routine. Aber musste man seine Ansprüche niedrig halten, um nicht enttäuscht zu werden? War das der Trick? Durfte man nicht mehr wollen? War das allein schon das Ticket Richtung Enttäuschung? Natürlich stritt ich ab, dass ich Tom für langweilig hielt.

Sandra hingegen stimmte Michaelas These sofort zu. »Ja, das ist wahrscheinlich ein wichtiger Punkt. Ich war begeisterte Erzieherin, aber ich dachte irgendwie, da wartet noch Großes auf mich. Glaubte nur zu gern, dass ich für Aufregenderes gemacht sei. Mir gefiel, was er in mir sah. Das wollte ich auch in mir sehen. Auswandern hörte sich nach Abenteuer an, und Tobias kann, das ist sein großes Talent, sehr überzeugend sein.«

Das hätte ich fast eins zu eins bestätigen können. Waren wir Frauen einfach alle so leicht zu haben? So einfach zu ködern? »Tja«, stellte ich fest, »und jetzt sitzen wir hier und sind die Gelackmeierten. Das haben wir fein hinbekommen. Und die Idioten reiben sich die Hände und suchen sich eine neue Idiotin.«

»Falsche Haltung, zu selbstmitleidig. Denen spucken wir in ihre Suppe, verlasst euch drauf«, versuchte Michaela uns aufzuheitern, »ihr seid doch kein williges Schlachtvieh, ihr habt doch schon vieles geleistet, ihr müsst nur wieder den Kopf hochhalten und durchstarten!« Das klang schön, aber auch ein bisschen wie aus einem Motivationsratgeber. Nach dem Motto: Bla, bla, bla, alles liegt in deiner Hand. Du bist deines eigenen Glückes Schmied. Krone geraderücken und weiter geht's. Man muss nur wollen. Was so mit Sicherheit nicht stimmte. Jedenfalls nicht im Fall von Sven und mir. Er hatte die Finca, das Geld, einen hochdotierten Job, und ich hatte von alledem zurzeit nichts. Die Ausgangslage hätte unterschiedlicher nicht sein können. Aus seiner Position heraus ließ es sich leicht eigenes Glück schmieden. Ohne die entsprechenden Voraussetzungen war das schon schwieriger.

Sandra stöhnte auf: »Das macht noch mehr Druck, dieses ›Alles liegt in dir selbst. Du musst nur wollen‹. Ha. Wenn man dann so rumkrepelt wie ich, dann ist man an der Scheiße auch noch selbst schuld. Von unten aufzutauchen ist nun mal schwerer.«

Ich nickte nur. Aber Michaela blieb streng und optimistisch zugleich. »Kann sein, dass es gerade nicht gut aussieht, aber alles im Leben ist auch eine Frage der Perspektive. Ihr könnt euch jetzt noch tiefer einbuddeln oder versuchen, wieder da rauszukommen. Zwei Möglichkeiten. Ihr habt bei eurer Männerwahl ein falsches Händchen gehabt, das heißt aber nicht, dass euer Leben für immer ruiniert ist. Reißt euch zusammen, da geht doch noch einiges. Ihr seid gesund, habt Berufe und keine Kinder, für die ihr sorgen müsst.«

Diese Entschlossenheit und Klarheit bei Michaela überraschten mich. Hatte ihre Haltung damit zu tun, dass sie, im Gegensatz zu mir, mit gewissen Entbehrungen groß geworden war? Machte das einen Menschen härter fürs restliche Leben?

»Ich weiß, das erschreckt euch jetzt, aber, und damit meine ich vor allem dich, Monika, ihr jammert auf einem verdammt hohen Niveau. Dein reicher Märchenprinz ist dich leid, so was kann passieren. Das ist das Risiko bei diesen Typen. Damit muss man rechnen. Aber es ist kein Schicksal, das einen automatisch für den Rest des Lebens aufs Abstellgleis schiebt. Es ist eine Lehrstunde. Im besten Fall lernt man daraus. Fällt nicht wieder auf den nächsten Arsch rein. Bei Sandra ist es ein bisschen komplizierter. Aber am Ende war es halt kein reicher Märchenprinz, sondern nur ein Arsch. Der Rest ist deckungsgleich.«

Wir mussten schlucken ob all der harten Worte. Ich fühlte mich angegriffen. Kritik ist nichts, was man gerne hört. Auch, und besonders nicht, von Freunden. Ich wollte jemanden, der mir über den Kopf streicht und sagt: Du Arme, das hast du wirklich nicht verdient. Ich war überrascht, wie klar Michaela war und wie wenig mitleidig. Ehrlich, das hatte ich ihr nicht zugetraut. Ich war unsicher, ob mir das gefiel. Ich wollte mich verstanden fühlen, diese scharfe Analyse hätte noch Zeit gehabt. Eins nach dem anderen.

Sandra hingegen nickte und nickte. »Ja, da hast du den Nagel auf den Kopf getroffen, ich habe mich echt richtig hängen lassen. Habe gedacht, das wird irgendwie von selbst wieder. Und ich wollte bejammert werden und habe selbst auch nichts anderes getan. Asche über mein Haupt.«

War Sandra weiter als ich oder nur noch tiefer gesunken? War mein Verlust, wenn man das überhaupt so bezeichnen durfte und konnte, schließlich war niemand gestorben, sehr viel geringer? Mein Netz, das mich im Fall der Fälle eben doch auffangen würde, stärker? Ich hatte immer noch meine Mutter, die wahrscheinlich sogar begeistert wäre, wenn ich zurück ins Elternhaus käme. »Und was schlägst du jetzt vor, was machen wir jetzt?«, fragte Sandra und schaute Michaela an wie einen Guru.

»Ich bin nicht die Problemlöserin für alles, wir nutzen die Zeit, die ihr hier in der Finca habt, und schauen, was möglich ist. Aber erst müsst ihr mal wissen, was ihr wollt. Das ist auf jeden Fall der erste Schritt!«, antwortete sie.

»Keine Mülleimer mehr, ein Leben, das ich selbst finanziere, und bitte keinen Kerl, der mich ausnimmt. Das wäre fürs Erste alles, wonach ich mich sehne!«, kam Sandras Antwort wie aus der Pistole geschossen.

»Wo soll dieses neue Leben ohne Kerl denn stattfinden, in deinen Wünschen? In Deutschland oder hier auf Mallorca?«, erkundigte sich Michaela. Sandra schaute in den Himmel, dann auf die große Palme inmitten des Gartens und sagte: »Am liebsten würde ich hierbleiben. Ich mag diese Insel. Ich liebe das Klima. Und Tapas. Und die Sprache. Also eigentlich alles hier. Wenn ich die Wahl habe, dann sehr gerne ein Leben in der Sonne. Vor allem weil in Deutschland niemand auf mich wartet.«

Ich war bei dieser Frage nicht so eindeutig wie Sandra. Ich mochte die Insel. Aber noch saß ich auf der Terrasse einer großen Finca mit Pool. Mein Hintern in einem Designergartenstuhl. Ob es mir genauso gut gefallen würde, wenn ich in einer kleinen, schrabbeligen Wohnung hocken würde, ohne all die Annehmlichkeiten, einer kleinen Wohnung, die ich natürlich selbst bezahlen musste, erschien mir fraglich. »Ich bin mir unsicher«, gestand ich, »mir gefällt es hier. Ich liebe das Wetter, vermisse keine Kälte, aber ich weiß nicht, ob ich hier eine Perspektive habe. Beruflich und privat. In Deutschland würde ich mit Sicherheit relativ schnell wieder eine Anstellung finden. Aber es wäre ein bisschen wie ›Gehen Sie zurück auf Los‹. Es wäre ein Eingeständnis des Scheiterns. Ich würde es hier gerne schaffen, um es mir und allen anderen zu beweisen, habe aber, so glaube ich, berechtigte Zweifel, dass das geht.«

»Es geht immer mehr, als man denkt, vielleicht muss man einfach nur größer denken!«, behauptete Michaela, und es klang herrlich überzeugend.

»Jetzt machen wir uns erst mal einen schönen Abend und bewegen all das in unseren Gehirnen, und in den nächsten Tagen sehen wir weiter!«, beendete unsere Talkmasterin und Gesprächsleiterin Michaela das Thema. »Manchmal brauchen große Entscheidungen auch Zeit!«

Sie hatte echt das Zeug für eine Motivationscoachin. Erstaunlich, wie überzeugend sie sein konnte.

Den nächsten Tag verbrachten wir am nahe gelegenen Strand. Zum Glück hatten wir noch das Auto, und ich scherte mich nicht die Bohne darum, wie viel Sand am Ende des schönen Tages darin landete. Wir bauten kleine Staudämme, und ich übte mit Mia das Schwimmen.

»Kinder lassen sich eher von anderen etwas sagen. Wenn man als Eltern versucht, so was wie Schwimmen beizubringen, gibt es schnell Geschreie und Gezeter. Du bist eh die Sportlichere von uns, ich bin schon froh, wenn ich mich über Wasser halten kann!«, sagte Michaela und war sehr froh, die Aufgabe an mich delegieren zu können. Es stimmte, was sie über ihre eigenen Schwimmkünste sagte. Sie hatte eine bescheidene Wasserlage. Schleifte ihre Beine hinterher, als wären die unbeteiligt. Erstaunlicherweise machte mir das Training mit Mia Spaß. Als sie sich am Ende des Tages für ein paar Züge über Wasser halten konnte, machte mich das mindestens so stolz wie sie. Alle klatschten ihr Beifall, und sie strahlte mich aus vollem Herzen an. Theo hingegen verfolgte Sandra wie eine kleine Graugans die heiß geliebte Mutter. Er war offensichtlich vollkommen vernarrt in sie.

»Ach, könnte ich dich bloß mitnehmen, ich hatte seit Jahren nicht so viele Stunden für mich. Das ist ein richtiger Wellnessaufenthalt für mich! Unbezahlbar!«, freute Michaela sich. Ich wollte, ich könnte hier bis zur Geburt ausharren. Sie tätschelte sich ihren Bauch. »Zwanzigste Woche! Halbzeit! Aber ich sehe jetzt schon aus wie ein mittleres Walross. Der Bauch scheint beim dritten Kind noch mehr Bereitschaft zum Ausdehnen zu haben. Ich will mir gar nicht vorstellen, wie der danach aussieht. Daddeliges Wellfleisch am Stück. Aber so ist das eben: Alles im Leben hat Konsequenzen. Auch das Kinderkriegen.«

Ich schaute auf ihren Bauch, der wirklich schon immens aussah. Wie sich das wohl anfühlte? »Wie ist es, zu wissen, dass da jemand in dir und von dir lebt?«, fragte ich vorsichtig.

Sie grinste. »Seltsam, vor allem beim ersten Mal. Wie ein Parasit, ein freundlicher natürlich. Ich bin der Wirt, und der Embryo, und dann der Fötus, nimmt sich, was er braucht. Aber das ist nur die Theorie, für mich ist es, zumeist zumindest, wunderbar. Ich liebe das Gefühl, eine Form von Kokon zu sein. Ein Brutgefäß.« Sie fasste sich an den Bauch, nahm meine Hand und legte sie darauf. »Es ist halt einfach ein Wunder!«

Obwohl es mir einen Hauch zu pathetisch klang, hatte es mich doch berührt. Kein Wort der Klage kam über ihre Lippen. Nichts von Anstrengung, Übelkeit, Kurzatmigkeit, Wasser in den Beinen und Einschränkungen. Pure Freude. Keinerlei Lamentieren. Sie schien fast ergriffen.

Die nächsten Tage waren einfach nur Entspannung und Genuss. Wir aßen, lachten, und Mia und ich trainierten eifrig. Der Impuls ging von ihr aus. Sie wollte unbedingt schwimmen können, wenn sie nach Hause zu Papa kam.

»Sie ist ein Papakind und will ihm imponieren!«, erklärte Michaela.

Im Gegensatz zu ihrer Mutter merkte man früh, dass Mia eine »Waterperson« war. Sie hatte kaum Angst und lag gut im Wasser. »Wollen wir auch kraulen?«, bot ich ihr nach vier Tagen an, und sie nickte begeistert.

Für mich war das – rückblickend – eine der schönsten Wochen in meinem Leben. Keine Eifersüchteleien, eine entspannte Atmosphäre und gute Stimmung.

Aber über all der Freude lag permanent unterschwellig die Frage nach dem »Danach«. Was sollten wir tun? Michaela würde nach Hause fliegen, versuchen, die Erholung zu konservieren, und Sandra und ich standen vor dem großen »Was nun?«.

Zwei Tage vor Michaelas Abreise kam mir eine Idee, wie wir unseren Aufenthalt hier eventuell verlängern könnten. »Wie wäre es, wenn ich Svens Eltern einladen würde? Ich bin mir sicher, die haben keine Ahnung, dass er mich abserviert hat. Was wäre, wenn die hier wären? Glaubt ihr, der würde, mit all seinem schlechten Gewissen seinen Eltern gegenüber, mich rauswerfen? Dann wären seine Eltern hier unbetreut! Am Ende müsste er sich kümmern, und das ist mit Sicherheit so ziemlich das Letzte, worauf er Lust hat!«

»Einen Versuch ist es wert!«, beschied Sandra. Ich rief die alten Herrschaften, begeistert von meiner kleinen Idee, ohne lange nachzudenken, an.

»Hallo, ich weiß nicht, ob du dich erinnerst, hier ist die Monika von Sven«, sagte ich, als Elli ans Telefon ging.

»Moni, was 'ne Frage, klar erinner isch mich. Wollt ihr vorbeikomm? Endlisch ema wiedä. Des freut uns so.«

Ich verklickerte ihr meine Idee. »Wollt ihr nicht mal das schöne Anwesen eures Sohnes besuchen? Einen kleinen Ausflug nach Mallorca machen? Es gibt zurzeit günstige Flüge, ich könnte euch auch was buchen. Und dann schaut ihr vorbei, ihr habt ja keine Verpflichtungen, und es wäre eine große Überraschung für Sven.« Ich wollte verhindern, dass sie ihren Sohn vorher anrufen, deshalb die Finte mit der Überraschung. Dass es für ihn eine große sein würde, war nicht mal gelogen.

Elli zögerte und räusperte sich: »Manni, komm ema her, die Moni is dran und hat en Vorschlach, der so uffreschend is«, rief sie ihren Mann zur Unterstützung. »Isch stell disch ema laut, Moni. Hör dir des ema an, Manni!«

Ich wiederholte meinen Vorschlag und wusste, bei Manni würde es mehr Überzeugungstalent brauchen.

»Was solle mer denn da?«, knurrte der prompt. »Mer habe hier alles, was mer brauche. Des sin doch Förz mit Krücke.«

Nicht die Reaktion, die ich erhofft hatte. Aber Elli war inzwischen Feuer und Flamme. »Nie fahrn mehr mal weit weg, des wär doch genau des, worüber mer neulich geredet ham. En bissche Abwechslung, Schwung für uns. Ma raus aus em Trott. Mer habe doch Zeit, Manni, sei doch net so! Un Förz hin oder her, mit Krücke oder ohne, isch tät mich doll freue!«, legte die kleine Elli los.

»So was is verdammt teuer, mer müsse schon en bissche gucke. Elli, des weißt de doch«, versuchte er es mit dem Geldargument.

»Isch tät so gern!«, wurde Elli quengelig. »Sei doch net so, immä bist de der Bestimmer. Un isch lass es mir ja aach gefalle. Aber jetzt will isch ema was. Un es kost doch fast nix, mer wohne beim Sveni, un mer habe doch Reserven, da is doch ema en Flug nach Mallorca drin. Solle mers mit ins Grab nehme? Es is doch nur Mallorca und net Afrika oder so.«

»Elli, isch will des jetzt net hier aus de Lameng entscheide, da muss mer in Ruhe drüber nachdenke! Des is e größer Sach.«

Ich mischte mich wieder ein. »Manni, jetzt ist so eine schöne Zeit, noch nicht so heiß, und es kostet euch kaum was. Sven wird sich so über die Überraschung freuen. Ihr wisst doch, der kann nicht so aus seiner Haut!«

»Ach, Manni, nur för misch!«, verlegte sich Elli aufs Betteln.

»Gib ma deine Nummer, mer melde uns!«, entschied Manni.

Mehr konnte ich nicht tun. Aber der Gedanke, dass seine Eltern hier saßen, wenn Anneliese, oder auch Sven persönlich, für die Räumung anrückte, war ein schöner Gedanke. Er wollte sicher nicht, dass die hier ohne mich saßen, hatte bestimmt keine Lust, sich die Vorwürfe seiner Eltern anzuhören.

»Gut gemacht!«, meinte Sandra. »Die hörte sich ja

richtig süß an, diese Elli. Wie kommt die denn zu so einem Sohn?«

Gute Frage, auf die ich keine Antwort hatte.

Ich war sehr gespannt, wer im Hause der Senioren-Bauers die Diskussion für sich entscheiden würde. Zwei Stunden später wusste ich es. Elli hatte gewonnen.

»Mer komme!«, rief sie ins Telefon. »Isch freu mich wie verrückt. Und bin so neugierig aufs Häussche un all des. Isch war so lang net am Meer. Des is en Traum.«

Manni ergriff das Wort. »Isch konnt des de Elli net abschlache, sie kann sehr hartleibisch sein. Aber unsern Flug zahle mer selbst, der soll net denke, dess er sich mit en paar Hundert Euro freikaufe kann, der Sveni. So billisch sin mer aach net zu habe. Des schaff isch aach ohne den. Heut abend kommt de Thorste und bucht uns des. In dem Internet. Der fährt uns aach zum Flughafe! Er findet, des is e scheene Idee, und die Mama hätts verdient, ema rauszukomme. Mer rufe an, wenn mer wisse, wanns losgeht. Des war doch en ernstes Angebot, gell, Monika?«, vergewisserte er sich noch einmal.

»Ich freue mich, und Sveni wird Augen machen!«, antwortete ich.

Das Timing der Anreise, die mir Elli und Manni mitteilten, war perfekt. Als Michaela mit dem tränenüberströmten Theo, der Sandra nicht zurücklassen wollte, und der stolzen Mia, die daheim direkt das Seepferdchen machen wollte, abreiste, blieb eine Woche, um die Finca für den Besuch von Elli und Manni herzurichten.

Ich würde meine Frist ausreizen, so lange es ging, das hatte ich beschlossen. Auch wenn Sven eindeutig am längeren Hebel saß, würde ich ihm das Prozedere nicht noch erleichtern. Ich wollte wenigstens eine würdige Gegnerin sein. Kein verletztes, waidwundes Etwas, das verhuscht den Ort des Geschehens verließ. Sandra würde bleiben, ich hatte ihr schon eine Rolle ausgesucht. Sie würde für die Bauers die Anneliese geben. Svens treu ergebene Haushaltshilfe.

Wenig später machte mir die echte Anneliese zunächst einen Strich durch meine Pläne. Kurz nach Michaelas Abreise, Sandra dümpelte auf der Luftmatratze im Pool, und ich war dabei, die Küche ein wenig aufzuräumen, stand Svens Haushälterin vor mir. »Ich dachte, Sie wären bei Ihrer Schwester!«, stammelte ich zur Begrüßung, und mein Puls schoss in die Höhe.

»Tja, falsch gedacht. Ich hatte ein komisches Gefühl.« Sie sah sich um. Und hielt mir dann ihren kleinen Vortrag, von wegen »So was kommt von so was«. »Es wäre gut, Sie packen schon mal!«

Ich trottete wie unter Schock ferngesteuert ins Schlafzimmer, und sie folgte mir. Anneliese hatte so etwas wie
eine natürliche Autorität.

»Ich rufe eben mal den Herrn Bauer an, um zu sagen,
dass Sie noch hier sind!«, drohte sie.

Der Schreck brachte Bewegung in meinen Denkappa-
rat. »Viel Spaß dabei! Soweit ich weiß, ist meine Park-
frist noch nicht abgelaufen!«, sagte ich so entspannt
und lässig wie möglich, während ich so tat, als würde
ich etwas zusammensuchen. Mein Herz schlug mir bis
zum Hals, und ich war in Panik. Was, wenn er darauf
bestand, dass ich sofort auszog? Durfte er das? Hatte
ich überhaupt irgendwelche Rechte? Würde er mich
mit Polizei abführen lassen? Wie war das mit diesem
Hausrecht? Ich hatte keine Ahnung, war mir aber insgeheim sicher, dass das Gesetz nicht auf meiner Seite
stand.

Ich beschloss, mein kleines Hasenherz nicht gewinnen
zu lassen, und verließ das Schlafzimmer. Schließlich war
Anneliese nicht meine Erziehungsberechtigte, was hatte
sie mir schon zu sagen? Sie konnte mich schlecht nach
draußen schleppen! So leicht war ich nicht mehr – immerhin ein Gutes.

Was, wenn sie Sandra im Pool entdeckte? Was wäre
mit Elli und Manni, wenn ich gar nicht mehr hier wäre?
Wie enttäuscht wäre Elli? Wie bestätigt Manni? Das
Ganze spitzte sich zu, und in meinem Kopf ratterten die
Gedanken.

Ich schlich mich wieder raus zu Sandra, die auf der
Luftmatratze schlief. »Mayday, Sandra, wir haben ein
Problem, und es heißt Anneliese!«, rüttelte ich sie wach.

Schnell brachte ich sie auf den aktuellen Stand. Wie
würde Anneliese auf Sandra reagieren? Durfte ich hier

fremde Menschen wohnen lassen? Wo kein Kläger, da kein Richter, sagte ich mir.

»Lass uns ruhig bleiben. Was soll die schon machen? Wir sind zu zweit, sie ist allein. Und die Frist ist noch nicht abgelaufen. Ich kann auch schnell verschwinden, wenn es dir lieber ist!«, schlug Sandra vor.

Was sollte das bringen? Ich war froh, eine Form der Verstärkung zu haben. »Du bleibst. Wenn ich rausfliege, fliegst du leider mit, aber noch ist es nicht so weit!«, beruhigte ich sie und mich.

Und dann kam es so ganz anders, als ich es mir hätte vorstellen können. Anneliese blieb zunächst verschwunden. Anstatt mich zu freuen, machte mir auch das direkt wieder Angst. Was plante sie? Wo war sie?

Als sie eine halbe Stunde später ins Wohnzimmer kam, wo Sandra und ich wie zwei abführbereite Delinquentinnen mit unseren Taschen auf dem Sofa saßen, wirkte sie vollkommen verändert.

»Wir müssen reden!«, begann sie und starrte Sandra an. »Bist du es, Sandra, oder hast du eine Zwillingsschwester, die im ›La Paloma‹ die Schnitzel-Frau war?«, fragte sie entgeistert.

»Anni!«, entgegnete Sandra vollkommen perplex, sprang vom Sofa auf, und die beiden fielen sich in die Arme.

»Was machst du denn hier? Woher kennst du denn die da?«, Anneliese zeigte auf mich.

»Die Monika hat mir den Arsch gerettet. Es lief nicht sehr gut, nachdem das ›Paloma‹ zu war. Der Tobi hat sich aus dem Staub gemacht. Na ja. Kreislaufkollaps, Oberschenkelhalsbruch. Ist eine lange Geschichte und keine schöne.«

»Das ist hier ähnlich! Aber so ist es halt, Undank ist der Welten Lohn!«, bemerkte Anneliese bitter.

»Anni war Kundin bei uns und immer richtig nett. Ich wusste gar nicht, dass sie eigentlich Anneliese heißt«, versuchte Sandra, mir die Situation zu verklickern.

Ich war verwirrt.

»Ich heiße nur beim Arbeiten Anneliese, Anni ist mir zu nett, Anneliese verschafft einem gleich mehr Respekt. Dachte ich zumindest bis vor zehn Minuten. Aber da habe ich mich wohl getäuscht. Ich bin das beste Beispiel, was trotz aller Loyalität passieren kann. Ich bin so dämlich! Habe mich vor einen Karren spannen lassen, der gar nicht meiner ist. War kurz davor, die Drecksarbeit für jemand anderen zu erledigen«, stöhnte Anni alias Anneliese und griff sich demonstrativ an den Kopf.

»Dann sind wir ja schon zu dritt – willkommen im Club!«, grinste Sandra, und die Aussage entspannte uns alle.

Ich musste fast lachen. »Wie kommt es zu diesem plötzlichen Sinneswandel?«, fragte ich vorsichtig. Was war mit Anneliese in der letzten halben Stunde bloß passiert?

»Also ich habe Herrn Bauer angerufen und wollte ihm sagen, dass Sie noch hier sind, und fragen, wie und bis wann Sie raus sein müssen, weil er ja, tut mir leid, mit seinem neuen Model kommen will. Also zunächst allein, und dann reist die Neue an. Alles wie immer, sozusagen. Ich sollte es ein bisschen herrichten, Ihre Spuren beseitigen, und das geht natürlich sehr viel besser, wenn Sie schon weg wären. Ich habe gemerkt, dass ihn meine Fragen nerven, aber das kenne ich ja. ›Ich will sie nicht sehen, wann und wie sie entschwindet, ist mir egal‹, war alles, was er gesagt hat. Erledigen Sie einfach, was zu tun ist, Anneliese. *Same procedure* halt.« Sie schaute mich an und sagte leise: »Tut mir leid!« Und wirkte dabei tatsächlich ein klein bisschen zerknirscht.

»Aber das ist doch kein neuer Plan, das hatten Sie mir doch angekündigt«, war ich erstaunt.

»Kann ich erklären!«, begann sie. »Er hat wohl gedacht, ich hätte aufgelegt, aber ich war noch am Handy und habe gehört, was er zu irgendjemandem, der bei ihm war, gesagt hat. Wahrscheinlich zu seiner neuesten Errungenschaft. Und da hat es mir endgültig gereicht. Immer all die neuen Frauen, das hat mir nie gefallen, vor allem nach der Daggi, die habe ich echt gemocht.«

Jetzt war ich fast noch verwirrter als zuvor. Daggi hatte auch hier gewohnt? Ich war nach Svenis trauriger Geschichte davon ausgegangen, sie hätte ihn betrogen und verlassen. Sie, laut Elli das Supermodel, unterwegs in der großen weiten Welt. »Daggi war auch hier? Hat sie hier gelebt?«, hakte ich nach.

»Eins nach dem anderen, nur mit der Ruhe, wir haben ja Zeit!«, meinte Anneliese. »Jetzt erst noch mal zu dem unsäglichen Telefongespräch. Herr Bauer, Ihr Sven, dachte, ich hätte aufgelegt, und da hörte ich, wie er sagt: ›Boah, wie die alte Schachtel nervt. Ich glaube, die ist ein bisschen verschossen in mich. Als würde ich mit der ... (da hat er richtig fies gelacht) puh, da schüttelt es einen. Du wirst sie ja bald sehen, Mimi! Allein der Gedanke! Gruselig. Ich mit der! Eher friert die Hölle zu! Aber ich brauche sie. Im Moment noch. Die kostet kaum was, so billig bekomme ich sonst keine, und sie schafft was weg und glaubt, sie sei unverzichtbar. In dem Glauben lasse ich sie natürlich! Ab und zu bisschen bauchpinseln, und es läuft.‹ Da habe ich aufgelegt. Das hat mir gereicht. Dieser miese Sack. Aber ich muss mir zum Vorwurf machen, dass ich es hätte wissen müssen, die Daggi sagt es mir seit Jahren. Seit sie weg ist. Das ist einfach ein Arsch und ein Frauenverächter. Aber gut, manchmal braucht es einen richtigen Schuss vor den Bug. Es hat Puff gemacht, und die in Stein gemeißelte Solidarität mit dem Chef hat sich hiermit erledigt. Ich lasse mir viel bieten, aber nicht alles. Und ich bin verdammt nachtragend, das wird der feine Herr Bauer noch merken.« Sie schnaubte wütend. »Bauchpinseln und gruselig. Dazu noch billig.«

»Oha!«, sagte Sandra nur.

»Ich glaube, es ist Zeit für ein Glas Champagner!«, lautete meine Reaktion. »Anstoßen auf gemeinsame Feinde! Du mit einem frischen Mineralwasser!«, sagte ich mit Blick auf Sandra. »Und dann will ich alles über Daggi hören, ich dachte, die tourt durch die Welt und modelt vor sich hin.«

Daggi lebt auf Mallorca, erfuhr ich, nachdem wir angestoßen hatten. »Sie dürfen Anni sagen, so übel können Sie ja nicht sein, nach dem, was mir die Sandra gerade erzählt hat, als Sie das feine Stöffchen geholt haben. Da könnte ich mich dran gewöhnen. Die Daggi hat ihr Modelleben für den Herrn Bauer drangegeben. Schön blöd war das. Es sei doch langfristig nichts, hatte er ihr eingeredet. Dieser Druck, die Konkurrenz. Und dann, als er sie leid war, hatte sie acht Kilo mehr, immer noch dünn, aber nicht mehr modeldünn, und sie saß hier auf Mallorca. Ohne Agentur, ohne Perspektive. Da ist sie beim Günther untergekommen, der wohnt direkt oberhalb des Strandes in diesem Riesenhaus, dagegen ist das hier eine Hundehütte. Der war nie ein Fan vom Herrn Bauer, und die Daggi tat ihm leid. Erst waren die beiden nur Freunde, und dann hat sich die Daggi in sein großes Herz verliebt. Der Günther ist fünfundsiebzig und gesundheitlich nicht auf der Höhe, liebt die Daggi sehr, hat aber immer gesagt: Kleine, such dir einen jungen Mann. Was willst du mit so einem alten Knacker? Günther ist eine Seele von Mensch. Einer von den Guten, obwohl er in Geld schwimmt. Seit einem halben Jahr sind sie verheiratet. Er wollte sie absichern, falls ihm was zustößt. Die Daggi wollte erst nicht. Die ahnte, was alle denken würden. Junge Frau, reicher alter Mann halt. Berechnende Tussi. Aber so sind die zwei nicht. Da ist Liebe. Das spürt man. Daggi kümmert sich rund um die Uhr. Der Günther kann sich kaum rühren. Der ganze Körper ist eine einzige Baustelle. Die Daggi tut alles für ihn.«

Ich bin fasziniert. Sven hat mir glatt die Hucke vollgelogen. Eine traurige Geschichte erzählt von wegen »die hat mich betrogen – mich armen Hasen«. Ich hatte es geglaubt. Dann hatte er noch »vergessen« zu erwähnen, dass Daggi auch hier in diesem Haus gelebt hatte. Was an diesem Mann war wahr und echt und glaubhaft? Ich war so wütend. So verdammt wütend. »Daggi lebt hier um die Ecke? Und Sie kennen sie und wissen von alledem und haben mir nichts gesagt?«, blaffte ich Anneliese an. Wie konnte sie nur? Wo war die Frauensolidarität, wenn man sie brauchte?

Anneliese zuckte mit den Schultern und schien ungerührt: »Daggi war immer ausgesprochen freundlich, das kann man von Ihnen jetzt nicht sagen. Sie waren ein weiblicher Sven. Warum sollte ich Arroganz mit Zutraulichkeit und Nettigkeit beantworten?«, entgegnete sie.

Ich erschrak. War ich gemeint? War ich die, von der sie da sprach? Eine arrogante, unfreundliche Ziege?

Sandra mischte sich ein. »Jetzt ist nicht der Moment, uns gegenseitig fertigzumachen. Das wäre so ziemlich das Dümmste, was wir tun könnten. Wir sind alle auf die ein oder andere Art auf Sven und in meinem Fall auf Tobi reingefallen. Wir sollten alles Mögliche tun, aber uns nicht gegenseitig zerfleischen und damit vom eigentlichen Thema ablenken! Und du, Anni, musst nicht so hart sein!«

»Ich bin halt, wie ich bin. War ja auch nie auf Rosen gebettet wie andere hier. Trotzdem: weise Worte!«, stimmte Anneliese zu.

Ich sagte nichts, der Schock der Anschuldigungen saß mir in den Knochen. War Anneliese streng, oder war ich wirklich so eine fiese, verzogene Person? Arroganz war etwas, was mich bei anderen abstieß, umso mehr trafen mich ihre Vorwürfe. Ich war bedient.

Anneliese stellte fest: »Das Gute ist, wir haben ein wenig Zeit. Er kommt erst in drei Wochen, damit sicher ist, dass Sie« – sie deutete auf mich – »verschwunden sind. Das hat er mir vor all den Unverschämtheiten gerade mitgeteilt. Insofern haben wir ein bisschen Luft, um ihm einen entsprechenden Empfang zu garantieren!« Sie grinste. »Schließen wir zwei eine Art Burgfrieden, bis wir das Ganze erledigt haben?«, schlug Anneliese vor.

»Bis wir *den* und bitte auch noch *den anderen* erledigt haben!«, ergänzte Sandra.

»Abgemacht!«, sagte ich und beschloss, meine Gekränktheit beiseitezuschieben. Aber es brodelte in mir. Ich, arrogant? Ich empfand das als ungerecht und anmaßend von Anneliese. Ich hatte ab und an das Gespräch gesucht, aber sie hatte immerzu abgeblockt. Was blieb mir denn da?

»Ich fahre heim und ihr beide, ich sag jetzt mal Du, Monika, macht schließlich Sinn bei unserem gemeinsamen Projekt, denke ich, überlegt, womit die beiden zu treffen sind. Irgendeinen wunden Punkt hat jeder!«, verabschiedete sich Anneliese. »Ich bin morgen gegen neun wieder hier, und dann legen wir los!«

Gesagt, getan, weg war sie. Sandra legte den Arm um mich. »Nimm es dir nicht so zu Herzen, sie ist sehr direkt, und das kommt manchmal barsch rüber. Aber wenn man dich zum ersten Mal sieht, kann man schon denken, du seist arrogant. Ich habe natürlich längst gemerkt, dass der erste Eindruck trügt. Gib ihr auch die Chance!«

War ich jetzt in der Bringschuld? Musste ich Abbitte leisten und Anneliese durch Wohlverhalten beweisen, dass ich nett war? Schwierig.

In dieser Nacht schlief ich schlecht.

Stand meine eigene Wahrnehmung so stark im Kontrast zu der von außen? Ich hatte immer gedacht, ich sei eine angenehme Person. Freundlich und keinesfalls abgehoben. Mit welchem Recht auch? Anscheinend kam meine Nettigkeit nicht rüber. Das wollte ich nicht, aber ehrlich gesagt war Anneliese selbst kein Ausbund an Freundlichkeit gewesen. Wir waren beide sehr spröde aufgetreten. Hatten unsere Terrains abgesteckt. Ich fand, wir waren uns, was die Unfreundlichkeit anging, nichts schuldig.

Wir würden sehen, wie sich das entwickelte. Noch schrie nichts nach ausufernder Freundschaft zwischen uns, aber man wusste nie.

»Neuer Tag, neues Glück!«, begrüßte mich Sandra mit bester Laune.

Klar, sie hatte auch niemand beschuldigt, eine nicht nette Person zu sein. Das nagte weiterhin an mir, obwohl ich beschlossen hatte, die Äußerung zu vergessen. Aber einen solchen Generalangriff auf den eigenen Charakter kann man wohl nicht schnell mal wegschlafen.

»Spring über deinen Schatten und vergiss das mit Anneliese von gestern. Ihr habt sicherlich beide einen Anteil an dem Konflikt! Liegt garantiert auch an euren Rollen. Sie die Angestellte und du die aktuelle Frau des Chefs.«

»Ich bin nicht arrogant, nie gewesen! Das muss ich mir nicht sagen lassen! Von dieser Anneliese schon gar nicht«, rutschte mir raus, obwohl ich eigentlich nicht mehr darüber sprechen wollte.

»Kommt immer auf den Blickwinkel an! Lass die Sache einfach ruhen. Oder ihr redet irgendwann, wenn das hier abgeschlossen ist, noch mal darüber. Aber jetzt haben wir anderes zu tun!«, versuchte Sandra mich zu beruhigen.

Sandra hatte die Nacht genutzt, um darüber zu sinnieren, womit man ihren Tobias treffen könnte. Wenn man ihn denn überhaupt fände. »Geld und Erfolg, er glaubt, ein Händchen dafür zu haben. Er ist so einer, der immer denkt, aus allem gut rauszukommen. Er hat dauernd neue Ideen und lässt sie sich geschickt von anderen finanzieren. Der müsste mal ein Geschäft so richtig versemmeln. Und es müsste sein eigenes Geld kosten. Das würde ihm zusetzen! Und was ist mit Sven?«, fragte sie.

Ich wollte nicht zugeben, dass mich Annelieses Anschuldigungen um den Schlaf gebracht hatten und ich keine Gedanken an mein Racheobjekt Sven verschwendet hatte. »Geld ist schlecht, er hat zu viel davon. Wenn er was verliert, wird ihn das nicht freuen, aber auch nicht aus der Bahn werfen. Er hat Erfolg und ein Händchen dafür, also ihn da zu kriegen wird schwierig. Sehr stolz ist er zudem auf seine Potenz. Er hält sich im Bett für Superman. Glaubt, dass ihm da keiner das Wasser reichen kann«, ließ ich meinen Gedanken freien Lauf.

»Dann nehmen wir ihm seine Potenz, machen ihn klein!«, schlug Sandra vor.

»Sollen wir ihn vielleicht kastrieren? Ihm sein Testosteron absaugen?«, kicherte ich, denn allein die Vorstellung entbehrte nicht eines gewissen Witzes. Straftestosteronabsaugung, ein herrlicher Gedanke.

Sandra schüttelte den Kopf. »Nein, nein, das würde doch zu weit gehen. Aber es langt, dass alle da draußen denken, da ginge nichts. Wird ja keiner überprüfen, wie auch!«

Keine dumme Idee. Sven war eitel bei dem Thema. Er hielt sich für »richtig gut gebaut«. Hatte mir gerne und häufig erzählt, dass seiner eben kein »kleiner Freund« sei. Ganz im Gegenteil. »Das war schon immer so! Daggi hat gesagt, so einen hätte sie noch nie gesehen. Das wären vollkommen neue Sphären!«, hatte er angegeben und mich fragend angesehen. Ich sollte zustimmen, das war offensichtlich. Er heischte Bewunderung. Selbst bei wohlwollender Betrachtung konnte ich das so nicht unterschreiben. Es war halt ein Penis. Weder besonders groß noch auffällig klein. Ich hatte nie nachgemessen, aber so außergewöhnlich war er mir nicht vorgekommen. Durchschnittlich eben. Natürlich habe ich auf sein Eigenlob trotzdem beeindruckt reagiert. Warum auch nicht! Ist doch schön, wenn jemand so ein Selbstbewusstsein hat, und mal ehrlich, darüber zu debattieren, ob ein Penis jetzt lang, länger, durchschnittlich oder von überschaubarer Größe ist, entbehrt nicht einer gewissen Lächerlichkeit. Deshalb, ganz nach dem Motto »Auch mit kleinen Sachen kann man Männern Freude machen«

habe ich gelobt. Hatte es mit Fassung getragen, dass er seinen Penis »Mister Big« nannte.

»Kastration wäre übertrieben, aber ein kleines Gerücht über seinen Penis, eines, das ihm zu Ohren kommt, könnte ihn verletzen!«, lautete mein Vorschlag.

Sandra fand die Idee wunderbar. »Jetzt müssen wir nur noch einen Weg finden, das zu streuen, dieses kleine, fiese Pseudo-Geheimnis. Wie wäre es mit ›Mikropenis‹?«, lachte sie.

Allein der Gedanke, dass Sven zu Ohren kam, alle dächten, er hätte einen »Mikropenis«, gefiel mir. Ich wusste, das würde ihm echt zu schaffen machen. Sehr viel mehr als ein paar Kressesamen auf dem Schlafzimmerteppich. Seine Eitelkeit würde einen ordentlichen Dämpfer bekommen. Nur, wie sollten wir das bewerkstelligen?

»Eins nach dem anderen!«, meinte Anneliese, die inzwischen zu uns gestoßen war. »Wir formulieren zunächst die Ziele und finden dann einen Weg dorthin. Ich fasse mal zusammen: Dem einen hängen wir einen Mikropenis an, und den anderen kosten wir richtig viel Geld. Locken ihn in ein Geschäft, das keines ist. Einverstanden, die Damen?«

Wir nickten.

»Das hier ist die Kommandozentrale, von hier aus steuern wir die Operation. Wir brauchen nur noch einen Namen für unser Unterfangen!«, freute sich Anneliese, und bei all ihrer Tatkraft vergaß ich fast, dass ich noch ziemlich beleidigt wegen ihrer Arroganzvorwürfe war. Als könnte sie Gedanken lesen, wendete sich Anneliese an mich. »Und bis dahin vergessen wir unseren kleinen Disput. Ich war vielleicht ein bisschen grob, na ja. Schwamm drüber.«

Eine klare Entschuldigung war das nicht, eigentlich sollte ich diejenige sein, die »Schwamm drüber« sagt, aber immerhin.

»Wozu brauchen wir denn einen Namen für unsere Pläne?«, fragte Sandra.

»Macht mehr Spaß!«, lachte Anneliese.

»Parkgebühr!«, war mein spontaner Vorschlag. Sven hatte mich hier auf Mallorca geparkt, und jetzt würde er den Preis zahlen, erklärte ich den beiden anderen.

Begeisterung entfachte mein Vorschlag nicht. »Wir sammeln Ideen und dann schauen wir!«, meinte Anneliese nur.

»Es gibt bei dem Plan mit Tobias einen kleinen Haken, den ich bei aller Euphorie erwähnen muss!«, kam es kleinlaut von Sandra. »Ich habe keine Ahnung, wo er steckt. Ist er noch auf Mallorca oder weitergezogen? Ich weiß nicht, ob er lebt, wo er lebt, wie er lebt und mit wem er lebt!«

»Die Insel ist groß, aber die deutsche Community ist überschaubar. Es gibt zwei Hauptgruppen, vielleicht drei, mit kleinen Untergruppen. Zum einen die Svens mit Anhang, also die Reichen mit ihren Häusern in der ersten Meereslinie, ihren Fincas und den Stadthäusern in Palma oder Portixol oder Santanyi oder wo auch immer. Dann gibt es die arbeitende Klasse, die es diesen Herrschaften hübsch macht. Meine Wenigkeit und viele mehr. Poolmänner, Elektriker, Putzleute, Köche, Haushälterinnen, Gärtner, Masseure, Personal Trainer und Co. Dann die Rentner in den Apartmentanlagen. Ein paar deutsche Ärzte und Ärztezentren, Galeristen und Shop-Besitzerinnen. Und natürlich die Gastronomen, samt Kellnerschaft und Köchen, und die Maklerbagage. Wir brauchen Zugang zu den verschiedenen Gruppen – hat man den, dann geht es fix. Am Ende ist die Insel doch ein Dorf. Wir brauchen nur Informanten in den Gruppen. Uns kommt zugute, dass hier viel getratscht wird«, referierte Anneliese.

»Anni, du bist einfach genial!«, jubelte Sandra.

Ich sagte nichts, war aber auch beeindruckt. Das hörte sich sehr ausgebufft an.

»Wir brauchen im Norden, Süden, Osten und Westen für jede Gruppe mindestens eine Person, der wir trauen können und die sich für uns umhört. Wenn er noch auf dieser Insel lebt, werden wir ihn finden. Wenn nicht, haben wir ein Problem.

»Damit fangen wir an!«, sagte ich. »Ich kann leider nicht viel dazu beitragen, ich habe es nicht geschafft, mir hier ein Netzwerk oder einen großen Freundeskreis aufzubauen, leider«, räumte ich ein.

»Was das Bodenpersonal angeht, bin ich ziemlich gut vernetzt, ich habe schon an vielen Orten gearbeitet und bin, jedenfalls bei den Kolleginnen …« Anneliese sah mich an. »… beliebt. Man vertraut mir. Kann man auch.« Wieder ein Blick auf mich. »Da würde ich anfangen. Ich brauche ein Foto von Tobias und ein paar Angaben zur Person. Das sollte genügen.«

»Am Ballermann und drum herum könnte ich mich schlaumachen. Da habe ich auch noch ein paar Kontakte«, schaltete sich Sandra ein.

»Aber was machen wir mit der Upperclass? Ich meine, wie sollen wir da was rauskriegen?«, fragte ich.

»Gut, es ist nicht wirklich wahrscheinlich, dass er sich da tummelt, aber vielleicht tourt er mit irgendeiner dubiosen Geschäftsidee. Es wäre schon gut, da seine Fühler auszustrecken«, meinte Sandra.

»Gut, dass ich meine bereits ausgestreckt habe!«, lachte jetzt Anneliese. »Ich bin gestern Abend noch bei Daggi vorbeigefahren und habe ihr alles erzählt, ich hoffe, das war okay. Aber ich habe gewusst, dass sie da auch noch eine Rechnung offen hat mit Sven. Es war ihr immer ein Dorn im Auge, dass ich weiterhin bei ihm gearbeitet habe. Sie hat mir ständig angeboten, für sie und Günther tätig zu sein. Aber ich habe immer gesagt, sei doch froh, wenn ich hier bin, weißt du auf jeden Fall Bescheid, was er gerade so treibt. Wen er Neues am Start hat. Da hatten wir immer Gesprächsstoff. Und unter uns, Daggi ist eine Freundin, ich weiß nicht, ob man mit und für Freunde arbeiten sollte.«

»Gute Idee!«, musste ich eingestehen, Anneliese schien wirklich clever zu sein. »Macht sie denn mit?«, wollte ich wissen.

»Klar, sie freut sich, sie kommt ja kaum raus, weil es Günther echt schlecht geht. Wir sollen heute Nachmittag vorbeikommen. Zur Lagebesprechung. Einverstanden?«

Ich war neugierig auf Daggi, einerseits, andererseits hatte ich einen Hauch von schlechtem Gewissen ihr gegenüber. Schließlich war ich die Frau nach ihr. Keine perfekte Ausgangslage. »Weiß sie, dass ich mitkommen werde, also ist das geplant und in Ordnung für sie?«, erkundigte ich mich bei Anneliese.

»Sie ist eine richtig nette Frau, und sie hat nun wirklich keinerlei Grund für irgendeine Form von Eifersucht!«, lautete die Antwort.

Wumms, da hatte mir Anneliese wieder einen mitgegeben. Nicht subtil, sondern direkt volle Breitseite. Übersetzt bedeutete ihre Antwort: Daggi war im Gegensatz zu mir nett und hatte keinen Grund zur Eifersucht. Das konnte ja nur bedeuten, dass sie viel hübscher war. Danke,

Anneliese, ausgesprochen charmant, dachte ich, hielt aber meinen Mund. Ich wusste, ich musste, wenn ich die beiden an meiner Seite haben wollte, meine Befindlichkeiten hintenanstellen. Ich war sehr gespannt auf Daggi, Elli hatte sie als schön bezeichnet – »so 'ne Schöne, aber so dürrrappig« –, daran konnte ich mich nur zu gut erinnern.

Du lieber Himmel – Elli! Elli und Manni würden demnächst anreisen. Noch fünf Tage, und dann stünden die beiden hier vor der Tür. Wie sollten wir da unsere Rachepläne fortführen? Unter den Augen der trotz allem liebenden Mutter. Jetzt, wo Anneliese mir die Parkverlängerung durch Sven mitgeteilt hatte, brauchte ich Manni und Elli gar nicht mehr. Aber hatte ich sie nur eingeladen, weil ich glaubte, sie zu brauchen, damit Sven mich nicht rausschmiss? Ich informierte Anneliese von der nahenden Anreise der beiden.

»Ach, die Elli kommt, wie nett! So eine sympathische Frau«, freute sie sich.

»Kennt ihr euch?«, rutschte mir das Du raus.

»Kennen ist ein großes Wort, sie ruft ab und an mal an, auf meinem Handy, ich habe ihr die Nummer gegeben. Schon weil ihr feiner Herr Sohn nie drangegangen ist, wenn er ihre Nummer im Display gesehen hat. Sie hat mir leidgetan. Wir haben immer ein bisschen geschwätzt. Die beiden werden es hübsch hier haben.«

»Sie wissen nicht, dass Sven und ich nicht mehr zusammen sind und er mir die Rote Karte gezeigt hat!«, erzählte ich Anneliese.

»Gut so, aber werden die Eltern ihren Sohn nicht anrufen? Kommt dann nicht raus, dass wir hier nett zusammenglucken und dass auch Sandra hier wohnt? War das besonders taktisch?«, erteilte sie mir einen indirekten Rüffel.

Für wie blöd hielt mich diese Frau? Für arrogant, nicht freundlich, blöd und noch weniger hübsch als Daggi. Herzlichen Dank auch! »Ich habe es als große Überraschung bezeichnet. Die beiden wissen, dass sie Sven nichts sagen dürfen!«, erklärte ich und versuchte, keinen allzu beleidigten Tonfall in meiner Stimme zu haben.

»Dann hoffen wir mal, dass sie sich daran halten!«, seufzte Anneliese und schaute mich an, als wäre ich ein bisschen schwer von Begriff.

Meine innere Stimme sagte wie in Dauerschleife: Nicht beleidigt sein, nicht beleidigt sein, es bringt nichts. Ich verstand ihre Bedenken, aber der Entschluss, Elli und Manni einzuladen, war aus einer gewissen Panik heraus entstanden.

»Wir waren echt froh, dachten, die beiden sichern uns eine kleine Fristverlängerung hier auf der Finca!«, stellte sich Sandra an meine Seite.

»Und als was wolltet ihr Sandra präsentieren?«, fragte Anneliese nach.

»Als dich!«, grinste Sandra, und da musste selbst die hartgesottene Anneliese lachen.

»Jetzt könntest du eine alte Freundin von Monika sein, oder die Putzhilfe!«, schlug sie vor.

»Die Putzhilfe ist kein Problem für mich, aber ich denke, es würde die Eltern von Sven schon wundern, wenn die Putzhilfe mit am Pool liegt oder am Tisch sitzt!«, entgegnete Sandra nur.

»Du bist eine alte Bekannte oder Freundin!«, entschied Anneliese, die sich hier so langsam als Superbestimmerin herauskristallisierte.

»Moment mal, haben wir auch ein Mitspracherecht?«, intervenierte ich.

»Ihr seid Betroffene, die können oft gar nicht mehr klar denken!«, stellte Anneliese fest, und zu meinem Entsetzen nickte Sandra. »Ich bin gerne die Freundin, ich meine, ich spiele sie voll gerne, wenn ich das je in Wirklichkeit schaffe, wäre ich sehr froh!« Das war richtig anrührend und ich umarmte sie. Es tut gut, mal was Nettes zu hören. »Du hast dich schon in die Poleposition gebracht!«, sagte ich und freute mich sehr über ihr Ansinnen.

»Dann wäre das geklärt, ich bin einfach die, die ich bin, noch kriege ich ja ein Gehalt!«, sagte Anneliese, und die Rollenbesetzung war damit abgehakt.

»Was auf unserem Plan noch fehlt, also bei der Zielsetzung, ist das, was du gerne hättest, Anneliese, wie willst du dich rächen?«, fragte ich Svens Noch-Haushälterin.

»Ich will dafür sorgen, dass er ein Personalproblem bekommt! Es gibt hier auf Mallorca viele, die Arbeit suchen, das macht es ein bisschen schwierig, aber ein Arbeitgeber, der eine schlechte Zahlungsmoral hat und gleichzeitig grapscht, das mögen die wenigsten. Das wäre eine Idee. Vielleicht verschwinde ich einfach nur. Damit ist er gestraft genug. So eine Kraft bekommt er so schnell nicht wieder! Wenn ich gehe, werden einige mitkommen. Ich kümmere mich nämlich auch um die Gehälter vom Poolmann und den Gärtnern. Wenn ich da durchsickern lasse, dass es gerade finanziell nicht so dufte aussieht, ist der sein Personal los. Er wird noch bereuen, dass er all das Finanzielle mir übertragen hat. Und vor allem ist hier ja keiner richtig angestellt. Das läuft alles schwarz. Also bar, cash auf die Hand. Das dürfte auch die Behörde interessieren.«

Sie hatte ein ähnlich ausgeprägtes Selbstbewusstsein

wie ihr Noch-Chef, alle Achtung. Das hatte Sven davon, dass er hier alles auf eine Karte namens Anneliese gesetzt hatte. Wie ein kleines Telefonat dafür sorgen kann, dass einem alles um die Ohren fliegt, war beeindruckend.

Während Sandra sich an einen Steckbrief von Tobias machte, bereitete ich mich auf das Treffen mit Daggi vor.

Dass sie nach Sven zu einem Fünfundsiebzigjährigen gewechselt hatte, erstaunte mich. Ich könnte mir kaum vorstellen, mit einem Mann verheiratet zu sein, der einer anderen Generation entstammte. Konnte das tatsächlich Liebe sein?

ch gestehe es nur ungern: Anneliese hatte recht. Daggi war reizend. Anders konnte man es nicht sagen. Sie hat mich sofort für sich eingenommen. Zur Begrüßung sagte sie nur »Darf ich?« und nahm mich in den Arm. »Willkommen im After-Sven-Club!«, raunte sie in mein Ohr und drückte mich fest. Kein vorsichtiges Begutachten, spontane Herzlichkeit, die nicht aufgesetzt wirkte. Wenn diese Frau der Maßstab war, dann musste ich an meiner Performance definitiv noch arbeiten. Dass Anneliese mich als unfreundlich empfand, konnte ich mir schon nach wenigen Minuten leichter erklären. Ich war die Frau nach Daggi gewesen! Jede hätte da einen schweren Start gehabt.

Sie war groß, noch größer als ich, und wenn sie jetzt angeblich acht Kilo mehr als zuvor wog, dann stimmte, was Elli gesagt hatte: Sie musste sehr dünn gewesen sein. Jetzt war sie schlank, eine »Ich passe gerade noch in 36, in 38 kann ich entspannt atmen«-Figur. Ihr blondes Haar war lang, bis über die Schultern, schrie förmlich: Ich bin gesund bis in die Spitzen, und ihr Gesicht war leicht gebräunt, ebenmäßig und mit großen tiefgrünen Augen. Sie sah fantastisch aus. Noch mal ein Punkt für Anneliese: Diese Frau hatte in Bezug auf mich keinen offensichtlichen Grund zur Eifersucht. Es war erstaunlich, aber ich konnte das ohne Neid anerkennen, ich wusste sofort, an dieser Frau muss ich mich nicht abarbeiten. Sie war nahezu perfekt.

Wenn wir schon beim Thema Neid sind, das Haus war

mindestens so beeindruckend wie Daggi. Hier schien es nur Superlative zu geben. Alles war stilvoll, nichts war protzig. »Hier braucht man ja ein Navi, so groß ist das Gelände!«, staunte ich, und auch Sandra schien fassungslos. »Das ist noch mal eine andere Liga, ich habe das Gefühl, ich träume!«, flüsterte sie mir zu.

Das weiße Riesenhaus mit den tiefbraunen Fensterläden lag, umgeben von viel sattem Grün, an der Bucht, an der Sandra, Michaela und ich mit den Kindern gewesen waren. Es hatte unterhalb des Gartens einen kleinen privaten Meerzugang, vom Strand nicht erreichbar. Daggi führte uns herum, aber es schien ihr eher peinlich zu sein. »Nicht mein Verdienst, das alles hat Günther gebaut und eingerichtet. Ich bin sehr froh, mit ihm hier leben zu dürfen. Ich stelle euch meinen Schatz gleich mal vor. Er muss leider zumeist liegen, seine Krankheit macht ihm enorm zu schaffen. Aber er ist – egal, in welchem Zustand, egal, was er für Schmerzen hat – immer lieb. Er kann gar nicht anders. Es ist der erste Mann, den ich kennenlernen durfte, der mehr an andere als an sich selbst denkt. Und das nach einem Sven. Vielleicht hat man das dann verdient« (sie zwinkerte mir zu).

Aber erschreckt euch nicht, er sieht mitgenommen aus, er ist schon vor Jahren an MS erkrankt und hatte einen schlimmen Schub. Aber er freut sich, dass ich Besuch habe. Bei all seinen gesundheitlichen Problemen sorgt er sich immerzu, dass ich Langweile haben könnte. Er will, dass ich mehr ausgehe, mein junges Leben genieße. Er ist der selbstloseste Mensch, den ich kenne. Er könnte bitter sein und griesgrämig, aber weit gefehlt.«

So viel Lob war fast schon unheimlich. Aber Daggi war nicht die Einzige im Günther-Fanclub, auch Anneliese war begeistert: »Ein Mann mit seinem Geld, frei von Dünkel und Hochmut, das ist wirklich die Ausnahme. In all den Jahren ist mir kein weiteres solches Exemplar über den Weg gelaufen. Ich dachte lange, die gäbe es gar nicht.«

Es klang geradezu, als wäre Günther kurz vor der Heiligsprechung. Das war einschüchternd und weckte mein Misstrauen. »Aber er ist ein echter Mensch, und auch ein Mann?«, fragte ich ein wenig ironisch.

Daggi lachte. »Entschuldige, ich muss mich manchmal bremsen, ich bin so vernarrt in Günthers Persönlichkeit. Ich kann mir vorstellen, dass das verstörend wirken kann! Darf ich euch die Hochzeitsbilder zeigen, es war so schön!«

Daggi erweckte den Eindruck, frei von jedwedem Arg zu sein. Sie war unglaublich zutraulich. »Ich bin unhöflich, ich quassele euch die Ohren voll, und ihr habt noch nicht mal ein Getränk. Die Hochzeitsbilder können warten. Was darf's denn sein? Was Alkoholisches, Rosé oder Champagner, ein Eiskaffee, Eistee oder die warme Variante? Wasser, Coke Zero? Wir haben alles da. Ich war heute Morgen noch mal einkaufen. Nur Fanta Orange in der Light-Version habe ich nicht bekommen. Sorry.« Man konnte sich kaum vorstellen, dass sie das selbst erledigte.

»Du hast noch immer niemanden, der dir hier zur Hand geht?«, fragte Anneliese streng.

»Schimpf nicht, Anneliese, das macht der Günther bei dem Thema schon dauernd. Juanita kommt zweimal die Woche zum Putzen, das Haus ist so enorm groß, sonst würde ich es alles selbst erledigen. Aber, und das weißt du genau, ich mag keine Haushälterin um mich haben, die mir nicht angenehm ist. Da mache ich die Sachen lieber selbst. Und ich habe ja alle Zeit der Welt. Sage mir, wenn du hier anfangen willst, ich kann es kaum abwarten!«, gestand sie.

»Der Tag liegt näher, als du denkst!«, sagte Anneliese und erzählte die Geschichte mit dem Sven-Telefonat.

»Passt zu dem Arsch!«, war Daggis Reaktion.

Wir tranken Eiskaffee und Daggi holte Günther zu uns. Mit dem Rollstuhl. »Die Anneliese kennst du ja, das ist Monika, meine Sven-Nachfolgerin, und ihre Freundin Sandra. Und das hier ist mein Günther!«

Er lächelte in die Runde. »Herzlich willkommen! Wie dieser Idiot Sven es wieder und wieder schafft, sich so hübsche und sympathische Frauen zu angeln, ist mir ein verdammtes Rätsel. Ich freue mich, dass Sie meiner Frau ein bisschen die Zeit vertreiben. Immer nur mit mir altem immobilen Kerl, das ist auf Dauer nicht das Wahre.«

»Es war meine Wahl, und ich würde sie immer wieder treffen!«, hauchte sie und küsste ihren Günther. Man hatte das Gefühl, in eine Live-Seifenoper geraten zu sein. Fehlte nur die dramatische Musik im Hintergrund.

»Vielleicht kommt der Physio morgen endlich, das hilft immer sehr. Der Jimmy ist halt nicht der Zuverlässigste!«, tröstete sie ihren Günther. Physio? Redete sie von einem Physiotherapeuten? »Der Jimmy macht Gleichgewichtsübungen für eine bessere und sichere Haltung und Muskelübungen gegen jede Form von Spasmen. Das bringt, wenn es regelmäßig durchgeführt wird, wirklich was. Aber gute Physiotherapeuten sind rar hier im Osten der Insel. Und die aus Palma fahren nicht gern so weit. Da muss man hinkommen, und das ist mit Günther schwierig und strengt ihn irre an. Das alles weiß Jimmy und lässt sich oft sehr bitten.«

»Ich bin gelernte Physiotherapeutin!«, brach es aus mir heraus. »Und ich denke, ich bin eine richtig gute!«, legte ich nach. »Ich kann einspringen, wenn Jimmy mal keine Zeit hat, gar kein Problem. Jederzeit gerne!«

Freundlichkeit ist ansteckend, die Grundstimmung in diesem Haus war – wie man heute gerne sagt – voll mit guten Vibes.

»Sie schickt der Himmel!«, strahlte Günther. »Wann kann es losgehen?«

»Wenn Sie mögen, sofort«, sagte ich und hatte wirklich Lust, direkt loszulegen. Bisher hatte mir meine Arbeit gar nicht so gefehlt, aber die Aussicht, wieder tätig sein zu können, gefiel mir ausgesprochen gut.

»Ist das Ihr Ernst? Das wäre der Jackpot für mich!«, freute sich Günther offensichtlich. »Ich brauche eigentlich täglich Hilfe. Ich merke so einen Unterschied, wenn ich die alten morschen Knochen regelmäßig unter Anleitung bewege. Es wäre ein Segen!«

»Ja, da war mein voller Ernst. Ich habe auch riesige Lust, wieder zu arbeiten. Ich hatte viele Patienten mit MS in Butzbach. Mobilisierung ist eines meiner Fachgebiete.«

»Jetzt macht mich dieser Schwachkopf Sven, Sie entschuldigen bitte die Ausdrucksweise, vielleicht schon zum zweiten Mal glücklich. Wer hätte das bei dem windigen Aufschneider für möglich gehalten!«, lachte Günther. »Jetzt sind Sie als Gast hier, aber ich würde mich freuen, wenn Sie morgen Zeit fänden und vorbeikommen könnten. Dann probieren wir, wie wir miteinander klarkommen, und machen Nägel mit Köpfen. Teilen Sie mir morgen bitte auch Ihre Gehaltsvorstellungen mit!«

Was für eine Perspektive! »Das hört sich großartig an!«, antwortete ich und dachte: Wenn ich noch mehr Patienten auf der Insel finden würde, könnte ich vielleicht wirklich ein Auskommen hier haben. Endlich wieder für mich selbst sorgen!

»Das ist fantastisch!« Daggi klatschte in die Hände. »Dieser Jimmy ist hier der Physio-Alleinherrscher und Platzhirsch und gebärdet sich entsprechend. Wenn du so gut bist, wie du aussiehst, dann muss der sich bald warm anziehen!«

»Ich lasse die Damen mal allein, ihr habt sicherlich einiges zu besprechen. Und zu planen. Daggi hat mich ein ganz klein wenig eingeweiht. Solltet ihr Hilfe brauchen, ich stehe zur Verfügung. Na ja, genauer gesagt, ich sitze zur Verfügung!«, sagte Günther, um dann davonzurollen.

»Du würdest uns sehr, sehr helfen, in Palma ist das alles kein Problem, aber hier jemanden zu finden, eine Stunde von der Hauptstadt entfernt, ist eine Herausforderung. Und wir wollen unbedingt hierbleiben, aber ohne Physio ist das Leben für Günther noch schwerer. By the way: Kannst du massieren?«, fragte Daggi.

»Klar, das gehört zur Ausbildung dazu. Verspannungen, Nacken- und Rückenbeschwerden sind ja Volkskrankheiten, ich habe immer viel massiert«, erkläre ich ihr.

»Er ist ein wirklich netter Patient, jammert nicht rum und zahlt gut!«, preiste sie ihren Günther an. »Massagen tun ihm so gut. Und ich habe leider inzwischen auch manchmal Rückenschmerzen, ich muss ihn oft heben, wenn du also für Massagen Zeit hättest, wäre das fantastisch!«

Anneliese mischte sich ein. »So, nach all der Ekstase über die Jobakquise wenden wir uns jetzt mal unseren Plänen zu. Aktion ›Parkgebühr‹ muss anlaufen. Wir haben nicht unendlich Zeit. Den ganzen Physiokram könnt ihr morgen klären.« Jetzt hatte sie also doch meinen Namensvorschlag genommen.

»*Parkgebühr?* Was soll das denn bedeuten?«, grinste Daggi. »Er hat uns geparkt, dich und mich und wahrscheinlich noch einige mehr!« Anneliese nickte. »Und als die Parkzeit abgelaufen war, mussten wir den Parkplatz räumen. Zwangsräumung. Und jetzt wird seine Gebühr fällig!«, versuchte ich mich an einer Erklärung.

»Ach so, ist ein bisschen um die Ecke gedacht, aber lustig irgendwie. Und unauffällig, wenn man den Begriff in der Öffentlichkeit benutzt. Wie weit seid ihr mit der Planung?«, wollte sie wissen.

Wir brachten sie auf den aktuellen Stand, und Anneliese machte deutlich, was wir uns von ihr erhofften. »Eine Form der Superrecherche hatte ich dir ja schon angekündigt. Es geht darum, diesen Tobias zu finden. Er ist immerzu auf der Suche nach Investoren, insofern könnte es sein, dass er den Kontakt zu Reich und Schön sucht. Da kommst du ins Spiel!«

Daggi kicherte. »Verstehe! Und ihr habt keine Ahnung, wo er stecken könnte, dieser Tobias?«

Wir schüttelten zeitgleich die Köpfe. Sandra griff nach ihrer Tasche und holte einen Zettel heraus. »Ich habe mal eine Art von Steckbrief entworfen – und ein Foto habe ich auch. Er neigt zwar nicht zum Misstrauen, aber es wäre gut, quasi verdeckt zu ermitteln. Wenn er merkt, dass er gesucht wird, könnte es sein, dass er den Braten riecht. Und um die Wahrheit zu sagen, Daggi, ich bin nicht zu hundert Prozent sicher, dass er noch auf Mallorca ist.«

Wir alle schauten auf das Foto. Tobias sah harmlos aus. Hätte man mir das Foto gezeigt und erzählt, was man ihm vorwirft, hätte ich Mühe gehabt, das zu glauben. »Der sieht richtig nett aus!«, bemerkte ich nur.

»Das ist sein Trumpf, niemand traut ihm zu, ein verschlagener Abzocker zu sein. Er sieht aus wie der nette Kerl von nebenan. So bin ich ja auch in die Falle getappt«, rechtfertigte sich Sandra.

»Du musst hier gar nichts erklären, wir waren alle blöd und sind alle reingefallen!«, beschwichtigte sie Daggi. »Verdeckte Ermittlung, das hört sich spannend an. Könnte mir richtig Spaß machen!«, freute sie sich. »Und jetzt zu Sven, der liegt mir besonders am Herzen!«, scherzte sie und schaute mich an.

»Wir haben uns eine Penis-Legende ausgedacht!«, machte ich sie mit den Grundzügen des Plans vertraut und erklärte ihr, was wir uns überlegt hatten. »Du hast doch so von seinem Riesending geschwärmt, hat er jedenfalls immer wieder stolz erzählt. Seinem Mister Big.«

Daggi runzelte die Stirn. »Das war das, was er mir von Dani gesagt hat! Sie hätte niemals so einen gewaltigen Hammer gesehen!« Wie peinlich.

»Clever, der Herr Bauer!«, bemerkte Anneliese. »Immer die Vorgängerin erwähnen. Da will man als die aktuelle im Stall nicht zurückbleiben. Fast schon lustig, wie der seine eigene Saga schafft! Dumm ist der beileibe nicht!«

»Mikropenis ist das Zauberwort! Wir streuen das. Es soll Klatschthema Nummer eins werden. Der tolle Herr Bauer mit dem winzigen Penis«, verriet ich Daggi die Details.

Sie brach in Gelächter aus. »Das wird ihn fertigmachen, sein Riesen-Ego mit einem Mini-Ding! Gefällt mir, gefällt mir sogar sehr gut!«, betonte sie. »Das wird fantastisch rumgehen, auf einer Insel, auf der jeder der Größte sein will, den Größten hat und sich viele zu Tode langweilen. Ein fettes mieses Gerücht ist immer beliebt. Ich denke, das spricht sich wie ein Lauffeuer rum. Und dann müssen wir nur noch dafür sorgen, dass es ihm zu Ohren kommt. Aber ich denke, in diesem Fall kann ich eine Eins-a-Multiplikatorin sein. Schließlich bin ich sozusagen eine Augenzeugin.« Sie zwinkerte uns zu. »Ich habe schon die Richtigen vor meinem geistigen Auge, die größten Klatschbasen der Insel, die ich sonst eher meide. Ich war bestimmt auch ein Megathema, als herauskam, dass Günther und ich geheiratet haben. Ich will gar nicht im Detail wissen, was da geredet wurde. Die sind wie eine hungrige Meute, wenn ich denen das zum Fraß vorwerfe, geht es viral. Herrlich!« Das klang vielversprechend.

»Ich würde sagen, wir fahren mehrgleisig!«, fasste »Chefin« Anneliese unser Gespräch zusammen. »Meeting alle zwei Tage, jetzt gehen wir in uns, überlegen, und übermorgen ist Brainstorming. Die Sache könnte echt lustig werden!«

»Bleibt es bei morgen – also ich meine, für Günther?«, fragte Daggi beim Abschied. »Das wäre großartig!«

»Wann passt es für euch, ich bin zeitlich flexibel!«, antwortete ich.

»Sagen wir, gegen zehn Uhr?« Daggi nickte. »Günther ist sowieso hier – aber es wäre schön, wenn es nach neun Uhr wäre, wir lieben es auszuschlafen, aber selbstverständlich richten wir uns nach dir!«

»Zehn Uhr hört sich gut an. Das passt prima. Bis morgen!«

Patienten, die sich allein darüber freuten, dass man Zeit hatte, wie wunderbar war das denn!

Um 9:55 Uhr stand ich erneut vor der Supervilla. »Ach, das ist einfach fantastisch!«, begrüßte mich Daggi. »Günther und ich sind so froh, endlich eine Alternative zu Jimmy zu haben. Bei dem war es immer die große Frage, kommt er oder ist mal wieder was dazwischengekommen.«

Sie hatte keinen Quatsch erzählt, Günther war ein kooperativer und liebenswürdiger Patient. Bevor ich Hand anlegen durfte, wollte er das Finanzielle geklärt haben. »Welche Preisvorstellungen haben Sie, Monika?«, erkundigte er sich.

Ich hatte mich vorbereitet auf diese Frage. »Üblich sind etwa fünfunddreißig Euro für die halbe Stunde«, sagte ich und fühlte mich unwohl. Aber das war nun einmal ungefähr der normale Satz. »Ich kann leider nicht mit der Kasse abrechnen!«, schob ich hinterher. Über Geld zu reden war mir schon immer unangenehm.

»Monika, Monika, wenn mein Geld einen Vorteil hat, dann den, dass ich nicht meine Krankenkasse strapazieren muss. Ich kann es mir leisten, meine Physiotherapie so zu bezahlen. Fast jeder Handwerker nimmt mehr, als Sie da aufrufen. Und Jimmy verlangt hundertzwanzig Euro für fünfundvierzig Minuten. Wir machen heute eine Probestunde zu diesem Tarif, und dann sehen wir weiter. Einverstanden?«, sagte er nur und lächelte mich an.

Das war traumhaft, so viel hätte ich niemals verlangt. In meinem Kopf ratterte es. Wenn ich vier Stunden am Tag arbeiten würde, im Schnitt also für hundert Euro, dann würde ich ein Vielfaches meines Gehalts in Deutschland verdienen und könnte mir ein Auskommen auf Mallorca locker leisten. »Das ist sehr großzügig!«, antwortete ich.

»Das ist angemessen, und jetzt legen wir los!«, entschied er und drückte mir hundertzwanzig Euro in die Hand.

»Jimmy ist hiermit Geschichte!«, beglückwünschte mich Günther nach unserer ersten Stunde. »Das war sehr gut, herausfordernder als mit Jimmy, und es kam mir professioneller vor. Darf ich direkt weitere Stunden buchen, Sie würden einen alten Mann sehr glücklich machen«, sagte er, als wir fertig waren. Er wünschte sich tägliche konstante Betreuung. Physiotherapie und/oder Massage. Ein bis zwei Stunden pro Tag. »Ich hoffe, Sie werden diese Insel nicht vor mir verlassen!«, zwinkerte er mir zu. Wir vereinbarten Termine für die nächsten drei Wochen.

»Mein Plan ist es, zu bleiben, ich muss eine Wohnung finden, und ein paar mehr Patienten wäre gut, und dann steht der Sache nichts im Weg. Ich würde gerne auf Mallorca leben, aber eben auch gerne unabhängig!«, erklärte ich ihm. »Und ich muss ein paar Dinge anschaffen, eine Massageliege und einige Kleinigkeiten, die man so braucht. Außerdem ein Auto, ich kann ja dauerhaft nicht das von Sven benutzen. Mir schwebt vor, eine Form der mobilen Physio anzubieten. Da brauche ich keine Praxis, das spart Geld, und für die Patienten und Patientinnen wäre es auch angenehm. Sie sind oft ja nicht sehr mobil.« Ich lachte.

»Das werden wir hinkriegen, Sie haben jetzt einen Fürsprecher nach dieser Stunde! Sie werden sich vor Nachfragen nicht mehr retten können«, sagte er, und ich hatte das Gefühl, auf diesen Mann konnte man sich verlassen. Welch herrliche Aussichten! Das hatte ich indirekt Anneliese zu verdanken.

Noch drei Tage, und Elli und Manni stehen auf der Matte, was machen wir mit den beiden?«, fragte Sandra, als ich freudestrahlend in Svens Finca zurückkehrte.

Bisher hatte ich mir wenig Gedanken darüber gemacht. »Vielleicht könnten sie uns, ohne es zu wissen, ein wenig behilflich sein!«, sagte ich und hatte eine spontane Idee. »Ellis und Mannis Haus sieht aus wie der Gegenentwurf zu dem hier. »Vollgestellt, ein Platzdeckchen am anderen, Nippes ohne Ende, insgesamt sehr kruschelig. Sven hasst es. Er findet, es zeigt, wie die beiden sind. Unorganisiert. Chaotisch. Ohne Struktur.«

»Und weiter?«, zeigte sich Sandra überrascht. »Was hat das mit uns zu tun?«

»Warte ab, mir geht da was durch den Kopf, das könnte ein herrliches, wie sagt man heute so, Add-on sein! Ist noch nicht ausgereift, aber da keimt eine Idee in mir!«

»Jetzt sag halt!«, blieb Sandra am Ball. »Zwei Köpfe kommen auf mehr Ideen als einer!«

»Wir behaupten, dass sich Sveni mehr Gemütlichkeit wünscht, dass sein Elternhaus bis heute für ihn eine Wohlfühloase ist, und bitten Elli, gestalterisch einzugreifen. Und Manni setzen wir auf den Garten an. Der ist ja ein Mann, der gerne werkelt und auch bei sich zu Hause für den Garten zuständig ist. Ich kann mir kaum vorstellen, dass der sich hier eine Woche faul an den Pool legt. Die beiden sind Schaffer. Sven liebt dieses Geometrische in seinem Garten, er mag es, dass alle Pflanzen weiß blühen. Andere Farben sind nicht erlaubt. Ordnung und Klarheit. Wir erzählen den beiden, wie schön es wäre, mehr Farbe und Leben in Garten und Haus zu bringen. Wir gestalten das hier neu. Lassen Elli geschmacklich freie Hand. Sodass Sven, wenn er mit seiner Neuen hier anreist, der Schlag trifft. Fußmatten, Rüschen, Platzdeckchen und jede Menge kleine Beete mit allen Farben außer Weiß.«

»Denkst du, das nehmen die uns ab?«, hinterfragte Sandra meinen spontanen Plan.

»Wir werden sehen, einen Versuch ist es wert. Ich könnte Elli beim Einkaufen begleiten!«, schlug ich vor.

Sandra dachte offenbar intensiv nach. »Oder noch besser, wir sagen, ich sei Innenarchitektin, und ich bitte Elli, mir zur Hand zu gehen. Sagen, Sven hätte mich angeheuert, um weg von dieser cleanen und sterilen Atmosphäre zu kommen. Dass er einen Cosy-Look wolle. Der sei jetzt angesagt. Wir kaufen schon mal ein paar Kleinigkeiten für ein Zimmer, das Gästezimmer, und sagen, das sei der Raum, an dem wir uns orientieren. Wir werden es in der Kürze der Zeit nicht schaffen, alle Möbel zu tauschen, aber man kann mit wenig Geld hier richtig was aufrüschen. Es gibt doch diese Chinashops an jeder Ecke auf der Insel, saubillig und fieses Zeug. Viel Plastik, Kunstblumen und Kram.«

»Genial!«, lobte ich meine Mitstreiterin. »Hoffen wir mal, dass die Kreditkarte weiterhin funktioniert! Und er vor allem nicht merkt, was da vor sich geht.«

Als wir Anneliese von der Planerweiterung erzählten, war sie begeistert: »Win-win, die beiden, Elli und Manni, haben eine Aufgabe, und Herr Bauer wird es richtig hassen. Er hat mich immer davon abgehalten, hier ein bisschen Deko anzubringen. Mir ist das alles auch zu kühl.«

»Im Vergleich zu seiner Wohnung in Frankfurt ist das hier ein Hort der ausschweifenden Gemütlichkeit und Plüschigkeit!«, lachte ich.

»Oh Gott!«, war alles, was Anneliese sagte. »Da gefriert einem doch alles, egal, wie hoch man die Heizung dreht.«

Sandra stimmte ihr zu. »Ich kann das auch nicht verstehen, je mehr Geld, je weniger Kuscheligkeit. Alles so karg und schlicht. Hier könnte man wirklich viel verschönern.«

Das sah ich anders. Mir gefiel es ausgesprochen gut, so wie es war. Für Sven, das wusste ich, war das hier die absolute Schmerzgrenze, was Gemütlichkeitsmobiliar anging. Er würde toben.

»Wir könnten den Gärtner schon mal bitten, ein paar kleine Beete auszuheben. Überall da, wo sie die Symmetrie zerstören. Dann haben die alten Herrschaften nicht mehr so viel Stress. Und er könnte auch gleich jede Menge Pflanzen mitbringen und vielleicht bereits ein, zwei Flächen umgestalten. Damit die beiden denken, das Projekt läuft ohnehin längst und sie unterstützen nur. Die wissen ja nicht, dass ich für Gärtner und Co. zuständig bin. Sven hat sich, was das angeht, gerne blind auf mich verlassen. ›Ich will mit dem Kram möglichst wenig behelligt werden!‹, lautete seine Ansage. Er hat mir einmal deutlich gemacht, was wie zu sein hat, und es hat für ihn nie einen Grund zur Beanstandung gegeben. Ich habe seine ästhetischen Grundsätze nie infrage gestellt. Warum sollte ich? Ich lebe nicht hier. Ist nicht mein Haus. Daggi hat dann ein bisschen was verändert. Schritt für Schritt einen Hauch von Gemütlichkeit ins Haus gebracht. Aber auch sie hat er am Ende ausgebremst. Genug Rattan und Holz, jetzt ist Schluss, ist mir zu ökig, waren seine Worte. Ich kann mich gut an die Auseinandersetzung erinnern. Er gesteht all seinen Frauen immer ein bisschen was zu, genau so viel, dass sie das Gefühl bekommen, ihre Bedürfnisse seien wichtig. Sie dürften mitgestalten. Hätten Einfluss. Am Ende aber bestimmt er.«

»Ich denke, der Chinashop schreit nach uns!«, sagte ich und zog seine Kreditkarte aus der Tasche.

»Vielleicht sollten wir die pausieren lassen und keine schlafenden Hunde wecken!«, meinte Anneliese. »Ich habe noch Bargeld, er lässt mir immer einiges an Reserve da, für den Fall der Fälle. Der Herr Schwarzzahler. Für Handwerker oder andere Rechnungen. Ich lege das Geld für die Gehälter weg, und den Rest hauen wir genüsslich auf den Kopf, wie wäre es?« Noch immer war ich, was Anneliese anging, ein bisschen verstimmt, aber ich musste eingestehen: Ihre Ideen waren klug und vorausschauend.

Im Chinashop konnte man für wenig Geld viel Scheiß kaufen. Wir waren alle drei gemeinsam hingefahren, und jede durfte ein Budget von zweihundertfünfzig Euro verprassen. Dafür bekam man eine Menge Mist. Bunt, kitschig, Plastik oder Fakegüldenes, außerdem Wolliges, Bast und Ähnliches, darauf hatten wir uns geeinigt. Sandra verfiel in einen Platzdeckchen-Rausch, Anneliese legte jede Menge Kerzenhalter, Schälchen und anderen Nippes wie Figürchen in ihren Korb (alles Dinge, die Elli sicher mögen würde), und ich suchte sehr grausliche Türvorleger mit »Willkommen in meiner bescheidenen Hütte«-Aufschrift und zimtfarbene Toilettengarnituren aus. Ein schönes Sammelsurium ausgewählter Hässlichkeiten. Wir bleiben preislich sogar unter unserem Budget, und der Kofferraum war rappelvoll.

Danach telefonierte Anneliese mit dem Gärtner, erzählte etwas von Garten-Neuausrichtung, mehr Vielfalt, ökologischer und auf jeden Fall bunter. »Herr Bauer will eine ganz andere Gestaltung, ja, das hat mich auch sehr überrascht, aber da wird wohl wieder eine neue Frau im Spiel sein, Sie wissen ja, wie das ist!« Das Argument schien den Mann zu überzeugen, und er versprach, übermorgen anzurücken. »Das ist prima!«, sagte Anneliese. »Sie kennen ihn, alles immer zackzack. Was der sich in den Kopf setzt, muss sofort erledigt werden. Ich danke euch sehr! Und ein paar Gemüsebeete wären super. Kräuter und Gemüse, der Herr Bauer tendiert jetzt zur veganen Ernährung. Er will gerne selbst anbauen.«

Danach machte sich Sandra – »Ich bin hier die neue Innenarchitektin« – ans Umgestalten. Das Gästezimmer sah danach aus, als hätten sich eine Vierjährige und eine Fünfundachtzigjährige gemeinsam verwirklicht. Kissenberge auf dem Bett, Platzdeckchen auf dem Nachttisch und auf der Fensterbank jede Menge Figürchen. Auch ein Marienkäferduo (das hatte ich geshoppt), Elli sollte sich schließlich wie zu Hause fühlen.

Nachmittags hatten wir alle das Gefühl, einen kleinen Schritt in die richtige Richtung gemacht zu haben. Ich allerdings war ein wenig verunsichert. Hatte Sven das verdient? Ja, er hatte mich abserviert und das nicht auf die vornehme Art. Aber war das nicht das Risiko, wenn man sich mit einem solchen Mann einließ? War das, was wir vorhatten, tatsächlich angemessen? War das nicht eine Nummer zu hart, zu unbarmherzig? Die Frage aber, die mich, nicht ganz uneigennützig, am meisten ins Grübeln brachte, war diejenige, inwieweit unser Vorgehen kriminell war? Machten wir uns, juristisch gesehen, schuldig? Würden wir uns mit unseren kleinen und vielleicht auch kindischen Racheplänen ins Verderben stürzen? Die nächsten Jahre unseren kurzen Spaß abbezahlen? Aber, beruhigte ich mich schließlich selbst: War es strafbar, Tratsch und Klatsch zu verbreiten? Eine Kreditkarte zu nutzen, die der Besitzer selbst ausgegeben hatte? War es justiziabel, ein paar Platzdeckchen zu verteilen? Marienkäfer aufzustellen?

Als ich den beiden anderen von meinen Sorgen berichtete, winkten sie ab. Anneliese versuchte, meine Bedenken zu zerstreuen: »Ich sollte die Finca hier am Laufen halten, das Geld, das er mir gegeben hat, musste ich nicht mal quittieren. Wie soll er Geld zurückfordern, das offiziell nie geflossen ist? Für das es keinerlei Beleg gibt? Also ich glaube, er wird versuchen, uns die Hölle heißzumachen, wird sehr sauer sein, aber rein rechtlich haben wir nichts zu befürchten! Da sind wir safe.«

Ich hatte noch immer gewisse Bedenken. »Na ja, aber er wird uns ordentlich Druck machen, der kann mit harten Bandagen kämpfen, das hat er selbst immer gesagt. Was, wenn er uns dauernd anruft, uns auflauert? Uns zur Rede stellt?«

Anneliese blieb ungerührt: »Wir müssen nur weg sein, wenn er kommt. Und dann besorgen wir uns neue Handys. Prepaid. Neue SIM-Karten langen auch. Der weiß nur, dass ich in Cala D'Or lebe. Mehr nicht. Der war nie zum Kaffee da oder hat mal nachgefragt, wo genau ich wohne. Ich bin nicht mal sicher, ob er weiß, wie ich mit Nachnamen heiße. Wie sollte er mich finden? Sandra kennt er nicht mal, und wenn Sie weg sind und telefonisch nicht erreichbar, müsste es schon mit dem Teufel zugehen, wenn er Sie zufällig trifft. So oft ist er ja gar nicht auf der Insel.«

Neue SIM-Karten fürs Handy, das klang nach Vorabendkrimi. Aber durchaus wieder mal clever, das musste ich Anneliese lassen. »Aber was ist mit Ihnen?«, hakte ich nach.

Sie stieß ein leicht höhnisches »Pfff« aus. »Wie gesagt: Der weiß rein gar nichts von mir. Hat ihn nie interessiert. Ich bin ein dienstbarer Geist, nicht mehr und nicht weniger. Keine Person mit Hobbys und Anhang. Er hat einmal gefragt, ob ich verheiratet bin, das war's. Mehr Info wollte er nie. Wozu auch?« Sie schaute mich durchdringend an. »Dürfte Ihnen ja vertraut sein, dieses Verhalten! Oder kennen Sie meinen Nachnamen?«, schob sie hinterher.

Bei Vorwürfen verfiel sie schnell wieder vom Duzen ins Siezen. Ich fühlte mich erwischt. Ich hatte keine Ahnung. Sie war immer nur die Anneliese. »Danke gleichfalls!«, entgegnete ich nur. Sie war auch nie an weiteren Informationen über mich oder mein Leben interessiert gewesen. »Wissen Sie denn meinen?«, fragte ich spitz zurück.

»Fischer. Die Frau Fischer mit dem Herrn Bauer!«, zischte sie.

»Könnt ihr mal damit aufhören!«, mischte sich Streitschlichterin Sandra, die Unparteiische, ein. »Niemand ist frei von Fehlern! Das ist doch kleingeistig, jetzt hier alles aufzurechnen, dabei haben wir echt anderes zu tun. Darf ich vorstellen: Frau Fischer und Frau Sanchez – damit wäre das geklärt. Und jetzt zu den wichtigen Themen: Das mit den neuen SIM-Karten für euch macht Sinn. Sollten wir Tobi finden, bräuchte ich vielleicht auch eine. Ich vermute, der kann grantig werden, wenn man ihn übers Ohr haut.«

»Frau Sanchez! Sind Sie Spanierin? Oder mit einem verheiratet?«, nagte die Neugier in mir. War das die Erklärung dafür, dass Anneliese so gut Spanisch sprach?

»Geschieden! Frau Fischer!«, kam die grummelige Antwort.

Ich glaube, wir beide hatten noch einiges zu besprechen und aufzuarbeiten, aber Sandra hatte recht, jetzt war nicht die Zeit dafür. »Waffenstillstand?«, schlug ich deshalb vor.

»Gut, Frau Fischer!«, brummte sie. »Frau Sanchez, für Sie Monika!«, antwortete ich und lächelte. Eine musste ja anfangen.

»Dann aber jetzt auch endlich konsequent. Anni!«, kam die Replik.

»Hurra! Geht doch!«, rief Sandra.

Abends brachte ich Michaela telefonisch auf den neusten Stand der Dinge. Sie war begeistert. »Wie schade, dass ich nicht dabei sein kann, das würde mir richtig Spaß machen, aber ich sitze hier mit meinem Wal-Bauch und hoffe, dass du mich auf dem Laufenden hältst! Wenn ich von hier aus irgendwas machen kann, gib Bescheid. Und liebe Grüße ans Team! Wenn du echt auf Mallorca bleibst, wäre das einerseits schade, andererseits würde ich dich sicher so oft es geht besuchen. Die Kinder reden dauernd von der Zeit. Tom ist schon ganz neidisch. Er will unbedingt auch mal mitkommen. Keine Panik, das nächste Mal mieten wir uns eine kleine Wohnung. Und Mia habe ich zum Schwimmkurs angemeldet, und die Lehrerin meinte, genau wie du, sie habe Talent.«

Nachts lag ich wieder mal sehr lange wach. Malte mir meine Zukunft aus. Machte eine Liste, was ich für ein gutes Leben auf Mallorca brauchen würde. Wie ich es schaffen konnte. Meine erste Physioeinheit mit Günther hatte mir Zuversicht verschafft. Eine Wohnung war mit Sicherheit der erste Schritt, denn die Zeit hier auf der Finca war endlich. Ich musste mich darum kümmern, ehe ich an regelmäßiges Arbeiten denken konnte. Außerdem musste irgendein fahrbarer Untersatz her, von öffentlichen Verkehrsmitteln wollte man hier nicht abhängig sein. Es gab Busse, aber mit der Massageliege im Bus über die Insel zu touren, war keine gute Idee. Außerdem lagen die wenigsten Fincas direkt an den Haltestellen. Musste ich mich irgendwo anmelden? Wollte ich ganz offiziell arbeiten oder wie Anneliese alles bar auf Tatze? Wer würde dann eine Rente für mich zahlen? Ich musste ein Konto eröffnen – Steuern zahlen, ein Gewerbe anmelden. Mir schwirrte der Kopf.

Darum würde ich mich kümmern, wenn wir unseren kleinen Rachefeldzug erledigt hatten. Wohnung und Auto parallel, alles andere musste abwarten.

Ich war aufgewühlt, aber auch energiegeladen. Ich hatte zu tun und merkte jetzt, wie sehr mir das gefehlt hatte. Und ich hatte Verstärkung, Menschen an meiner Seite, die ähnliche Ziele hatten. Sie Freundinnen zu nennen, wäre voreilig, aber sie könnten eines Tages Freundinnen werden.

Ich war gespannt, wie meine Mutter mit den Veränderungen, die mir bevorstanden, umgehen würde. Noch hatte ich sie in unseren raren Telefonaten nicht informiert. Ich war mir relativ sicher, dass sie Team Sven sein würde, und hatte so gar keine Lust auf ihre üblichen Vorhaltungen.

Schritt für Schritt, Monika, ermahnte ich mich, ich würde meine Mutter morgen mal anrufen, aber nur einen Teil der Geschichte rauslassen. Ihr die Wahrheit häppchenweise servieren. Mit dem Gesicht meiner Mutter vor Augen, dem sicherlich sehr enttäuschten Gesicht, schlief ich endlich ein.

Wieder war ich am nächsten Morgen um Punkt zehn Uhr bei Daggi und Günther, heute gebucht für eine Doppelstunde. Mobilisierung Günther und Massage Daggi. Auf dem Weg zu den beiden, noch hatte ich zum Glück Svens Auto, eröffnete ich ein Konto bei einer spanischen Bank. Dinge erledigen sich nicht von selbst, und ich hatte mir gestern Abend im Bett vorgenommen, jeden Tag einen Punkt auf meiner imaginären Liste abzuarbeiten. Die Angestellte sprach zu meinem Glück Englisch, aber ich beschloss, jetzt wirklich Spanisch zu lernen. Wollte ich hier leben, sollte ich die Sprache können. Warum hatte ich mich darum nicht gekümmert? Ich hatte Zeit gehabt und hatte sie nicht genutzt. Dumm von mir. Nachlässig und faul. Aber noch nicht zu spät. Ich würde Anni, ich zwang mich, ab sofort Anni zu sagen und zu denken, was mir noch schwerfiel, fragen. Vielleicht wusste sie jemanden, der mir Unterricht geben konnte. Dann könnte ich auf lange Sicht eventuell auch spanische Patienten behandeln.

Mein dringendstes Problem aber war eine Wohnung. Sandra hatte vorgeschlagen, dass wir uns etwas Gemeinsames suchten. Eine kleine WG gründen. An sich ein wunderbarer Vorschlag, der aber den ein oder anderen Haken hatte. Wie wollte sie sich finanziell beteiligen? Kannte ich sie gut genug nach der kurzen Zeit? Im besten Falle halbierten sich die Kosten, und vielleicht könnten wir sogar eine Form des Carsharings betreiben.

Ohne Auto wäre das Geschäftsmodell, das ich im Kopf hatte, Makulatur.

Daggi war während der Massage in Plauderlaune.

»Du sollst dich entspannen!«, ermahnte ich sie.

»Ich kann entspannen und dabei reden!«, entgegnete sie. »Also, ich habe gestern direkt rumtelefoniert, um meine Kontakte zu aktivieren. Für unsere Mission. ›Parkgebühr‹ ist somit angelaufen. Die ersten zarten Gerüchte sind gestreut. Wenn der Klatsch wieder zu mir zurückkommt, ha, wenn mir mein selbst gestreutes Gerücht zu Ohren kommt, haben wir unser Ziel erreicht. Ich bin gespannt, wann es so weit sein wird. Paula und Birgit wissen jetzt Bescheid. Und Paula ist megagut vernetzt. Sie ist Chefin des Damengolfs hier im Golfclub Cala D'Or. Das sind – roundabout- fünfundzwanzig Frauen, die dort spielen. Wenn die jeden Dienstag ihre achtzehn Loch spielen, wird schön was weggetratscht. Man hat massig Zeit, um zu reden. Während der Runde und danach bei einem Prosecco auf der Clubterrasse. Ich habe mal eine Weile versucht, mitzuspielen, aber ich war nicht sonderlich beliebt. Zu jung, zu gut aussehend. Da wittern die gleich Konkurrenz. Die Frauen dort sind fast alles alte ›Geparkte‹, die wissen, wie sie ihre Pfründe verteidigen. Seit ich mit Günther liiert bin, sind sie freundlicher zu mir. Zum einen bin ich jetzt verheiratet, also momentan nicht verfügbar, und zum anderen stehen sie alle gerne gut mit Günther. Er war ewig lange der begehrteste Mann hier im Südosten der Insel. Einfach nur, weil er zu den Reichsten gehört. Das ist hier die Hauptqualifikation. Egal – anderes Thema. Also Paula, eine Art Anführerin der Golffrauen, konnte sich gar nicht satthören an der Mikropenis-Story, als wir telefonierten. Ich finde, ich habe es geschickt eingefädelt. Sie wusste von ihrem Poolmann, dass Sven mit einer neuen Frau auf die Insel kommt, dass du also Geschichte bist. Wollte natürlich gleich hämisch wissen, ob du schon abgereist bist.«

»Wie seid ihr denn von mir auf den Mikropenis gekommen?«, wagte ich eine Zwischenfrage.

»Na ja, ich habe gesagt, auf Dauer ist ein Leben mit Sven eben für alle Frauen kompliziert. Ich wüsste ja genau, wovon ich rede. Paula hat zunächst nur trocken gelacht. Ein Leben mit einem Mann sei per se schwierig, hat sie gemeint. Ich habe mich dann geräuspert, eine schöne Kunstpause eingelegt und gesagt, in dem Fall wäre es eben auch das Handicap, das für Sven belastend sei und dauerhaft für seine Partnerinnen. Da hatte ich sie am Haken. Was denn für ein Handicap?, hat sie wie vorhergesehen gefragt. Man sähe ihm so gar nichts an! Ihre Neugier war unüberhörbar. ›Es ist ein, ähm, also es ist, sagen wir mal, ein Unterleibsproblem‹, habe ich zunächst nur gesagt. So als sei ich wahnsinnig diskret und verschwiegen und wolle es partout nicht verraten. Jetzt ließ sie, genau wie ich erwartet hatte, nicht mehr locker. Prostata war ihre erste Vermutung. Damit hätte ich nicht weiter punkten können, das wusste ich. Mit der Prostata haben die nahezu alle Probleme. Ist einfach eine normale Alterserscheinung. Und die meisten Männer, die hier Anwesen haben und mehr oder weniger fest auf der Insel leben oder pendeln, sind älteren Semesters. Ist etwas delikater, habe ich gesagt. Es geht um seinen Penis. So ein Mikropenis macht alles, also den Sex vor allem, doch sehr kompliziert. Dann habe ich theatralisch geseufzt. Da geht nicht viel, Paula, wie auch, das ist tragisch geradezu. Und ich denke, Monika hat damit dauerhaft nicht umgehen können. Sie lechzte nach Details. Wollte Zentimeterangaben. Ich habe gesagt: Schau dir deinen kleinen Finger an, dann weißt du Bescheid. Sie war fassungslos. Da hat mein Momo mehr, hat sie erschüttert gesagt. Momo ist ihr Chihuahua-Zwerghund. Leider ja, habe ich bestätigt. Und bei aller Liebe sei das für die Langstrecke natürlich schlimm in einer Beziehung. Und für Sven eine Katastrophe. Am Strand in der Badehose trage er ein Suspensorium, so einen Einsatz, damit man es nicht sieht, beziehungsweise damit man was sieht, was aber gar nicht da ist. Sie hat Verständnis geheuchelt, ach du je gestöhnt und unser Telefonat ziemlich schnell beendet. Ich denke, sie hat direkt ihre Busenfreundin Nadja angerufen. Damit hatte ich die erste Multiplikatorin angefixt. Wo ich schon mal so in der Geschichte drin war, habe ich direkt Birgit angerufen. Lief noch runder und ging noch einfacher. Birgit hat dieselbe Funktion wie Paula, aber in einem Golfclub im Westen der Insel. Santa Ponsa. Gleiches Programm, ebenso große Aufmerksamkeit fürs ›kleine Ding‹. Alles lief bestens. Das Ganze setze ich in den nächsten Tagen fort. Zehn dieser Frauen sollten reichen, um das Gerücht rund um die Insel zu spülen!« Sie lachte.

»Ich bin beeindruckt!«, freute ich mich.

»Ich bin es auch. Hätte nicht gedacht, dass es so dermaßen flutscht. Apropos flutscht, das Öl, das du da hast, riecht extrem lecker, was ist das?«

Ich hielt ihr die Flasche hin. »Aus der Drogerie, gar nicht teuer, aber ich habe viele probiert, und das ist richtig gut.«

»Soll ich ein paar Flaschen besorgen, dann musst du es nicht immer mitbringen!«, bot sie an und machte direkt ein Foto von der Flasche.

Wie aufmerksam diese Frau war, von der kann ich was lernen, dachte ich.

»Noch Lust auf eine Tasse Kaffee mit Günther und mir?«, fragte sie nach der Massage.

Wir saßen auf der großen Terrasse mit Blick aufs Meer. Es wehte ein laues Lüftchen, die Palmen rauschten hörbar, und es hätte mich nicht gewundert, wenn die Raffaello-Frau mit weißem Hut und Pralinen am Horizont aufgetaucht wäre. Es war Idylle pur.

»Günther hat gestern gemeint, dass du auf jeden Fall auf der Insel bleiben musst. Und da hatten wir eine Idee. Also, das ist nicht übergriffig gemeint oder so. Einfach nur ein Vorschlag, du darfst nicht sauer sein, bitte!«, leitete sie ein.

Wollten sie den Preis drücken? Ein Abo raushandeln? Ich hatte keinerlei Idee, um welchen Vorschlag es sich handeln könnte.

»Wir wissen ja, auch weil Anni es erwähnt hat, dass Sven dich rausgeschmissen hat. Also du weg sein musst, wenn er hier aufschlägt. Und ich weiß, dass du noch keine Wohnung hast, und da dachten wir ...« Günther unterbrach ihre merkwürdige Ansprache: »Jetzt eiere doch nicht so rum, Daggi, also, Monika, wir haben ein Gästehaus da unten am Wasser, drei Zimmer, Küche und Bad, und es steht leer. Wenn Sie mögen, können Sie dort mit Ihrer Freundin wohnen. Nur ein Angebot. Wie gesagt, es steht leer. Vielleicht ist es Ihnen zu klein, aber es ist recht hübsch, und es wäre natürlich auch für mich sehr praktisch, Sie hier in der Nähe zu wissen. Und vor allem Planungssicherheit zu haben. Da müsste ich mir keine Sorgen machen, dass Sie so schnell verschwunden sind, wie Sie aufgetaucht sind. Ist also kein uneigennütziger Vorschlag.« Er schaute mich erwartungsvoll an.

Ich war wie vor den Kopf geschlagen. Konnte es kaum

glauben. War Daggi in Wirklichkeit die gute Fee? Kannte sie meine geheimen Wünsche? Ich war zunächst sprachlos und schaute nur erstaunt in die Runde.

»Ich habe es dir gesagt, das ist übergriffig, das geht uns nichts an, Günther!«, stammelte Daggi. »Entschuldige, es war nur nett gemeint.«

»Das ist es doch auch! Es ist ein wahnsinnig nettes Angebot, aber, um ehrlich zu sein, es beschämt mich ein wenig. Das kann ich gar nicht annehmen«, reagierte ich nach einer kurzen Pause.

»Schau es dir zumindest mal an, das Häuschen ist klein, aber ehrlich hübsch. Also ich finde es hübsch!«, beeilte sich Daggi zu sagen.

Genau das machte ich dann auch. Daggi präsentierte mir das Häuschen am Ende des Grundstückes, gelegen direkt oberhalb der Felsen. »Da kannst du morgens gleich eine Runde ins Meer!«, pries sie die Lage an. Vollkommen unnötig, denn es war unglaublich schön und brauchte keinerlei Marketingmaßnahmen. Etwa achtzig Quadratmeter groß, hell und liebevoll eingerichtet.

»Das ist ein Traum!«, sagte ich nur, nachdem mich Daggi herumgeführt hatte. Zwei Schlafzimmer und ein kleines Wohnzimmer mit Meerblick. Ein Bad. Sogar eine Küche gab es. »Überlege es dir, es steht leer, wir haben im Haupthaus vier Gästezimmer mit Bad en suite, wir brauchen es nicht. Wenn Günthers Kinder kommen, oder die Enkel, wohnen die immer oben bei uns, wegen des Pools und weil da jeder sein eigenes Bad hat. Es wäre uns eine Freude!«

Mein Herz raste. Ich wollte »Ja klar!« schreien, aber ich konnte das Angebot nicht einfach so annehmen. Das war zu viel, zu großzügig. »Ich würde es gern in Erwägung ziehen, aber nur, wenn ich Miete zahlen darf«, sagte ich zögerlich, »alles andere wäre mir unangenehm, ich würde mich wie eine Schmarotzerin fühlen!« Ich war verliebt. So etwas Wundervolles hatte ich selten gesehen. Aber ich hatte Hemmungen, die Großzügigkeit und Nettigkeit von Daggi und ihrem Mann auszunutzen. Und mich damit wieder in eine Form der Abhängigkeit zu begeben. Was, wenn die beiden ihre Meinung änderten? Ich hatte aus der Situation mit Sven immerhin ein bisschen gelernt.

»Ich rede mit Günther, du bist ja morgen hier, und dann sagst du uns, wie deine Vorstellungen sind, und wir überlegen uns auch etwas. Wäre doch herrlich. Win-win nennt man das, glaube ich. Du hast eine Wohnung und Günther eine Physiotherapeutin ganz in der Nähe. Du oder ihr, also wenn du mit Sandra hier wohnen magst, hättet absolute Privatsphäre. Das Haupthaus ist, hast du eben ja gesehen, weit genug weg. Und keine Sorge, ich stehe nicht dauernd vor der Tür und will bespaßt werden. Es war nur eine Idee, die wir gestern hatten. Ganz spontan. Aber ernst gemeint.«

»Okay, ich denke darüber nach. Es geht nur einfach so schnell, ich bin überrumpelt, im positiven Sinne!«, sagte ich beim Abschied. »Danke auf jeden Fall für das liebevolle Angebot, das weiß ich sehr zu schätzen.«

Vollkommen berauscht erzählte ich Sandra und Anni von der großherzigen Offerte.

»Hammer!«, sagte Sandra. »Aber nur damit du Bescheid weißt, das ist ein Angebot an dich, du bist in keiner Weise verpflichtet, mich da mitzunehmen. Klingt großartig, aber ich könnte auch bei Anni unterkommen, hat sie mir heute angeboten.«

Schon wieder ein kleiner Stich. Mir hatte Anni nichts

angeboten. Klar, die beiden, Sandra und sie, hatten sich vorher gekannt, aber trotzdem! Sie mochte mich nicht, egal, wie ich mich verhielt. Sie würde mich glatt auf der Straße stehen lassen. Damit hatte mein Gefall-Gen zu kämpfen, aber vielleicht musste ich auch das endlich lernen: Man kann eben nicht von jedem gemocht werden!

Am nächsten Morgen standen die Gärtner mitsamt ihrem Chef Ulrich und jeder Menge Pflanzen um 7 Uhr auf der Matte. »Haben wir für all den Kram genug Geld?«, fragte ich Anni. »Alles gut! Ich habe ihnen ein Budget genannt, da werden die sich schon dran halten.«

»Wo sollen denn die Beete hin?«, wollte der Chefgärtner wissen. Er wirkte ein wenig skeptisch ob der neuen strategischen Ausrichtung.

»Der Herr Bauer meinte, nur nicht symmetrisch. Einfach locker über den Rasen verteilt. Kaffee, die Herren, oder lieber was Kaltes?«, wollte Anni gar nicht erst irgendeine Form der Diskussion aufkommen lassen.

»Gerne Kaffee, und in der Pause was Kaltes, das wäre prima! Danke, Anni!«

Schon nach einer Stunde war klar, das würde chaotisch aussehen, als hätte ein Kindergartenkind die Beete eingezeichnet. Wie Farbkleckse unterteilten sie den Rasen, und das große Gemüsebeet lag nur wenige Meter neben dem Pool. Der Gärtner versicherte sich mehrfach, ob das so wirklich gedacht sei.

»Perfekt!«, nickte Anni nur und wendete sich dann an Sandra und mich: »Der kriegt Schnappatmung, wenn er das sieht!«, grinste sie.

»Ich glaube, Elli und Manni werden es mögen, so ähnlich, nur in klein, sieht es in ihrem Garten aus. Ihr wisst, die reisen morgen an. Gegen Nachmittag werden sie hier sein«, erinnerte ich meine Mitstreiterinnen.

»Gästebett ist bezogen, Kühlschrank voll und für morgen Abend habe ich euch eine schöne Lasagne gemacht. Und ich bereite noch alles für einen Salat dazu vor. Steht dann im Kühlschrank«, antwortete Anni.

»Das musst du doch nicht machen, ich bin doch auch noch da!«, sagte Sandra beinahe gekränkt.

»Noch bin ich hier die Haushälterin, und ich werde mir nicht vorwerfen lassen, dass ich meine Aufgaben nicht erledige«, erklärte Anni mit Vehemenz.

»Wer sollte dir das bitte vorwerfen?«, fragte Sandra.

Anni schaute kurz zu mir hinüber, und ich rollte nur mit den Augen. »Aus, Anni! Jetzt wirklich ›Aus‹!«, sagte ich nur und lächelte sie an. Ich hatte beschlossen, im Umgang mit ihr einen neuen Kurs einzuschlagen.

Sie lachte. Hurra! »War kein großes Ding, macht mir doch auch Spaß, und noch ist es wirklich meine Rolle hier. Du, Sandra, bist ab morgen Nachmittag die Innenarchitektin, denk dran. Ab morgen ist hier Umstyling angesagt! Das Haus sollte ja zum Garten passen!«

Der Garten sah, nachdem die Gärtner abgezogen waren, wirklich vollkommen anders aus. Bunter. Sehr viel bunter. Das monochrome Weiß der stilvollen und wunderschönen Bepflanzung war Geschichte.

»Wenn hier der Duft der diversen Kohlgemüse rüberzieht zur Terrasse, das wird herrlich! Wie gern würde ich Svens Gesicht sehen, wenn er mit seiner neusten Trophäe anreist und das hier sieht. Den trifft der Schlag!«, freute ich mich. Wer hatte je behauptet, dass Rache nicht beglückend sein kann?

»Das, was Daggi mit den Golftanten gemacht hat, habe ich auch angefangen. Mikropenis-Tratsch unter Kolleginnen«, berichtete Anni, bevor sie sich selbst in den Feierabend entließ, »ich habe behauptet, ich hätte Herrn Bauer beim letzten Mal nackt im Pool gesehen und erst gedacht, dass ich eine neue Brille brauche, weil man einfach sozusagen ›nichts‹ gesehen hat. Das hat zu viel Erheiterung geführt. ›Alles kann man sich halt auch nicht kaufen, volles Portemonnaie, leere Bux‹, das waren noch die harmlosesten Kommentare. Ich hätte selbst nicht geglaubt, dass das eine dermaßene Schadenfreude hervorruft. Kein Wunder, dass der ständig neue Frauen hat, hat eine gemeint. Ich habe gesagt, dass sie nicht verschwiegen sein müssen, dass ich sowieso kündige und auch keinem empfehlen kann, hier anzufangen. Nicht wegen des Miniteils, sondern wegen seines Geizes. Das waren keine rufförderlichen Telefonate, da könnt ihr sicher sein. Er hat mir am Ende fast leidgetan. Aber dann habe ich mich kurz daran erinnert, was er über mich losgelassen hat, und mein Gewissen war wieder im Lot. So, und jetzt habe ich eine Verabredung, und wir sehen uns morgen!«

»Mit wem denn?«, fragte Sandra neugierig.

»Ihr müsst nicht alles wissen! Geheimnis!«, grinste Anni und schwirrte ab.

Was machst du wegen der Wohnung?«, erkundigte sich Sandra.

Ich war noch immer komplett unsicher, was das anging. Auf der einen Seite müsste man den Verstand verloren haben, um Nein zu sagen. Das Häuschen war perfekt. Aber irgendetwas erregte mein Misstrauen. Ich konnte nicht glauben, dass jemand das einfach so machte. Ohne Absichten zu haben. Günther hatte zugegeben, dass er froh war, mich in der Nähe zu wissen, aber dafür musste er mir keine Wohnung stellen.

»Anni hat doch auch gemeint, dass die einfach nur großherzig und liebenswert sind, könnte doch sein, dass es da draußen solche Menschen gibt, gute Menschen eben! Menschen mit einem Herz!«, ermunterte mich Sandra.

»Meinst du, ich, beziehungsweise wir, sollten das Angebot annehmen? Und was, denkst du, sollte ich als Miete anbieten? Ich will niemandem je wieder etwas schuldig bleiben. Ich möchte einen Vertrag unterschreiben und eine Miete zahlen und damit ein Recht haben, dort zu wohnen, ohne allein auf den guten Willen von Menschen, die ich kaum kenne, vertrauen zu müssen.

»Mietpreis, puh, ich habe für unser Apartment am Ballermann, drei Zimmer, Küche, Bad, mit Balkon tausendvierhundertfünfzig Euro warm gezahlt. Das war fast schon ein Schnapp. Die Mieten hier auf Mallorca sind heftig gestiegen. Die Löhne leider nicht. Also ich würde denken, unter tausendfünfhundert wäre unrealistisch. Freundschaftspreis vielleicht ein guter Tausender. Aber vielleicht kannst du einen Teil abarbeiten. Halbe-halbe machen. Sechshundertfünfzig zahlen und sechshundertfünfzig wegmassieren oder therapieren. So was in der Richtung. Oder du siehst es als Übergangslösung, dann kannst du in Ruhe was suchen, hast keinen Zeitdruck, ein Dach über dem Kopf und dazu noch das Meer vor dem Schlafzimmer. Ich würde es nicht aus falsch verstandenem Stolz absagen. Und eines ist auch klar: Sollte ich miteinziehen, zahle ich meinen Teil, ich habe heute Nachmittag schon mal überlegt, was ich hier auf Mallorca machen könnte, und ich habe eine Idee.«

»Warum hast du noch gar nichts gesagt? Lass hören, Sandra, was schwebt dir vor? Es geht hier doch nicht nur um mich!«, bat ich meine Fast-Freundin.

»Man sagt doch immer, Schuster bleib bei deinen Leisten, und da habe ich mir überlegt, wie viel Spaß mir das mit den Kindern von deiner Freundin Michaela gemacht hat«, begann Sandra, »ich möchte auf jeden Fall wieder mit Kindern arbeiten. Entweder als eine Art Aupair mit Qualifikation, die erwachsene Variante halt, oder als Erzieherin in der Animation. Hier gibt es doch in der Nähe einen großen Robinson Club, und die haben ja immer Kinderbetreuung, vielleicht brauchen sie, allein als Aushängeschild, eine Angestellte mit pädagogischem Berufsabschluss. Die Eltern sind heute ja sehr piensig.«

Ich war begeistert: »Genial, Sandra, das ist genial. Eine klasse Idee. Willst du morgen mitkommen und dir das Häuschen von Daggi und Günther anschauen? Ich freue mich, wenn wir es gemeinsam beziehen. Wenn es dir ebenso gut wie mir gefällt.«

Als ich das ausgesprochen hatte, wurde mir deutlich, dass es genauso war. Ich wollte nicht allein dort wohnen. Der Gedanke, jemanden an meiner Seite zu haben, eine Freundin, mit der ich nach der Arbeit sprechen konnte, die meine Geschichte, zumindest die aktuelle, kannte, ein Mensch, dem ich vertrauen konnte. Ich hatte den Eindruck, in Sandra genau diesen Menschen gefunden zu haben. Das war schön.

Sandra holte tief Luft: »Ich will nicht, dass du dich verpflichtet fühlst, ich bin kein kleiner Welpe, den du aus dem Mülleimer gerettet und dann adoptiert hast und jetzt durchs Leben schleppen musst. Das soll zwischen uns klar sein. Ich will nicht immer die hilfsbedürftige arme Sandra sein. Augenhöhe, das ist es, was mir vorschwebt. Nicht lebenslanges Charity-Objekt. Nicht böse gemeint, aber ich will diese Rolle nicht zementieren, und ich denke, wir sollten ehrlich miteinander sein.«

Ich war, gelinde gesagt, etwas überrascht. Hatte ich ihr dieses Gefühl vermittelt? Fand auch sie mich arrogant? Irgendetwas an ihrer Aussage kränkte mich. Ich hatte es doch nur gut gemeint, und man darf sich um jemanden sorgen, mit dem man sich durchaus auf Augenhöhe sieht, oder? »Mülleimer ... welcher Mülleimer, das ist doch längst Geschichte. Hier geht es nicht um gute Taten, hier geht es um Freundschaft, also jedenfalls für mich!«, versuchte ich mir meinen Dämpfer nicht anmerken zu lassen und gleichzeitig ihre Bedenken zu entkräften.

»Ich wollte meine Sorgen nur mal ausgesprochen haben! Freundschaft wäre fantastisch!«, sagte sie nur und umarmte mich.

Manchmal ist es wahrscheinlich wirklich gut, nicht um den heißen Brei herumzureden. Unser Gespräch beflügelte mich, und ich nahm meinen ganzen Mut zusammen, um meine Mutter anzurufen. Man muss Mut nutzen, wenn er denn mal aufblitzt.

Gegen 22 Uhr saß ich mit einem Glas Weißwein auf der Terrasse und schaute in den »neuen« Garten, der in seiner chaotischen Unvollkommenheit durchaus Charme hatte. Mehr Charme als in seiner Perfektion. Sandra hatte sich schlafen gelegt, und ich zückte mein Handy. Meine Mutter ging im Normalfall spätestens gegen 22:30 Uhr schlafen, insofern bliebe mir nicht viel Zeit, um zu überlegen, ob mein Mut ausreichend war. Wie viel Wahrheit konnte ich meiner Mutter zumuten? War es besser, ihr das Ganze in kleinen Dosen zu verabreichen, oder lieber alles auf einmal? Ich entschloss mich, spontan zu sein, zuzuhören und dann zu entscheiden, wie viel sie ertragen konnte.

Sie war, für die Uhrzeit, wach und gut gelaunt, ersparte mir sogar das Übliche säuerliche »Lange nichts von dir gehört, Monika«. »Wir haben einen neuen Nachbarn!«, begrüßte sie mich aufgeregt. »Ein reizender Mann!« Herr Gänzer, für meine Mutter inzwischen Wilhelm, ehemaliger Richter am Landgericht in Darmstadt, sehr gepflegt und aufmerksam und so ein Feinschmecker. Groß sei er und stattlich. Sie seien mal essen gewesen, ein wunderbarer Abend. Letzte Woche war er dann bei meiner Mutter (man musste sich ja revanchieren) zum Essen. Blumenkohlsuppe, Schweinelende und zum Nachtisch Vanilleeis mit heißen Himbeeren. Die Lende war einen Hauch trocken, aber Wilhelm sei trotzdem verzückt gewesen. Höflich sei er halt auch. Ein wahrer Mann von Welt.

Sie holte tief Luft, und ich nutzte die winzige Pause:

»Mama, du klingst ja voll verschossen in diesen Herrn Gänzer!«

»Jetzt übertreibe halt nicht so, Monika, dazu neigst du sowieso. Er ist ein Gentleman. Und ich genieße es, ab und an ein wenig Gesellschaft zu haben. Wir wollen da nichts hineindeuten, Monika!« Da war sie wieder, meine Mutter.

»Hier sieht es nicht ganz so rosig aus, Sven hat sich nicht als Gentleman entpuppt, das wollte ich dir nur mitteilen. Er hat sich getrennt, und ich soll ausziehen. Aber rege dich nicht auf, ich habe zurzeit alles im Griff.«

Sie seufzte: »Brauchst du juristischen Beistand, der Wilhelm, also der Herr Gänzer, war ja mal Richter, also er ist studierter Jurist.«

Ich verneinte. »Wir waren liiert, Mama, nicht verheiratet. Da hat man keine Rechte. Das hast du mir oft genug gesagt. Und alles hier gehört Sven.«

Ein erneuter Seufzer meiner Mutter. »Das ist jammerschade, der Wilhelm und ich hatten schon überlegt, mal auf Stippvisite zu kommen!«, klagte sie.

Ich erzählte meiner Mutter davon, verlassen worden zu sein, und sie fand es schade, dass sie hier daraufhin keinen Urlaub mehr machen konnte. Ich wusste nicht, ob mir ein paar satte Vorwürfe nicht lieber gewesen wären. »Er hat mich rausgeschmissen! Von heute auf morgen«, legte ich noch mal nach, dramatisierte es etwas.

»Kein Stil, unschön, aber das hätte man sich denken können. Diese Emporkömmlinge halt.« War das dieselbe Frau, die mir Sven als ultimativen Schnapp dargestellt hatte? Im Hintergrund hörte ich es rufen: »Schnuckiputzi, wo bleibst du? Das Bettchen ist vorgewärmt!«

Ich dachte zunächst, ich hätte mich verhört. »Mutter, galt das dir? Bist du Schnuckiputzi, ruft da jemand aus deinem Bett?«, fragte ich und wusste nicht, wie ich das finden sollte. Verrückt, komisch, wunderbar oder einfach nur erstaunlich?

Sie ignorierte meine Frage. »Monika, das ist sehr unerfreulich, aber das wird schon. Nach dem Mann ist vor dem Mann. Wir sprechen morgen, ich bin doch sehr müde jetzt. Es ist spät. Schlaf gut, Kind!« Sie beendete das Gespräch, bevor ich noch irgendetwas sagen konnte.

Da war in unser beider Leben in letzter Zeit anscheinend einiges los gewesen. Ein bisschen mehr an Mitgefühl oder zumindest Interesse hätte nicht geschadet, aber der Schnuckiputzi-Rufer schien all ihre Aufmerksamkeit zu absorbieren. Man muss auch gönnen können, rief ich mir in Erinnerung. Meine Mutter war verliebt! Wer hätte das für möglich gehalten. Ich jedenfalls nicht. Schnuckiputzi! Meine Mutter! Unglaublich. Und nicht eine einzige Frage, was ich jetzt zu machen gedenke.

Anni, vormals bekannt als Anneliese, schien ähnlich unterwegs zu sein wie meine Mutter. Auch sie erschien mir auffallend beschwingt, als sie am nächsten Morgen auf die Finca kam. Eine halbe Stunde später als sonst und extrem vergnügt.

»Das ist wohl sehr gut gelaufen gestern Abend!«, stellte Sandra grinsend fest.

Anni kicherte. »War ein netter Abend! Ein sehr netter Abend!«

Mehr an Informationen gab es für uns nicht. Ich ahnte, dass sie auspacken würde, sobald ich Richtung Günther unterwegs war.

Sandra hatte vorgeschlagen, gegen 11:30 Uhr bei Daggi und Günther vorbeizukommen, um sich das

Häuschen anzuschauen. »Sonst hocke ich da rum, während du arbeitest. Ich will denen nicht auf den Keks gehen!«, betonte sie. »Außerdem fahre ich im Robinson Club vorbei und checke mal die Lage. Von Angesicht zu Angesicht ist es da sicher einfacher, Kontakt zu knüpfen, als über eine E-Mail. Ich kann Annis Wagen nehmen.«

aggi versuchte, sich ihre Aufregung nicht anmerken zu lassen, als sie mich begrüßte. »Hast du dir Gedanken gemacht?«, fragte sie beiläufig.

»Sandra kommt nachher vorbei und schaut sich, wenn das geht, auch mal das Häuschen an. Ich würde gerne mit ihr zusammenwohnen.«

»Natürlich!«, antwortete Daggi. »Und danach reden wir über die Konditionen, ich denke, Günther hat einen Vorschlag, der für alle passt.«

Während ich mit Günther Übungen machte, fiel es mir siedend heiß ein. Elli und Manni. Heute war Anreisetag. Sie würden um 14:10 landen, wenn alles planmäßig lief. Um Himmels willen, ich konnte die schlecht am Flughafen in Palma ihrem Schicksal überlassen. Was war nur mit meinem Hirn los? Ich neigte sonst doch nicht zur Vergesslichkeit. Seit gestern Abend herrschte dort Schnuckiputzi.

»Ihnen geht doch was durch den Kopf?«, fragte Günther. Entweder war ich irre leicht zu durchschauen oder Günther der feinfühligste Mann, den ich je getroffen hatte.

»Meine Ex-Schwiegereltern in spe, also die Eltern von Sven, reisen heute an. Fragen Sie nicht, es war eine verquere Idee, um Sven einen mitzugeben. Er hat nicht das beste Verhältnis zu seinen Eltern. Aber egal, das spielt jetzt keine Rolle. Die beiden landen um kurz nach zwei auf der Insel, und eigentlich sollte ich sie abholen, aber das wird jetzt ziemlich knapp. Ich weiß nicht, ob ich ihnen zumuten sollte, ein Taxi zu nehmen, ob die das hinkriegen? In einem fremden Land mit einer fremden Sprache?«

»Ich habe einen Fahrdienst für solche Fälle, Limousinenservice, kaum teurer als ein Taxi und sehr freundlich. Die stehen am Ausgang und halten ein Schild hoch. Das hat noch jeder gefunden bisher, und wenn nicht, findet der Fahrer sie. Ich habe die Karte von dem netten Fahrer oben, das ist doch ein hübscher Empfang für die alten Herrschaften. Der hat Mineralwasser im Auto und spricht Deutsch«, sagte Günther. War er im Nebenberuf »Mann für alle Fälle«? Wohnung, Job und Alltagsprobleme – fragen Sie Günther! Oder seine Frau, die gute Fee. Wahrscheinlich lebten hier auf dem Gelände noch irgendwo die dazugehörigen sieben Zwerge.

»Das hört sich fantastisch an!«, sagte ich und dachte, auf die paar Euro kommt es jetzt auch nicht mehr an. »Was kostet das denn etwa?«, wollte ich dann zur Sicherheit doch noch wissen.

»Fünfundachtzig Euro ist der Tarif, mit dem Taxi kostet es mindestens fünfundsiebzig Euro, macht also keinen allzu großen Unterschied. Und Sie können sicher sein, dass die beiden heil bei Ihnen ankommen. Es wird ihnen gefallen. Soll ich ihn fix anrufen?«, fragte der Mann für alle Fälle.

»Sehr gerne, und geht es, dass ich bezahle, wenn sie bei uns ankommen? Dem Fahrer dann erst das Geld gebe?«, fragte ich.

»Kein Problem, da er mich gut kennt, wird das sicherlich funktionieren. Ich rufe ihn an, damit das noch hinhaut! Wie heißen die beiden?«, wollte Günther wissen.

»Elli und Manni Bauer – sie kommen mit dem Flug 272

aus Frankfurt am Main«, antwortete ich und war direkt beruhigt. Ich gab Günther zur Sicherheit noch die Mobilnummer von den Bauers.

Es würde funktionieren, teilte er mir wenige Minuten danach mit. »Er weiß Bescheid und liefert die Herrschaften bei Ihnen ab! Jetzt müssen Sie den beiden nur noch Bescheid sagen. Er steht vor dem Ausgang, da, wo sie mit ihrem Gepäck rauskommen, und er hat ein Schild mit ihren Namen. Keine Sorge, Tony ist zuverlässig.« Günther lächelte. »Und jetzt zu uns und der Wohnung. Haben Sie sich überlegt, was Sie wollen?«, kam er schnell zum Punkt.

»Sandra kommt vorbei, aber so oder so, ich würde das Angebot sehr gerne annehmen. Hätte aber gerne einen Vertrag und möchte Miete zahlen«, antwortete ich und war stolz auf mich.

»Erstaunlich, wie sehr man darum bitten kann, zahlen zu dürfen!«, grinste Günther. »Das ist keine besonders weitverbreitete Sache. Ich schlage vor, wir trinken einen Kaffee mit Daggi und klären die Details. Wir können dann direkt einen Vertrag aufsetzen. Daran soll es nicht scheitern. Ich habe übrigens einen Vorschlag wegen der Miete!«, ergänzte er.

Bevor wir in die Details gingen, tippte ich eine Nachricht an Elli und Manni. »Ihr werdet von einem Fahrer abgeholt. Er heißt Tony und steht am Ausgang mit einem Schild, auf dem eure Namen stehen! Ich freue mich auf euch! Für alle Fälle habe ich ihm auch eure Handynummer gegeben!«

Sandra war, wenig überraschend, genauso begeistert wie ich vom Häuschen am Meer. »Das ist absolut umwerfend!«, seufzte sie. Stell dir vor, wir könnten abends da unten auf der Plattform am Meer sitzen, die Füße ins Wasser hängen lassen und in den Himmel gucken! Jeden Morgen vor dem Arbeiten unsere Bahnen im Meer ziehen! Es ist fast schon unwirklich schön!«, schwärmte sie zu Recht.

Daggi hatte sich nach unserer kleinen Besichtigung zurückgezogen, damit wir Zeit hatten, das Haus auf uns wirken zu lassen und eine Entscheidung zu treffen. »Bitte, lass es uns mieten, egal, was sie dafür verlangen!«, bettelte Sandra.

Günther und Daggi erwarteten uns schon und betonten noch einmal, wie sehr sie sich freuen würden, wenn wir Nachbarn wären: »Ein bisschen mehr Leben auf dieser riesigen Fläche wäre schön! Das ist doch für zwei Menschen alles viel zu groß«, begann Günther. »Wir haben folgendes Angebot: Ihr zahlt fünfhundert Euro Miete plus vier Stunden Physiotherapie. Hundertzwanzig Euro die Stunde, damit wären wir summa summarum bei neunhundertachtzig Euro. Außerdem, wenn die Enkel anreisen, zwei Abende Babysitting. Das könnte Sandra erledigen. Dann wären wir umgerechnet bei tausendeinhundert Euro.«

Ich musste schlucken, das war eine mehr als faire Offerte. Fünfhundert Euro zu erwirtschaften, und das zu zweit, war auf jeden Fall machbar. Und tausendeinhundert Euro für dieses Juwel ein Superschnapp.

»Haben wir somit einen Deal?«, fragte Günther.

»Sagt Ja, ich bin schon so voller Vorfreude!«, jauchzte Daggi. »Schau doch, Monika, wie viel besser es Günther mit deiner regelmäßigen Physio geht. Er kann mit dem Rollator wieder ein bisschen gehen. Hat mehr Beweglichkeit in seinem Leben. Es wird euch da unten im Häuschen bestimmt gefallen!«

Darüber brauchten wir gar nicht zu reden. Mir fiel niemand ein, dem das nicht gefallen könnte. Auch Sandra schaute mich bittend an. »Wo ist der Vertrag?«, fragte ich nur, und wir hatten einen Deal.

»Ich setze einen auf, und er beginnt mit dem Tag eures Einzugs. Kein Stress. Auf ein paar Wochen kommt es jetzt nicht an«, erklärte Günther. »Handschlag?«, fügte er hinzu und streckte seine Hand aus.

»Abgemacht!«, sagte ich und fühlte mich seit langer Zeit wieder wie eine eigenständige, selbstverantwortliche Frau. Ich hatte Arbeit, wenn auch noch nicht genug, und ich hatte eine Wohnung. Ich würde neu starten, und das hier wäre meine Basisstation.

»Wie schnell sich das Leben ändern kann!«, freute sich auch Sandra. »Eben noch denkt man, man sei unten angekommen oder auf dem Weg nach noch weiter unten, und dann leuchtet wieder Hoffnung auf. In den herrlichsten Farben.« Sie reichte Günther ebenfalls beglückt die Hand.

»Sobald unterschrieben ist, feiern wir!«, entschied Daggi.

Anni war nicht böse darüber, dass Sandra nun eine andere Bleibe gefunden hatte. »Klingt gut und ist bezahlbar!«, bekundete sie. Ich hatte Sorge gehabt, sie könnte beleidigt sein, dass Sandra es vorzog, mit mir zusammenzuziehen, aber weit gefehlt. Sie beglückwünschte uns zu unserer Entscheidung: »Bei mir wäre es arg eng geworden, zur Not kein Problem, man muss ja zusammenhalten, aber so ist es natürlich sehr viel besser. Vor allem jetzt, in der Situation.« Sie rollte verlegen mit den Augen. »Da ist Raum für Privatsphäre wichtig!«

Schnuckiputzi schoss mir durch den Kopf. Überall um

mich herum Schnuckiputzis. Das war momentan so gar nicht mein Thema. Ich wollte mein Leben, mein selbstbestimmtes Leben, zurückerobern, Männer standen zurzeit auf meinem Wunschzettel nicht obenan.

Elli und Manni waren gelandet und hatten meine SMS erhalten. »Alles klar. Wär doch net nötisch gewese!!«, schrieb Manni.

Während Sandra erneut Richtung Robinson Club fuhr, um dieses Mal mit dem Clubmanager zu sprechen, warteten Anni und ich auf unsere Seniorenreisegruppe.

Glückstrahlend stiegen die beiden aus einem dunkelblauen VW Phaeton. Ich wusste gar nicht, dass es die noch gibt.

»So kann mer reise, gell, Elli!«, schwärmte Manni. »Was en Prachtauto, net protzisch, solide, aber en echte Fuchs im Schafspelz. Was der PS unner der Haub hat, Wahnsinn.« Er tätschelte die Motorhaube.

Elli fiel mir zur Begrüßung um den Hals. »Des allein war den Uffwand schon wert, der nette junge Mann hat uns so viel über die Insel erzählt. Es war werklisch interessant. Siehste, Manni, mer muss aach ema raus in die Welt.«

»Mer habe dir aach was mitgebracht! Un täts de noch ema en Foto von uns mache, vom Tony un uns beiden, vor dem Mordsauto, da wern die staune daheim. Mit 'ner Limo fahrn die net im Urlaub! Da geht's mit em Bus ins Hotel, bei dene Pauschalreise. Des is 'ne anner Sach mit so em Auto!«, redete Elli auf mich ein.

Ich machte ein Foto von den dreien, Tony wirkte wirklich ganz besonders nett und drückte mir, nachdem ich ihm dezent fünfundneunzig Euro gezahlt hatte, eine Visitenkarte in die Hand. »Tonys Limousinenservice«.

»Falls Sie mal wieder Verwendung für mich haben! Jederzeit. Es war mir eine Freude, Ihre Schwiegereltern kennenzulernen!«, sagte er, bevor er wieder losfuhr.

Im Haus begrüßte Anni die Neuankömmlinge. »Das ist schön, mal ein Gesicht zu der Stimme zu haben! *Bienvenido* – herzlich willkommen auf Mallorca«, sagte sie zu Elli.

»Sie müsse die gute Seele vom Ganze sein, die Anneliese, *hola!*«, antwortete Elli begeistert.

»Sprechen Sie Spanisch? Das ist großartig!«, freute sich Anneliese.

Manni lachte nur trocken. »Mer habe versucht, bitte, danke und hallo zu lerne. »*Por favor, gracias* und *hola.* Zu mehr hats net gereicht in der Zeit. Mer hat manchma de Eindruck, des Hirn will net mer so, verschleißt wie die Knie, des war schon e Herausforderung, die drei Wörter zu lerne. Also über die Erderwärmung könnte mer noch net uff Spanisch parliern.«

»Ich zeige euch euer Zimmer, und dann trinken wir was Schönes zur Begrüßung, vielleicht draußen auf der Terrasse?«, schlug ich vor.

»So mache mer es!«, stimmte Elli zu.

Frisch umgekleidet erschienen die beiden eine Viertelstunde später. Elli im Badeanzug mit Pareo um die Hüften und einem Sonnenhut. Manni in Shorts mit T-Shirt und Kappe. Beide trugen Badeschlappen.

»Derfe mer ins Wasser?«, fragte Elli artig.

»Sieht des aus, als bräuchte mer 'ne Eintrittskart, Elli, frach doch net so dusselig. Geh aanfach nei!«, reagierte Manni wenig charmant.

Elli schmiss ihren Pareo von sich, schnappte sich ihre Schwimmbrille und rannte zum Pool. Mit einem fast schon eleganten Köpfer flog sie hinein.

»Die is ema im Schwimmverein gewese, ma Elli, die liebt des Wasser. Was en Köpper! Gelernt is gelernt!« Er hob den Daumen Richtung Pool, um seine Frau zu loben. »Gute Figur hast de gemacht! Mein klaaner Kugelfisch! Bravo!«

Elli war tatsächlich so was wie ein Kugelfisch. Mit Eintritt ins Wasser hatte sie sich verwandelt, ihr Kraulen war elegant, ihr Gewicht spielte keine Rolle.

»Es is ihrs, des Wasser, da is se flink wie en Wieselscher an Land!« Er sah stolz aus.

»Ei kommt doch ema nei, es is herrlisch, isch glaub net, des isch vor heut Abend rausgeh!«, scherzte Elli am Beckenrand.

Die zwei tollten durchs Becken, dass man ihr Alter ganz vergaß. Sie alberten miteinander, küssten sich zwischendrin und wirkten einfach nur glücklich. Was für ein Paar! Beneidenswert! Sandra und ich schauten zu und ließen uns von all der guten Laune anstecken.

Anneliese schob uns die Lasagne in den Ofen, bevor sie ging, und als wir abends beim Essen saßen, erzählten Elli und Manni noch mal von Tony, ihrem reizenden Fahrer. »So en wohlerzogene angenehme Mann, des hat mer heutzutage selten!«, fasste Elli zusammen. »Zeisch ema des Foto, wo de gemacht hast!«, forderte sie mich beim zweiten Stück Lasagne auf.

Ich zückte mein Handy und hielt es ihr hin. Auch Sandra wollte einen Blick auf den Wundermann werfen und kreischte auf, als sie das Foto sah. »Das ist Tobias, der Tobias!«, sagte sie. »Gib mal das Handy!« Sie starrte wie hypnotisiert auf das Display. »Er ist es, das darf ja wohl nicht wahr sein. Wie kommt der an das Auto?«

»Kenne Sie sich? Sie beide?«, fragte Manni interessiert.

»Ja, so könnte man es nennen«, antwortete Sandra möglichst gelassen.

»Das ist ein lustiger Zufall!«, versuchte ich das Thema kleinzuhalten und wendete mich an Sandra. »Das besprechen wir morgen in Ruhe mit Anneliese, die wird sich sicher auch freuen, das zu hören.«

Sandra verstand und verkniff sich weitere Kommentare, wirkte aber den Rest des Abends, als sei sie vollkommen von der Rolle.

Wir erklärten Elli und Manni von den Styling-Vorhaben für die Finca.

»Isch finds an sich aach so schon hübsch!«, befand Manni.

»Es is immer Luft nach obe, e paar Kleinischkeite hier un da täte noch ema en Unnerschied mache!«, meinte hingegen Elli.

»Und da kommt unsere Sandra ins Spiel, eine Freundin. Sie ist Innenarchitektin, und Sven hat sie beauftragt, hier für ein wenig mehr Wohnlichkeit zu sorgen. Er hat mir oft gesagt, dass er es mehr wie früher haben möchte, so heimelig wie bei euch«, behauptete ich und hoffte, sie würden mir das abnehmen.

Elli nickte begeistert. Manni hingegen schien nicht überzeugt: »Des hört sich so gar net nach unserem Sveni an. Des is ja e kompletter Sinneswandel. Schlägt dem die Hitz hier uffs Gemüt? Oder habe Sie so viel Einfluss uff den Bub?«

»Wolle mer den Sveni ma zusamme anrufe! Der wird bestimmt Auge mache!«, regte Elli an.

»Nein, nein, das ist doch ein anderes Kaliber, wenn er hier ankommt und uns zusammen sieht! Die Überraschung wollen wir jetzt nicht durch einen kleinen Anruf zerstören! Das nimmt den ganzen Wow-Effekt. Ich glaube, er hat sowieso Sitzungswoche, da ist er sehr ange-spannt«, antwortete ich und merkte, wie Panik in mir aufstieg.

»Hoffe mer ma, dess er kaan Schock bekomme tut!«, sagte Manni und schaute mich ein wenig zweifelnd an. Er war nicht so leicht um den Finger zu wickeln wie seine Frau.

»Der Bub kanns halt net immä so zeische, natürlisch wird er sich freue. Un dann habe mer ma wiedä en paar Tage mit der Familie. Nur schad, dess de Thorsten und die Elvira net dabei sein könne. Aber mit dem Bauch is des mit der Fliescherei kaa gut Idee. Des war so schwie-risch mit dere Schwangerschaft, da wolle die kaan Risi-ko eingehe. Er lässt dich aber schee grüße, de Thorsten, und wünscht uns en herrlische Urlaub«, widersprach Elli ihrem Mann, der definitiv einen sehr viel realisti-scheren Blick auf seinen Sohn hatte.

»Was könne mer denn hier mithelfe?«, wollte Manni wissen. »Mer mache uns gern nützlich, wenn mer schon ema da sin.«

»Das sehen wir morgen, vielleicht ein bisschen was im Garten oder bei der Deko im Haus, aber in erster Linie sollt ihr es schön haben!«, erklärte ich.

»Mir sin froh, dass ihr zwei euch so gut verstehe tut, vielleicht wird de Sveni doch aach noch ema Familie gründe, des wär schon schee!«, sinnierte Elli.

Da schämte ich mich. Ich belog nicht nur Sven, son-dern auch seine ausgesprochen herzigen Eltern. Sie wür-den sehr enttäuscht sein. Verdient hatten sie das nicht, sie hatten mir nie was getan. »Habt ihr Lust, mal ans Meer zu fahren?«, fragte ich die beiden.

»Des wer en Traum, wer warn bisher nur zwei Mal am Meer, und des is lang her. Un des aane Mal wars die

Nordsee, und die war ordentlich frisch. Würds de des mit uns mache?«, begeisterte sich Elli.

»Gleich morgen Vormittag, ich muss arbeiten, ich habe einen Kunden, und auf dem Weg dorthin lasse ich euch am Strand raus, und wenn ich fertig bin mit der Behandlung, geselle ich mich zu euch.«

»Prima. So mache mers. *Gracias!*«, antwortete Manni.

»*De nada!* – Gern geschehen!«, sagte ich, stolz, auch mal ein spanisches Wort zu wissen, und bevor wir uns Gute Nacht wünschten, fragte ich noch: »Passt 8 Uhr 30 Frühstück für euch?«

»Mer richte uns nach dir!«, kam die prompte Antwort.

Ich lag noch eine Weile wach und dachte darüber nach, ob ich mich womöglich aus gekränktem Stolz komplett verrannt hatte. Jetzt war die Operation »Parkgebühr« angelaufen und fast nicht mehr zu stoppen, selbst wenn ich es wollte. Das Gerücht war gestreut, der Garten »umgestaltet« und das Haus seltsam dekoriert. Hätte es das wirklich gebraucht? War das wahre Größe? Nein, definitiv nicht. Es war kindisch, rachsüchtig und nicht altersadäquat. Was sagte das über mich aus? Wollte ich eine solche Person sein? Hätte ich nicht einfach eingestehen können, dass ich durch meine eigene Vertrauensseligkeit, meine Bequemlichkeit, meine Faulheit und meine fehlende Menschenkenntnis in diese Situation geraten war? War ich nicht die, die Schuld hatte? War es nicht fast schon gerecht, was mir passierte?

Hätte ich geahnt, wie gut sich die Situation entwickelte, mit der Arbeit und der Wohnung, hätte ich mir all meine infantilen Rachepläne schenken können. Wäre mit erhobenem Kopf aus dem Haus gegangen. Einerseits. Andererseits war ich nicht die Erste und mit Sicherheit nicht die Letzte, die Sven so behandelte. Und auch für ihn galt Annelieses Spruch: So was kommt von so was. Wer sich jahrelang wie ein Arsch verhält, wird irgendwann wie ein Arsch behandelt. Es war zu spät, man konnte das Gerücht um seinen »Mister Big« nicht mehr aus der Welt schaffen. Ich tröstete mich, versuchte mein schlechtes Gewissen zu besänftigen, indem ich mir sagte: Du bist es nicht allein. Es ist ein Gemeinschaftsprojekt. Wir haben es zusammen ausgeheckt. Aber ich wusste insgeheim sehr genau, wer die Mission »Parkgebühr« angezettelt hatte.

Ich versuchte, mir die Sache schönzureden, deklarierte es als Prophylaxemaßnahme für die, die nach mir kamen. Abschreckung.

Überraschung des Tages: Meine Mutter meldete sich per WhatsApp. »Der Wilhelm meint, ich solle mal fragen, wie es dir geht. Brauchst du was? Kommst du heim? Soll ich dir ein bisschen Geld überweisen? Gruß, Mutti.«

Ich kannte diesen Wilhelm nicht, aber der Herr Ex-Richter bewegte was bei meiner Mutter. Allein ihr »Mutti« am Ende der Nachricht war ungewöhnlich. Das hatte sie seit Jahrzehnten nicht mehr gesagt oder geschrieben. Es gab offensichtlich auch Männer wie Günther oder Herrn Gänzer, die das Gute in Frauen hervorlockten. Bei Sven war das nicht so gewesen, ich hatte mich angepasst. War arrogant geworden, das wurde mir hier dauernd gespiegelt. Schluss damit, besinne dich auf dich selbst, redete ich mir selbst gut zu. Ich war und wollte nie arrogant sein, aber vielleicht färbt ein Partner doch mehr ab, als man denkt. Eine hübsche Ausrede, Monika, ging mir dann durch den Kopf. Ich war eine

Frau, die selbst entscheiden konnte und musste. Was nicht in mir war, konnte auch nicht rauskommen! Er hatte eine unangenehme Eigenschaft befeuert, mehr konnte man ihm nicht vorhalten. Mein Benehmen lag in meiner Hand. Ich verbrachte eine Weile damit, mich selbst zu geißeln. Du bist an allem schuld, du dumme Kuh!

Sandra und ich bereiteten für die Bauers ein Frühstück mit allem Drum und Dran. Anneliese wollte heute später kommen, sie habe abends Besuch (Schnuckiputzialarm wahrscheinlich), und Elli und Manni zeigten sich begeistert von all den Herrlichkeiten auf dem Frühstückstisch.

»Des müsse sie doch net mache!«, murmelte Manni und schien verlegen.

»Is för dich ja nix Neues, du kriegst ja Moin för Moin lecker Esse. Gut, kaan frisch gepresste Saft un so Gedöns, aber tu hier net so, als wär des ganz was Neues, Freundsche. All inklusiv hast de seit Jahrn.«

Manni legte den Arm um seine Elli. »Des weiß ich doch, Schatzi, des weiß ich. Un isch bin aach sehr froh da drüber. Trotzdem derf ich ja ema erwähne, wie nett ich des find. Die zwei sin uns ja nix schuldig, gell!«

Elli war noch nicht besänftigt: »Aber isch bin dir was schuldig, oder wie soll ich des verstehe?«

»Wenn mer deheim sind, mach ich Frühstück. Wär des gut?«, versuchte Manni seine Frau zu ködern.

»Um Himmels wille, allein de Gedanke, wie mei Küch dadenach aussehe tut, en Horror. Is schon gut, Manni, isch machs ja gern. Abä es wär schee, du täts de Uffwand ma erwähne und würdige. Mehr net.«

»Verstande, is angekomme, könne mer jetzt was esse?«, sagte Manni, küsste beherzt seine Elli und setzte sich hin. Auch sie wirkte versöhnt, und wir konnten nach der kleinen Diskussion gemeinsam frühstücken.

Vierzig Minuten später saßen wir, die zwei mit vollem Badeequipment, im Auto, Svens Auto, ein weiterer Punkt auf meiner To-do-Liste. Ich mietete ihnen zwei Liegen. »Des zahle mer selbst, ich bitt dich«, erklärte Manni, und ich machte mich auf den Weg zu meinem Patienten.

Sandra blieb auf der Finca, um ein wenig aufzuräumen, und wartete gespannt auf den Anruf vom Robinson-Club-Chef. »Er war interessiert, aber es ging noch um die Bezahlung. Die jungen Dinger, die da arbeiten, verdienen ja fast nichts. Haben Kost und Logis und ein sehr karges Gehalt. Ich habe versucht, ihm klarzumachen, dass ich eine Fachkraft bin und natürlich nicht ganz so günstig, aber richtig überzeugt wirkte er nicht. Mal abwarten, ob er mir ein Angebot macht, ich denke eher nicht. Schade.«

»Wir finden was! Uns fällt was ein!«, versuchte ich, sie zu trösten. »Außerdem, abwarten, wer weiß. Mach dir mal Gedanken, was wir mit deinem Tobias alias Tony machen? Jetzt, wo wir durch diesen lustigen Zufall wissen, wie wir ihn erreichen können!«

»Ich kann an fast nichts anderes denken. Und es macht mich kirre, wie die alle von ihm geschwärmt haben. Elli, Manni und sogar Günther, hast du ja gesagt. Immerhin blendet er auch andere, das hilft. Man hat nicht das Gefühl, die einzige Idiotin weltweit zu sein!«

Ich kannte dieses Gefühl nur zu gut.

Günther war bester Dinge. »Allein die Tatsache, dass ich nicht nur rumliege oder im Rollstuhl sitzen muss, sondern Ihnen, ach, duzen wir uns doch, also dir ein paar

Schrittchen am Rollator entgegengehen kann, ist eine solche Verbesserung. Gut, Bergwandern oder Joggen liegen in weiter Ferne, aber man wird bescheiden. Wenn ich mal wieder am Stock rauskann und nicht auf den Rollator angewiesen bin, wäre das schon eine herrliche Aussicht. Danke, Monika. Ist das mit dem Du okay?«

Ich nickte. Und freute mich mindestens genauso sehr wie er, schließlich hatte ich lange nicht mehr praktiziert und war zu Beginn ein wenig unsicher gewesen, ob ich es noch draufhätte.

Günther hatte weitere gute Nachrichten. »Ich habe einen Freund, einen guten Freund, den Gerhard. Der hat Hüfte. Also genauer gesagt hat er eine neue und tut sich noch schwer. Kann natürlich auch daran liegen, dass er ein sehr ungeduldiger Zeitgenosse ist und seine Reha in Deutschland abgebrochen hat. Er sucht jemanden, der hier mit ihm turnt. Ich habe ihm erzählt, was Sie, äh, du hier bei mir leistest, und er hat nur gelacht und gesagt: Die werbe ich dir ab.«

»So leicht bin ich nicht abzuwerben!«, antwortete ich und freute mich sehr über die Empfehlung. »Er lebt in der Nähe von Felanitx, das sind zwanzig Minuten mit dem Auto von hier, und fragt, ob er dich kennenlernen darf?«

Günther gab mir die Telefonnummer und bat mich, im Laufe des Tages anzurufen. »Das mit dem Abwerben war nur ein Scherz von ihm, er ist ein alter Witzbold, aber ein prima Kerl. Wäre schön, du könntest ihn hinkriegen.«

Ich versprach, mich zu melden, und jubelte innerlich. Das lief besser als gedacht. Wenn ich einen Kundenstamm von zehn bis fünfzehn Patienten zusammenbekommen könnte, wäre mein Auskommen gesichert.

»Danke, Günther, für die Empfehlung, das hilft mir sehr weiter!«

»Ich würde dich nicht empfehlen, wenn du nicht gut wärst!«, bemerkte er nur, und ich freute mich erneut. Komplimente zu bekommen war herrlich, und ich war, was das angeht, nach der Anfangsphase mit Sven und dem Raketen- und Gazellen-Gedöns doch etwas entwöhnt. Aber jetzt hatte ich ja Günther.

Heute war keine Zeit für ein gemütliches Kaffeetrinken mit Daggi und Günther, es war Seniorenbetreuungstag. Aber die beiden hatten sich auch ohne mich gut am Strand amüsiert. Ellis Dekolleté war leicht gerötet und Manni hatte sich die Nase verbrannt. »Ihr müsst euch eincremen, das hatte ich doch extra noch gesagt!«, ermahnte ich meine Schützlinge, die mir mehr und mehr ans Herz wuchsen. Wie konnte ein solches Ehepaar mit so viel Liebe einen solchen Sohn haben? Was war da passiert?

»Ja, Mutti, mer verspreche, dass mer uns ab heute imme frisch eicreme, wenn mer aus dem Wasse komme!«, kicherte Elli.

Es war offensichtlich, die zwei hatten richtig viel Freude und genossen ihre Reise. Egal, mit welchen unlauteren Absichten ich sie hierhergelockt hatte, es ging ihnen gut.

»Mer tät dich gern zum Mittagessen hier in der Strandbude einlade, tätste uns den Gefalle tun und Ja sagen?«, fragte mich Manni fast schon schüchtern.

Es passte zwar nicht wirklich, ich musste Gerhard anrufen, den Freund von Günther, und mit Sandra über Tonytobias reden. Außerdem war der große Posten Auto auf meiner Liste noch vollkommen ungeklärt. Aber was soll's, dachte ich. »Mit großem Vergnügen!«, sagte ich deshalb und schickte Sandra eine kurze Nachricht, dass ich ein wenig später kommen würde.

»Ich habe eine Idee! Also eigentlich Anneliese und ich! Wir sind gespannt, was du sagst!«, schrieb sie. »Bis gleich!«

Elli aß ihren ersten Tintenfisch, frittiert (Urteil: braucht mer net dauernd! Abä frittiert geht alles!), und Manni eine Seezunge (da weiß mer, was man hat!). Ich war mit einem Thunfischbocadillo zufrieden, und auf ihr Drängen (des is doch kaan Mittagesse!) ließ ich mir einen Salat dazu bringen. Beide gönnten sich dazu ein Gläschen Weinschorle und wollten sich, wenn wir auf der Finca waren, ein Stündchen hinlegen.

»Die Sonne macht halt doch müd, kaan Wunder, wenn die hier dauernd Siesta mache. Die brutzelt einem gut einen weg. Mer sin richtisch müd jetzt. Des Wasser un die Hitz, des sin mer net gewöhnt!«, rechtfertigten sie sich.

Sie waren froh, als wir auf der Finca ankamen und sie sich für ein ausgiebiges Mittagsschläfchen zurückziehen konnten.

Anneliese und Sandra drängten auf ein Gespräch. »Wegen Tony und so!«

Sie hatten einen ziemlich raffinierten Plan geschmiedet. »Da steigt der drauf ein, ich bin mir sicher. Wenn man dem ein Geschäft anbietet, schnappt er zu! Da ist er absolut berechenbar!«, behauptete Sandra siegessicher.

Der Plan war folgender: Ich sollte Tony anrufen und ihm die Ohren vollsäuseln. Dass meine Schwiegereltern so verzückt seien von seinem Limo-Service, dass mein Mann gefragt habe, warum der talentierte Herr Tony denn seine Flotte nicht ausbaue. Ob da Interesse bestehe? Potenzial sei vorhanden. Wenn ja, würde mein Mann gerne investieren.

An dieser Stelle unterbrach ich ihren Redefluss. »Wir wollen dem doch nicht noch mehr Geld in den Rachen werfen!«, wunderte ich mich.

»Ganz im Gegenteil!«, grinste Anneliese. »Ganz im Gegenteil. Wir luchsen ihm Geld ab.«

»Wofür sollte er denn zahlen, und wo liegt unser Invest?«, fragte ich und fühlte mich fast wie eine Bankberaterin.

Sandra haute Anneliese sanft auf die Schulter: »Anneliese ist so dermaßen abgebrüht, wir ›verkaufen‹ Svens Auto, den BMW SUV, an Tony. Günstig. Weit unter Tarif und Schwacke-Liste. Dann übergeben wir das Auto an Tony, allerdings nur mit Kfz-Schein, ohne Brief. Behaupten, der Brief sei bei Sven und er würde ihn aus Deutschland mitbringen. Dann würde der restliche Kaufpreis fällig. Den könne er aber auch abzahlen, weil wir von der Geschäftsidee mit dem Limousinenservice so begeistert sind und weil die Eltern so angetan waren. Wir fordern eine Beteiligung von, sagen wir mal, zwei Prozent an der Firma, eine winzige Marge, dann steigt er, meint Sandra, sicher darauf ein. Er kann den Wagen abholen, wenn wir mit unserem Auszug durch sind. Wovon er natürlich nichts weiß. Du wirst ihn hier empfangen, ihm – wenn er gezahlt hat – das Auto übergeben – und weg sind wir. So weg, wie er bei Sandra weg war, der Scheißkerl mit der Netter-Kerl-Attitüde. Und wir drücken ihm eine Visitenkarte vom Herrn Bauer in die Hand. Für Nachfragen. Egal, wann er anruft, von uns ist ab diesem Moment niemand mehr zu erreichen. Wenn er misstrauisch wird, sind wir – genauer gesagt, bist du, Monika, weg. Er muss sich dann an Sven abarbeiten, sonst ist ja niemand mehr da. Und Sven kann sich mit Tony rumschlagen. Der eine wird seinen Wagen wiederwollen und der andere sein Geld. Wir haben für den Wagen natürlich vorab eine Kaution verlangt. Tricky, oder?«

Das klang recht plausibel, war aber definitiv eine fast-kriminelle Machenschaft. Bei genauer Betrachtung konnte man das »fast« auch streichen. »Wir können doch kein Auto verkaufen, das uns gar nicht gehört?«, wagte ich einen Einspruch. »Da können wir uns direkt selbst anzeigen!«

»Langsam, langsam!«, startete Anneliese einen Beruhigungsversuch. »Noch klicken hier keine Handschellen. Es wird keinen Vertrag geben, das ist klar. Wir unterschreiben nichts. Auch nicht die Geldannahme. Jemand wie Tobitony könnte Verständnis für papierlose Geschäfte haben.«

»Er fürchtet sich vor jeder Art von Vertrag, und wenn

er einen hat, den er nicht einhalten kann, macht er sich vom Acker. So wie bei unserer Wohnung. Aber vielleicht wäre es wirklich das Beste, wenn keine von uns bei der Geldübergabe, sollte er denn überhaupt einwilligen, dabei ist. Dann kann er beschreiben, wen er will, und Sven wird keinen Schimmer haben. Das sieht bei dir und Monika schon anders aus! Wie soll er eine Person anzeigen, die er nicht kennt?«, betonte Sandra.

»Na ja, es gibt doch, soweit ich weiß, Anzeige gegen unbekannt, und ihr wisst, der Teufel ist ein Eichhörnchen. Der Tobi sieht uns irgendwo und schwups ist unbekannt nicht mehr unbekannt«, blieb ich ablehnend.

»Wir könnten auch eine kontaktlose Übergabe fingieren«, sagte Anneliese, »krimilike. Geld bitte unter den Blumentopf oder neben die Palme am Eingang.«

Sandra schüttelte den Kopf: »So doof ist nicht mal Tobias. Der will – wenn er denn zahlt, was ja voraussetzt, dass er noch Geld hat oder welches auftreiben kann – auch die Ware. Geld gegen Ware, das weiß der. Ist sozusagen das kleine Einmaleins der Deals.« Sie seufzte. »Unser Plan hat noch ein paar kleine Haken, Anni, da müssen wir noch mal dran. Feinschliff betreiben!«

»Lasst uns drüber schlafen und morgen weitermachen!«, sagte ich in die Runde, und Anneliese schien froh zu sein, sich früher auf den Heimweg machen zu können. »Ich habe noch was vor!«, grinste sie nur.

Am Abend spielten wir, Sandra, Elli, Manni und ich, eine Runde Karten, Phase 10. Elli mit Quarkwickel auf dem Dekolleté.

»Des habe mer früher aach gern mit de Kinnern gespielt, der Sveni war immer so en gute Spieler un hat so en Spaß dadebei gehabt! Mit Zahle konnt der schon imme!«, erzählte Elli, die die Spielkarten im Gepäck hatte. »Des müsse mer unbedingt noch ema spiele, wenn er dann hier is, wann is es denn so weit, Moni?«, fragte sie.

»Er hat heute kurz angerufen!«, erfand ich, während ich fieberhaft nach einer Antwort suchte. Im besten Falle würde sich die Anreise von Sven mit der Abreise von Elli und Manni kreuzen. Ansonsten wäre es heikel. Ursprünglich geplant war ein Aufeinandertreffen, aber da war die Operation »Parkgebühr« auch noch im harmlosen Anfangsstadium gewesen. Da wollte ich nicht mehr als eine kleine Fristverlängerung, eine Aufenthaltsduldung sozusagen. Das sah inzwischen anders aus. Ich hatte mithilfe von Sandra, Anni, Daggi und Günther meinen Auszug schon geplant, und der lag definitiv vor dem Eintreffen von Sven. Aber sollten Elli und Manni hier nicht auf Sven treffen, würde ich einen Anruf bei ihrem Sohn nicht mehr verhindern können. Dann würden sie ihm garantiert auch erzählen, wer die Gartenumgestaltungspläne umgesetzt hatte und wer für die Neugestaltung der Finca verantwortlich war. Am Ende ist Blut meist dicker als Wasser.

Unser Plan hatte einige Störfaktoren, und zwei davon saßen bestens gelaunt mit uns am Tisch und spielten Phase 10. Wenn die beiden noch hier waren und wir uns verdrückten, wäre das sehr unhöflich. Ich würde mich mies fühlen und sie sich betrogen. Benutzt. Das war das Letzte, was mir im Sinn lag. Natürlich könnte ich sie auch einweihen, aber das war ein großes Risiko. Entweder sie würden mich für komplett verrückt halten oder sofort die Polizei oder zumindest Sven anrufen. Schwierig.

»Erde an Moni, was hat er denn gesagt, der Bub?«, hakte Elli nach.

»Also es ist zurzeit alles sehr kompliziert, er hat einen neuen Kunden, aus der Schweiz, und er weiß noch nicht, wann er kommt. Er war in den letzten Wochen oft mal verhindert. Wüsste er, dass ihr hier seid, sähe das sicher anders aus, aber dann wäre die Überraschung ja ruiniert.«

Manni zog demonstrativ die Augenbrauen hoch. »Bist de sicher, dess die Verhinderung was mit de Arbeit zu tun hat, Moni?«, legte er den Finger ziemlich genau in die Wunde und schaute mich durchdringend an.

»Sach doch net so was, aach unsern Sven werd doch gemerkt habe, was er an de Moni hat, du musst en doch net immer schlechtmache«, warf sich Elli für ihren »Bub« in die Bresche.

So langsam wuchs mir die Lage hier über den Kopf, und ich hätte am liebsten alles rückgängig gemacht. Wenn ich denn könnte.

Die Anreise von Elli und Manni, die nun mal nicht meine Eltern waren, was hatte ich mir dabei nur gedacht? Warum zog ich die mit hinein? Das hatten sie nicht verdient. Und das ganze »Parkgebühr«-Projekt! Ich hätte auf Michaela hören sollen! »Werde selbst glücklich, das ist Strafe genug.« Würde dieser doch sehr drastische Denkzettel zu irgendeiner Form des Erkenntnisgewinns führen? Inzwischen hatte ich große Zweifel.

»Wer weiß schon immer, wie der andere tickt!«, antwortete ich Manni mit einem Satz, der so gar nichts aussagte.

»Isch!«, kam die prompte Antwort. »Isch weiß, wie die Elli tickt. Weiß, was se mag, was in ihr vorgeht, wovon se träumt!«

»Ach, des weißt de? Träum weiter, Manni, träum weiter!«, entgegnete Elli, und ihr Ton war etwas spitz.

»Lebe mer net unsern Traum, bist de unzufrieden mit mir?«, war nun Manni leicht gereizt.

»Des aane hat mit em annern nix zu tun. Mer kann Träume habe un zufriede sein«, konterte Elli blitzschnell.

Was hatte ich denn da jetzt angerichtet?

»Lasst uns weiterspielen!«, schaltete sich Sandra ein, die natürlich bemerkt hatte, wie ich versuchte, mich rauszureden, um vom eigentlichen Thema, der Anreise von Sveni, abzulenken.

»So oder so, ob er kimmt oder net, mer habe es herrlich hier. Es war eine sehr nette Geste von dir, Moni. Un de Rest wird sich finden!«, half mir Elli raus aus der unsäglichen Nummer.

Wie konnte ich die zwei bloß davon überzeugen, dass Sven leider nicht kommen würde und sie ihn nicht anriefen? Ich musste mir schnellstmöglich etwas ausdenken, so viel war klar.

Elli gewann, und Manni blieb den Rest des Abends skeptisch. Als wir Richtung Bett aufbrachen, sagte er zu Elli: »Ich hoff, du erzählst mir von deinen Träumen, Zufriedenheit kann mer immer noch steigern!«

»Die sind für mich ein Traumpaar, sie reden offen, tragen ihre Konflikte aus und sind, auch nach so langer Zeit, immer noch liebevoll. So was wünsche ich mir auch!«, sagte Sandra.

Mir ging es ähnlich.

Wir wollten noch eine Weile zusammensitzen und unsere Pläne überarbeiten.

»Sollen wir den Teil mit Tobias einfach weglassen? Ich will nicht, dass du Ärger bekommst. Man weiß ja nie!«, bot sie an.

Ich schüttelte den Kopf. »Ich will dir genauso helfen

wie du mir, will den fiesen Typen sehr gerne abstrafen, dir wenigstens einen Teil deines Geldes zurückholen, aber ehrlich, Sandra, ich habe ein bisschen Angst, dass wir uns mit dieser Aktion selbst ins Knie schießen. Uns angreifbar machen.« Sie nickte, sah aber enttäuscht aus. Und mit dieser Enttäuschung gingen wir schlafen.

Ich war ein Schisser, so viel stand fest, fühlte mich unsolidarisch und überließ zu großen Teilen anderen das Risiko unserer Aktionen. Fair war das insgesamt nicht. Für den Garten und das Haus würde Sven am Ende Anneliese verantwortlich machen. Immerhin stand sie auf seiner Lohnliste und war in seiner Abwesenheit für die Finca verantwortlich. Vielleicht würde er ahnen, dass ich hinter dem »Mini-Big-Man«-Gerücht steckte, aber dafür müsste es ihm erst mal zu Ohren kommen. Ich hatte alles angezettelt und schlich mich geschickt aus der Verantwortung. So nicht, Monika, schalt ich mich. Er war es, der mich auf miese Art verlassen hatte. Er war es, der mir jedes Telefonat oder ein Gespräch von Angesicht zu Angesicht verweigerte, indem er alle Kanäle, auf denen ich ihn erreichen konnte, blockierte. Nicht mal bei seiner Bank hatte ich ihn erwischen können. »Er ist außer Haus, probieren Sie es bitte auf seiner Mobilnummer!«, hatte seine Assistentin wieder und wieder behauptet. Selbst als ich mich richtig in den Staub warf und am Telefon ein paar Tränen verdrückte, blieb sie hart. War wahrscheinlich nicht das erste Mal, dass sie das machen musste. Da bildet jede irgendwann eine Art Hornhaut auf der Seele. Wenn man etwas wieder und wieder machen musste, und davon konnte ich inzwischen ausgehen, stumpfte man ab. Ihr konnte ich schon deshalb keinen Vorwurf machen, sie handelte sicherlich auf Anweisung.

Er hatte es verdient. Es war am Ende nicht nur meine Rache, sondern eine Gesamtabrechnung. Ich war die Stellvertreterin für all die Frauen, die er in seinem Leben auf diese Weise behandelt hatte. Irgendwann wird jeder abgestraft, Karma und so.

»Ich mache das mit Tobias!«, teilte ich Sandra am nächsten Morgen mit. Ich hatte mich entschlossen und wollte meinen kleinen Mut-Schwung ausnutzen, bevor ich es mir anders überlegte. Ich kannte mich, ich neigte zur Wankelmütigkeit. Es wäre durchaus möglich, dass ich beim nächsten Darüber-Nachdenken zu einem anderen Schluss käme.

Sandra war erfreut: »Das ist großartig, aber ich wollte dir heute morgen eigentlich sagen: Lass es. Ich will dich nicht zu etwas nötigen, du sollst dich nicht moralisch verpflichtet fühlen. Das ist mein persönlicher Scheiß.«

Das war eine Form der Herausforderung: »Es ist beschlossene Sache, wir machen das. Da kann auch niemand für mich einspringen, er hat mich, als Pseudo-Schwiegertochter, beim Abliefern von Elli und Manni gesehen, deshalb kann nur ich das Geschäft einfädeln. Wir wissen eh nicht, ob er darauf einsteigt«, erklärte ich meine Entschiedenheit.

An diesem Tag kam Anneliese zwei Stunden später als erwartet. »Tut mir leid, tut mir leid!«, entschuldigte sie sich. »Das ist so gar nicht meine Art, aber ich musste was klarmachen!«

Sandra grinste und fragte: »Wie heißt der *was?*«

Anneliese grinste, ohne zu antworten.

»Hat es funktioniert mit dem Klarmachen?«, forderte ich eine Antwort heraus. »Ja – auf deine Frage. Und zu deiner Frage, Sandra, er heißt Ulrich!«

»Wie unser Gärtner!«, kombinierte ich blitzschnell. »Er heißt wie unser Gärtner, weil es unser Gärtner *ist*«, kicherte Anneliese.

»Aber dann ist das alles noch ganz frisch, oder war da schon was, als er neulich da war?«, konnte ich meine Neugier nicht zügeln.

»Wir waren bereits das ein oder andere Mal aus, aber nach der Gartenumgestaltungsnummer hat er mich abends zum Essen eingeladen. Ganz formell. Und mir bei dem Essen erzählt, dass ihm das mehr als spanisch vorkommt mit der Neugestaltung. Er hatte Lunte gerochen, und ich habe ihn dann, nach dem zweiten oder vielleicht auch nach dem dritten Glas Wein, eingeweiht. Ich hatte zwar Angst, aber ich kenne Ulrich und seine Firma seit Jahren, und dass er einen Sven nicht mag, einfach diese Art von Männern, da war ich mir sicher. Also habe ich es gewagt.«

»Ja und, wie hat er reagiert?«, wollte ich wissen. »Wird er uns verpetzen?«

»Wo denkst du hin, Monika, so einer ist das nicht. Ulrich ist einer von den Guten. Witwer seit zwei Jahren. Ich habe immer geahnt, dass er mich mag, aber ich wollte, dass er sich Zeit nimmt, für seine Trauer. Seine Frau war auch prima. Ich habe sie mal auf einem großen Fest kennengelernt. Sehr nette Person, echt. Ich habe ihn regelmäßig gesehen, hier auf der Finca und manchmal abends im Ort auf ein Feierabendbier. Mehr war aber nie. Wie gesagt, als Trauerzerstreuerin war ich mir zu schade. Neulich abends, nach der Chaosgartenbeetgeschichte, das war unsere erste richtige Verabredung. Er sagte, er sei so weit. Für ein Date. Und jetzt die richtig gute Nachricht: Er mag mich sehr, und er wird uns helfen. Ich habe ihm von dem Dilemma mit Tobias erzählt. Dass wir nicht wissen, wer ihm das Geschäft vorschlagen sollte. Sandra kennt Tobias, und Monika und mich würde Sven nach der Beschreibung erkennen. ›Ich mache es für euch, der hat es verdient, nach allem, was du erzählt hast, so geht man nicht mit Frauen um, mit Menschen!‹, hat er dann gemeint.«

Sandra jubelte, ich war verdutzt. Der Gärtner macht den Autoverkäufer? Wie sollte das gehen? Ganz einfach, erklärte uns Anni, er spielt den Hausherrn. Tobias kannte Sven nicht, Ulrich, der Gärtner, und ich würden das liebende Ehepaar geben. Ulrich, angereist, um seine Eltern zu sehen, deren Wohlergehen ihm mehr als alles andere am Herzen liegt. Und ich, die Frau an seiner Seite, die Verlobte, die sich, während er all das schöne Geld erwirtschaftet, ihm den Rücken freihält und sich hingebungsvoll um seine Eltern kümmert. Das war verdammt clever! In diese Richtung hatte ich nie gedacht! Da könnte Sven gar nichts machen. Was sollte er tun gegen einen Mann, der sich als er selbst ausgab? Einen Mann, den er mit Sicherheit nie bewusst wahrgenommen hatte. Obwohl Sven den Gärtnerchef Ulrich schon gesehen hatte. Aber Ulrich würde nicht in seiner grünen Gartenmontur im Haus auftreten, sondern schick hergerichtet, wie ein reicher Mann im Urlaub eben so aussieht.

»All die Fincaschnösel erkenne ich, wenn ich vom Urlaub nach Hause fliege! Nicht weil sie vorne im Flieger sitzen, sondern weil sie eine Art von Uniform tragen. Eine rote oder beige Stoffhose, Chino genannt, ein Leinenhemd, vorzugsweise weiß oder auch mal ganz keck himmelblau, und dazu ein Paar Segelschuhe oder weiße Sneaker. Und ein teurer Gürtel. Hermès oder so was. Da hängt hier auf der Finca der Kleiderschrank voll mit dem Zeug. Wir staffieren Ulrich mit den Sachen von Herrn Bauer aus, und beim ersten Mal bist du dabei, Monika. Das mittelalte Glück. An dem Tag macht ihr ihm ein Angebot. Geht er darauf ein und kommt zur Geldübergabe, bist du beim Yoga oder Golf oder was auch immer, und er hat nur mit Ulrich zu tun. Die Geschichte ist so wirr und so über Bande gespielt, da kommt niemand drauf. Wir wären ja selbst nicht draufgekommen!« Anneliese guckt in die Runde. Sie sieht sehr überzeugt von ihrem Plan aus. Er ist wirklich wirr, aber vielleicht ist dieses Konfuse tatsächlich sein größter Vorteil.

»Abgefahren, aber sauschlau!« Sandra war begeistert. »Das ist der Knaller. Da muss man echt gewieft sein, um dahinterzukommen!«

Ich bin, mal wieder unsicher. Der Gärtner ist der Hausherr. »Glaubst du«, wendete ich mich an Anni, »der kann das glaubhaft darstellen? Ist der so ein Schauspieler?«

»Da ist er wieder, dein klitzekleiner Dünkel, Moni!«,

begann sie ihre Antwort mit einem ordentlichen Rüffel an mich. »Was sollte so schwer daran sein, deinen Sveni, den Herrn Bauer, zu spielen? Ulrich ist auch Chef, er ist selbstbewusst und kann bossy agieren, braucht es im Gegensatz zu Herrn Bauer halt im Leben nicht. Hat er nicht nötig. Ehrlich, so schwer ist diese Rolle nicht! Hör auf, Menschen zu unterschätzen oder anhand ihres Berufes zu beurteilen.«

Bumbumbum. Eine Anneliese-Klatsche vom Feinsten. Aber so leicht ließ ich mich nicht abwatschen. »Wenn ihr davon überzeugt seid, probieren wir es einfach. Wenn es scheitert und Tobias nicht anbeißt, müssen wir einen anderen Weg finden, Sandras Geld wieder aufzutreiben. Ich bin einverstanden!«

»Geht doch!«, brummte Anneliese, und ich war stolz, dass ich es geschafft hatte, die Vorwürfe ohne Rechtfertigungsversuche meinerseits auszuhalten.

»Wann geht's los?«, wollte Sandra wissen. »Ulli ist flexibel, er braucht nur wenige Stunden Vorlauf, ich würde vorschlagen, wir rufen Tobias an und sagen, dass wir ein Angebot für ihn haben. Monika, das ist dein Job. Sandra müssen wir bei diesem Teil von Operation ›Parkgebühr‹ raushalten. Es wäre gut, wenn Elli und Manni dann vielleicht nicht hier auf der Finca sind. Es könnte sie verstören, mitzuerleben, wie ein anderer Mann ihren Sohn spielt. Und es wäre heikel, wenn unsere Senioren auf Tobitony treffen«, sagte unsere Chefstrategin Anneliese.

»Sie lieben den Strand, ich nehme sie morgens mit, wenn ich zu Günther fahre, und wir holen sie, wenn das Angebotsschauspiel vorbei ist!«, lieferte ich die Lösung für das Elli-Manni-Problem.

»Oder ich mache mit ihnen einen Ausflug nach Santanyi, und ihr meldet euch, wenn die Sache eingetütet ist!

Kleines Shopping, Sightseeing und Kaffeetrinken«, wollte auch Sandra etwas beisteuern.

»Noch besser!«, entschied Anneliese. »Da haben wir sie unter Kontrolle, und sie können nicht überraschend vor der Tür stehen! So machen wir es!«

Aus Trotz hätte ich fast auf meiner Strandvariante bestanden, einfach nur, um nicht immer Anneliese das letzte Wort zu überlassen. Aber auch das hatte ich gelernt, manchmal ist es nicht wichtig, wer die richtige Entscheidung trifft.

»Ich rufe ihn jetzt an, dann habe ich es hinter mir!«, schlug ich meinen Mitstreiterinnen vor.

»*Go for it!*«, klatschte Sandra in die Hände. Ich schnappte mir die Visitenkarte und wählte die Nummer.

»*Buenos días*, Tobi, äh, Tony Limousinenservice, was kann ich für Sie tun?«, meldete er sich schon nach zweimaligem Klingeln.

»Hier ist Silvia, die Verlobte von Herrn Bauer und die Schwiegertochter von den Bauers, die Sie neulich am Airport abgeholt haben.«

»Das ist ja wunderbar, von Ihnen zu hören. Wie kann ich behilflich sein?«, fragte er, und hätte ich Sandras Geschichte nicht gekannt, ich hätte sie bei all der Freundlichkeit für ausgeschlossen gehalten.

Hoffentlich war Sandra keine notorische Lügnerin und es war genau umgekehrt! Dann würde ich jetzt den falschen Kandidaten in eine Falle locken. Aber ich traute Sandra so eine Abgebrühtheit nicht zu. Außerdem fuhr er in einem fetten Auto über die Insel, und sie hatte ich beim Müllstöbern kennengelernt. Die Indizien sprachen gegen ihn. Ich schweifte gedanklich ab, und Anneliese schubste mich.

»Also, es war so reizend von Ihnen mit meinen Schwiegereltern, das habe ich natürlich meinem Verlobten, dem Herrn Bauer, erzählt. Er ist Investmentbanker, müssen Sie wissen. Und da hat er gesagt, so Männer, die ehrlich etwas aufziehen und hart arbeiten und dabei so herzlich sind, so einem, dem würde ich gerne unter die Arme greifen. Das wäre mal ein sinnvolles Investment.«

Ich machte eine inszenierte Pause und wartete die Reaktion ab. Sie war genau so, wie wir sie uns erhofft hatten. »Das hört sich aber gut an, ich habe allerdings nur getan, was man tut. Nichts Besonderes!«

»Herr Tony, stellen Sie Ihr Licht nicht unter den Scheffel, wir kennen Limousinenservices. Wir haben da unsere Erfahrungen und sind in der Lage, die Spreu vom Weizen zu trennen. Das war erstklassig. Und wir erkennen Klasse.« Ich trug richtig dick auf.

»Danke, Frau Silvia, danke, sehr freundlich, ich habe tatsächlich einiges vor. Möchte mein Unternehmen ausbauen« – Sandra griff sich an den Kopf –, »aber das ist finanziell natürlich eine Herausforderung.«

Der Fisch war am Haken. Anneliese zeigte mir einen erhobenen Daumen. »Wie viele Wagen hat Ihre Flotte denn momentan?«, fragte ich ganz interessiert.

»Also …«, er stockte in bisschen, »… also im Moment kann ich nur auf ein Auto zurückgreifen, leider. Die Anschaffungskosten sind doch sehr hoch. Aber ich lege Geld zurück, um in ein zweites und dann drittes Fahrzeug zu investieren. Ende des Jahres möchte ich mindestens über fünf Wagen der unterschiedlichsten Art verfügen«, schwafelte Tobitony.

»Ein Mann mit Visionen!«, bauchpinselte ich. »Das habe ich Ihnen direkt angesehen. Ein Mann, der weiß, was er will und wo er hinwill! Beeindruckend. Mein Verlobter hat sich auch hochgearbeitet, und schon deshalb ist es ihm ein Anliegen, andere dabei zu unterstützen«, fabulierte ich. Es klang, als wäre mein »Verlobter« eine Art Gründermäzen. »Firmengründungen oder Firmenaufbau, damit kennt er sich aus. Wollen Sie mal vorbeischauen, und wir reden bei einem Glas Champagner darüber?«

»Sehr gerne, wann passt es denn?«, fragte er erwartungsgemäß zurück. Kein Hauch von Misstrauen.

»Ich werde Rücksprache halten, mein Gatte fliegt morgen ein, und wenn ich ihn abgeholt habe, melden wir uns!«, antwortete ich.

»Natürlich könnte auch ich Ihren Verlobten abholen, dann kann er sich gleich ein Bild von mir und dem Fahrzeug machen!«, schlug Tobias vor.

»Das ist eine fantastische Idee, aber mein Verlobter besteht darauf, dass ich am Ausgang auf ihn warte, so haben wir die erste Stunde immer nur für uns. *Entre nous* eben. Sie verstehen«, redete ich mich heraus und war stolz, dass mir diese Ausrede eingefallen war. »Selbstverständlich, das verstehe ich nur zu gut. Das würde ich auch immer für meine Liebste tun!«, heuchelte Tobias Zustimmung.

Sandra schlug sich die Hand vor die Stirn. »Tja, dann hätten wir das Gröbste geklärt, wir melden uns«, sagte ich und hörte kurz vor dem Auflegen noch sein »Danke. Danke, ich freue mich!«.

Sandra klatschte mir Beifall und, oh Wunder, Anneliese stimmte ein. »Das war eine reife Leistung, man hat dir die leicht arrogante Verlobte eines reichen Mannes komplett abgenommen«, kicherte Sandra.

»Erstaunlich, oder?«, konnte sich hingegen Anneliese eine kleine Spitze mal wieder nicht verkneifen.

Sie brachte Ulrich, den Gärtner und bald mein Schauspielverlobter, auf den neuesten Stand. »Es könnte sein, dass es morgen am Nachmittag schon losgeht!«, warnte sie ihn.

»Ich stehe Gewehr bei Fuß, wir sollten noch mal üben, ein Stündchen vorher, und ich müsste was Passendes anziehen, so Schnöselklamotten habe ich nicht!«, antwortete er.

»Ohne gefällst du mir eh am besten!«, turtelte Anneliese, und ich war mir nicht sicher, ob ich das hören wollte.

Elli und Manni waren das, was man pflegeleichte Gäste nennt. Sie wollten keinesfalls Umstände machen und verhielten sich entsprechend. Oft sagten das Leute von sich, die dann besonders viele machten, aber bei ihnen stimmte es.

Sandra versuchte schon mal, den geplanten Ablenkungsausflug für den nächsten Nachmittag klarzumachen. »Liebe Bauers, wie wäre es mit einem hübschen Ausflug morgen oder übermorgen Nachmittag, das ist noch nicht ganz klar, um der Haut ein wenig Schonung zu geben. Ich fahre nach Santanyi, um nach ein paar Dekosachen zu suchen, und würde Sie liebend gern mitnehmen. Es gibt eine hübsche Kirche, einen Marktplatz, und es ist insgesamt ein Ort, der einen Ausflug lohnt. Monika und Anneliese müssen arbeiten, aber mir wäre es ein Vergnügen!« Begeistert stimmten die beiden zu, natürlich nicht ohne wiederholt zu betonen, keine Umstände machen zu wollen. »Un heut mache mer en Pooltach, wenns recht is. Da habe mer aach en bisschen Schatten, des könne mer vertrache, gell, Manni!«, informierte uns Elli und klopfte sich auf ihr rosafarben leuchtendes Dekolleté. »Also wenns recht is!« Es war recht.

Ich machte mich auf den Weg zu meinem neuen Stammpatienten Günther und rief von unterwegs seinen Freund Gerhard an. »Ach, die Frau Wunderheilerin persönlich, hat Ihnen der Günther also Bescheid gegeben«, begrüßte er mich.

»Eigentlich heiße ich Monika Fischer, hallo und guten Morgen, wie kann ich Ihnen helfen?«, sagte ich und musste lächeln.

»Günther schwärmt unaufhörlich von Ihnen, ich warte nur drauf, dass der sich bald für einen Ironman anmeldet, da will ich nicht hinterherhinken. Im wahrsten Sinne des Wortes. Anders gesagt: Haben Sie Zeit für einen weiteren Patienten? Ich habe Probleme mit der Hüfte ...«

»Ich habe Zeit und Energie für eine Menge weiterer Patienten, ich fange gerade erst an, hier auf der Insel. Ich freue mich über weitere Patienten!«, antwortete ich.

»Wann kann es losgehen?«, fragte er.

»Übermorgen ginge, um die Mittagszeit oder am Nachmittag, morgens bin ich bei Günther«, lautete mein Vorschlag.

»*First come, first serve,* ich bin flexibel. Der Golfplatz muss zurzeit sowieso warten. Ich hoffe, dass Sie mich wieder fit bekommen!«

»Auf alle Fälle fitter!«, versprach ich.

»Übermorgen Nachmittag, Barzahlung, Günther hat mir gesagt, hundertdreißig Euro die Stunde. Stimmt das?«

»Hundertzwanzig Euro, und Barzahlung ist wunderbar!«, sagte ich erstaunt. Hatte Günther für mich einen Zehner aufgeschlagen oder sich versprochen?

»Adresse kommt per WhatsApp! Freue mich auf die Frau Wunderheilerin!«

Ich hatte einen zweiten Patienten. Es lief! Eine Glückswelle durchströmte mich. Selbst etwas zu schaffen, empfohlen zu werden, weil man gute Arbeit leistete, weil man etwas konnte, das hatte mir gefehlt. Ich hätte es damals nicht definieren können, es war eine unbestimmte Leere, die sich grundlos anfühlte, aber jetzt, wo das Gefühl von Stolz und Glück in mir aufwallte, wusste ich, das hatte mir die Luxusträgheit mit Sven nicht geben können. Überhaupt war es diese wachsende, wuchernde Trägheit gewesen, die mir zugesetzt hatte. Ich hatte nicht mehr agiert, sondern bestenfalls reagiert. Hatte das sorgenfreie Leben zunächst genossen, aber dabei nicht mal wirklich gewertschätzt. Es war selbstverständlich geworden.

Ein sorgloses Leben hat unendlich viele Vorteile, aber ohne Herausforderungen kann es schnell öde werden. Das mochte sich für Menschen, die täglich um ihr Auskommen kämpfen mussten, zynisch anhören, aber ich stellte fest, dass die Unsicherheit der letzten Wochen mich energischer gemacht hatte. Ich konnte mir diese Laisser-faire-Trägheit schlicht nicht mehr erlauben. Handlungsdrang wuchs unter Druck, zumindest bei mir, und auch mit meinem Selbstbewusstsein schien es endlich wieder bergauf zu gehen.

Nein, man muss nicht verarmen, um sich wieder zu spüren. Aber sich raus aus einer Starrheit und Bequemlichkeit zu mühen, hat, jedenfalls in meinem Fall, zu mehr Tatendrang geführt. Und zur Erkenntnis, dass ich nicht ausgeliefert war, sondern dass es, in meinem Fall, Wege gibt. Luxusbetrachtungen, die man sich erst mal leisten können muss, das wusste ich. Ich hatte nie wahre Existenzsorgen gehabt. Ich war verlassen worden, von einem reichen Mann. Es war die Sorte Geschichte, die allein durch ihre Häufigkeit belanglos wird. Aber die Euphorie, die ich in mir verspürte, die so langsam auftauchte und erwachte, war schön, und ich genoss sie. Ich fühlte mich ähnlich wie in den ersten Jahren meiner Berufstätigkeit. Eine Form der Aufbruchstimmung hatte von mir Besitz ergriffen.

Als ich auf die Hofeinfahrt von Daggi und Günther fuhr, meldete sich Sandra. Sie hatte Nachricht vom Robinson-Club-Chef. Keine besonders gute. Sie sei ihm schlicht und ergreifend zu teuer. »Aber in den Hochsommermonaten, wenn alle Ferien haben und der Club voller Kinder ist, könnte er Verstärkung seines Teams brauchen. Nicht fest angestellt, sondern auf Honorarbasis. Hundertzwanzig Euro am Tag. Acht bis zehn Stunden etwa«, erzählte sie mir am Telefon. Das entsprach, bei zehn Stunden, gerade mal dem Zwölf-Euro-Mindestlohn in der Stunde. Ich hatte sofort ein latent schlechtes Gewissen, schließlich bekam ich das für eine Stunde Arbeit. Und musste mich nicht mit verzogenen Kindern von fremden Leuten abmühen.

»Viel ist es nicht, Mindeststundenlohn, na ja!«, reagierte ich verhalten.

»Wir sind in Spanien, Moni, da ticken die Uhren anders. Die Gehälter hier sind zum größten Teil ein Witz. Es gibt Menschen, die arbeiten hier für fünf oder sechs Euro die Stunde, und das sind nicht wenige.«

»Aber das ist ein deutscher Club, müssen die sich dann nicht nach deutschen Gesetzen richten?«, fragte ich und kam mir naiv vor. Was verstand ich schon vom Niedriglohnsektor? Von Mindestlohngesetzgebungen? Auch wenn mir Sven lange eingeredet hatte, dass mein Gehalt eine Lächerlichkeit wäre, was aus seiner Perspektive stimmen mochte, es war verdammt viel Luft nach unten, das begann ich zu verstehen.

»Keine Ahnung, was die müssen. Aber er zahlt nun mal nicht mehr. Ich werde es machen«, sagte Sandra, »er garantiert mir drei Fünftagewochen im Monat, allerdings auch teilweise Wochenenddienst, natürlich ohne Aufschlag, aber drei mal sechshundert Euro sind tausendachthundert Euro. Damit kann ich meinen Mietanteil für unser Häuschen stemmen und leben. Es ist ein erster Schritt, und ich habe Luft, um mir etwas Besseres zu suchen. Also, solange es keine Alternative gib, ist sein Angebot ein Einstieg. Ich kann es mir gar nicht leisten, Nein zu sagen! Und es gibt eine kostenlose Mahlzeit. Gut, ich muss mit den Kindern essen, aber das Buffet soll richtig lecker sein.«

Dieses kleine Gespräch führte dazu, dass ich mich fast schon privilegiert fühlte. Und beschämt. Es kommt halt immer darauf an, mit wem man sich vergleicht. »Wir reden noch mal über die Miete und die Haushaltskosten, wir könnten das anteilig je nach Verdienst machen. Das würde ich fair finden!«, schlug ich Sandra vor.

»Ich glaube, das will ich nicht!«, antwortete sie spontan. »Augenhöhe und so, du erinnerst dich, oder?«

»Wir reden noch mal in Ruhe darüber, ich muss zu Günther!«, beendete ich das Gespräch. »Bis nachher!«

Daggi kam, kaum dass ich aus dem Auto stieg, auf mich zu. »Gute Nachrichten in der Mikropenis-Sache!«, begrüßte sie mich. »In einer Woche ist ein großes Fest im Golfclub, und ich weiß aus gesicherter Quelle, ich sage nur Damengolf-Paula, dass sich unser Sveni angemeldet hat.«

»Sven im Golfclub, er spielt doch überhaupt kein Golf!«, reagierte ich verwirrt.

»Er hat sich um Aufnahme im Club beworben. Das ist nicht ganz einfach. Du brauchst einen Bürgen und musst eine Aktie kaufen, es ist ein Prozedere, bei dem man denkt: Wer will hier eigentlich was von wem? Eine Aktie kostet Tausende von Euro, und dazu kommt eine Jahresgebühr im niedrigen vierstelligen Bereich, und es wird erwartet, dass man dankbar ist, wenn man all das zahlen darf. Wenn einen der Golfclub auserwählt, einer der Ihren sein zu dürfen. Kluge Strategie.«

Sven und Golf, es passte, und es passte doch irgendwie nicht. Er hatte zu mir immer gemeint, dafür sei er nun echt noch zu jung. Aber wer weiß, mit wem er jetzt rumturtelte, was seine aktuelle »Rakete« zum Thema Golf meinte.

»Wenn das wahr ist, ist er spätestens am Samstag hier auf der Insel!«, stellte ich mit Entsetzen fest. »Ich bin davon ausgegangen, dass wir noch sehr viel Zeit haben, fast zwei Wochen. Anni hat gesagt, er meldet sich immer, bevor er kommt. Ich kann mir das nicht vorstellen, und wenn es stimmt, müssen wir den Turbo für Operation ›Parkgebühr‹ zünden.«

»Paula war total aufgeregt, als sie ihn auf der Liste der Gäste des Abends gesehen hat, Sven Bauer, so viele wird es davon ja nicht geben. ›Wie soll ich den denn anschauen und Hallo sagen mit dem Wissen, das ich jetzt habe?‹, hat sie zu mir gesagt. Und wie ich Paula kenne und schon deshalb nicht schätze, weiß es inzwischen der ganze Club. Das heißt, es besteht die Chance, dass er davon hört. Wenn wir Glück haben!«

»Aber die Zeit rennt, wir müssen vorher umziehen. Ein Aufeinandertreffen wäre eine Katastrophe!«, antwortete ich und merkte, wie Panik in mir aufstieg.

»Wir leihen einen Sprinter oder nehmen unseren Landrover, laden eure Sachen ein, ihr zieht die Tür zu, und der Umzug ist erledigt. Das ist eine Sache von drei Stunden«, versuchte Daggi mich zu beruhigen.

»Ich kümmere mich jetzt erst mal um deinen Mann, ich bin eh zu aufgeregt und durch den Wind, um auch nur einen klaren Gedanken zu fassen«, beschloss ich.

»Gerhard hat mich angerufen und mir berichtet, dass du heute Nachmittag bei ihm vorbeischaust«, platzte es aus Günther heraus, als ich sein Zimmer betrat. »Hat er dich auf hundertzwanzig Euro runtergehandelt, der alte Hund?«, fragte er neugierig.

Ich war zunächst begriffsstutzig. »Runtergehandelt? Wieso?«

»Na, ich habe ihm hundertdreißig Euro gesagt, Konkurrenz belebt das Geschäft, die Preise steigen, und er hat mir stolz berichtet, dass du bei ihm für hundertzwanzig Euro antrittst.«

Jetzt fiel der Groschen. Günther hatte für mich einen neuen Preis rausschlagen wollen, und ich hatte es für einen Hörfehler gehalten. »Mist, das habe ich nicht kapiert, dachte, ich hätte nicht richtig gehört oder er hätte sich versprochen. Aber ich bin zufrieden mit hundertzwanzig. Das ist schon ausgesprochen großzügig. Und mehr, sehr viel mehr, als man in Deutschland verdient«, wiegelte ich ab.

»Du musst noch einiges lernen. Das hier ist nicht Deutschland, deine Patienten sind – zumindest bisher – reich. Du kannst immer noch einen anderen Preis für andere Einkommensgruppen machen. Aber vielleicht ist es auch sinnvoll, einen festen Tarif zu haben. Wenn es richtig doll läuft, kannst du immer noch die Preise erhöhen. Natürlich nicht beim ersten Patienten!« Er lächelte.

»Abgemacht, du wirst immer für hundertzwanzig Euro bearbeitet. Und jetzt lass uns anfangen. Die Zeit läuft nämlich! Du hast schon locker einen Fünfer weggeredet!«

Ich fuhr nach Günther nicht direkt weiter zu Gerhard, sondern erst mal zurück auf die Finca. Ich musste den anderen sagen, dass wir unter ordentlich Zeitdruck standen.

»Mayday, Mayday! Wir haben ein Problem!«, rief ich, als ich die Finca betrat. Elli und Manni hielten Mittagsschläfchen, und Sandra und Anni standen in der Küche und plauderten. »Sven kommt früher als gedacht!«, informierte ich die beiden.

»Weiß ich längst!«, sagte Anneliese sehr entspannt. »Er hat vor einer Stunde eine WhatsApp geschickt. Hier, guck sie dir an.« Sie hielt mir ihr Handy vor die Augen:

Anreise schon Samstag gegen 11 Uhr. Bett beziehen mit der seidigen Wäsche (schwarz!) und Champagnervorräte checken. Aufstocken, falls nötig! Rosen besorgen! Großen Strauß! Komme in Begleitung!
PS: Ist das Problem weg?

Nicht ein »Bitte« oder »Wären Sie so nett« in der gesamten Nachricht. Wie peinlich!

Hatte ich je meine Rachepläne bereut? Gedacht, es könnte übertrieben sein? Mich schlecht gefühlt?

»Ich glaube, das Problem, von dem er schreibt, bist du!«, lieferte sie mir trocken eine Erklärung, die ich nicht brauchte.

Rosen, schwarze Bettwäsche! Bei mir war es ein bunter Feldblumenstrauß und weiße Leinenbettwäsche gewesen! Er hatte anscheinend den Typ gewechselt! Was ein mieser, fieser, niederträchtiger, feiger Scheißkerl. All das, was wir uns ausgedacht hatten, war noch viel zu harmlos.

»Schaffen wir das?«, wollte ich nur wissen.

Sandra nahm mich in den Arm. »Morgen ist Tobi dran, und es bleibt genug Zeit, hier klar Schiff zu machen und dann die Flatter. Wie kalt und böse kann man sein?« Mit diesen Worten drückte sie mich noch fester an sich.

»Er hatte für jede eine bestimmte Bettwäsche, aber schwarz und Seide ist was Neues! Scheint 'ne mondäne Tante zu sein!«, wunderte sich Anneliese. »Tut mir leid, Moni!«, fügte sie dann hinzu.

»Und ja, wir schaffen das. *Step by step*. Unser größtes Problem hält gerade Mittagsschlaf. Die fliegen doch erst am Sonntag nach Hause, oder?«

Ich nickte. Elli und Manni, die zwei hatte ich vollkommen vergessen. »Das heißt, die treffen hier aufeinander!«, sagte ich und dachte, jetzt fliegt uns unser Plan richtig um die Ohren. „

Vielleicht ist das gar nicht schlecht!«, überlegte Sandra. Stellt euch das Szenario mal vor: Er kommt hier an, mit seiner Tusse, denkt an schwarze Bettwäsche und Schampus, macht die Tür auf und trifft auf seine Eltern. Sieht, was in der Finca passiert ist. Entdeckt das Chaos im Garten, und von uns ist niemand da. Hört sich doch erst mal nach einer fantastischen Geschichte an!«

Ich war nicht überzeugt: »Ja, das schon, aber Elli und Manni wissen doch, dass wir hier waren. Dass wir umgestaltet haben. Da hat er Zeugen!«

»Sie haben nicht gesehen, wie wir irgendwas gegraben haben! Und wir werden ihnen am Morgen sagen, dass wir uns verstecken, um die Überraschung zu perfektionieren! Oder heimlich türmen. Ich glaube, das mit den beiden könnte sich als ein nicht geplantes zusätzliches Highlight entpuppen!«, bemühte sich Anneliese, den neuen Umständen etwas Gutes abzuringen.

Der Gedanke an das Gesicht von Sven, wenn er hier in flirty Stimmung mit seiner frischen Beute ankam, bereit, sie sofort in das seidige Schwarz zu werfen, und dann auf Mutti und Vati stieß, hatte sehr viel Schönes. Und er musste sich erklären, schließlich wussten seine Eltern nichts von einer neuen Freundin. Würde er es übers Herz bringen, ihnen zu sagen, dass er sie nicht hier haben wollte? Würde er so weit gehen, seine eigenen Eltern rauszuschmeißen und damit den ultimativen Bruch zu riskieren? Wie würde er Miss Seidenbettwäsche erklären, dass das romantische Wochenende eher ein Hessisch-Schnellkurs werden würde? Je länger ich das Bild in meinem Kopf hin und her bewegte, umso mehr Aspekte daran gefielen mir. »Ich glaube, du hast recht, Anneliese!«, sagte ich. »Es ist eine Planerweiterung mit jeder Menge Unbekannten, aber auch sehr viel Potenzial. Alles andere wäre eh nicht machbar. Wir könnten unsere Senioren unter einem Vorwand früher nach Hause schicken, aber dann würden sie ihn garantiert anrufen, und er wäre gewarnt. So kommt er komplett nichts ahnend hier an, und dann kriegt er die volle Breitseite.«

»Es könnte ziemlich lustig sein!«, kicherte Sandra. »Stellt euch das vor, du denkst, du fährst mit einem coolen Typen auf seine Mörder-Finca, und dann hocken die Eltern da! Und neben dem Pool wächst müffelnder Kohl. Und ein Auto hat er auch nicht. Hier draußen, fünf Kilometer vom nächsten Supermarkt. Ich würde vermuten, das senkt den Coolnessfaktor um einige Grad ab.«

Sandra hatte ebenso recht wie Anneliese. Der erste Finca-Besuch mit einer neuen Frau, das wusste ich nur zu gut aus Erfahrung, war reines Eindrucksmanagement.

Nicht kleckern, sondern klotzen. Die jeweilige »Raketengazelle« sollte es aus den Latschen hauen. Nun, das würde es, dafür würden wir sorgen!

Abends, nachdem ich den Termin mit Gerhard verschoben hatte und wir erneut eine Runde Phase 10 mit Elli und Manni gespielt hatten, erledigte ich, wie mit Sandra und Anneliese beschlossen, den Anruf bei Tobias, dem neuen Stern am Limousinen-Himmel. »*Hola*, Tony, hier ist Silvia.« (Ich hatte mich beim letzten Gespräch instinktiv für einen anderen Vornamen entschieden.) »Mein Mann findet es eine prima Idee, wenn Sie morgen gegen 16 Uhr vorbeikommen. Er landet etwas früher, und abends haben wir gesellschaftliche Verpflichtungen. Sie wissen ja. Ein Mann wie er hat immer zu tun. Da gibt es keinen Urlaub! Dann könnten wir mal reden und schauen, ob wir zusammenkommen!«, erklärte ich dem sehr beflissenen Tobi.

»Mal sehen, ja, das ist machbar. Ich komme sehr gerne vorbei. Danke für die Einladung!«, sagte er artig.

Sandra war mit mir zufrieden. »Gut gemacht!«, lobte sie mich. »Der kleine Gschaftlhuber wittert bestimmt schon Morgenluft, dem werden wir den Arsch aufreißen! Allein der Gedanke macht mir eine narrische Freude. Schade, dass ich nicht live bei eurem Laienspiel dabei sein kann.«

Anneliese riefen wir danach an, damit sie Ulrich den Gärtner über seinen Einsatz informierte. »Zufällig ist er in der Nähe! Passt dir 15 Uhr für Maske und Kostüm? 16 Uhr Auftritt?«, fragte sie, und wir hörten ein brummiges Lachen und ein Ja. »Abgemacht, habe jetzt ande-

res vor, gute Nacht, die Damen!«, verabschiedete sie sich
und legte auf.

Schnuckiputzi, dachte ich nur. Aber es freute mich für
sie. Da schien sich das Warten gelohnt zu haben!

Ich schlief unruhig. Dachte alle möglichen Szenarien durch
und hoffte, dass unsere doch recht wackelige Strategie
aufging. Wir mussten bis Samstag hier weg sein, uns blieben genau vier Tage, um Tobi um das Geld zu erleichtern,
das Auto punktgenau zu übergeben, und ich musste mir
irgendwas mit Elli und Manni überlegen. Ich wollte nicht
sang- und klanglos verschwinden, jetzt, nachdem sie sich
in mein Herz geschlichen hatten. Das haben sie nicht verdient, dachte ich. Sie sind gut, liebenswürdig und auf eine
Art auch verdammt klug. Weil sie es schaffen, ihr Leben zu
genießen, ohne sich beständig an vermeintlichen Vorga-
ben, wie Glück auszusehen hat, abzuarbeiten. Sie schienen
nicht manipulierbar, ließen sich von Äußerlichkeiten nicht
weiter beeindrucken. Konnten etwas sehen und hübsch
finden und frei von Neid bleiben. Ich bewunderte sie für
diese entspannte Haltung. Auch für ihren Umgang miteinander. Frotzelnd, aber nie respektlos. Der Unterton war
immer von Liebe durchdrungen. Sie sprachen aus, wenn
sie etwas störte, und klärten es. Erwachsen, aber nicht ab-
geklärt. Voll mit Liebe. Das musste schön sein. Dieses Zu-
friedene im Hier und Jetzt, dem Glück eine Chance geben
und nicht immerzu nach mehr zu suchen, das könnte etwas sein, woran ich mir ein Beispiel nehmen sollte.

Um 15 Uhr, als Ulrich der Gärtner für seine Rolle auf die
Finca kam, machte sich Sandra mit Annelieses Auto auf
den Weg. »Mit der fetten Karre Ihres Sohnes bekommen
wir da kaum einen Parkplatz!«, erklärte sie.

»Isch versteh eh net, wie mer auf so 'ner Insel, wo mer eh nur hunnetzwanzisch Stundekilomete fahrn derf, so en Auto braucht!«, brummte Manni mit Blick auf Svens SUV. »Und dann en Neuwache, der Bub ist doch mit em Klammerbeutel gepudert!«

Zum Glück passten Ulrich die Sachen von Sven. Ein bisschen schmal in den Schultern und ein bisschen weit am Hosenbund, aber es fiel nicht weiter auf. Kleider machen echt Leute, dachte ich, als Ulrich in beiger Hose mit weißem Leinenhemd, Gucci-Gürtel und rehbraunen Hermès-Flipflops vor uns stand. Er hatte einen dunkelblauen Pullover um die Schultern gelegt, eine Piloten-Sonnenbrille von Ray Ban auf der Nase und Svens Mallorca-Rolex am Arm. So schnell konnte man einen Investmentbanker in den Ferien kreieren.

»Ich seh aus wie ein affiger Gockel!«, murrte Ulrich.

»Das ist perfekt, du siehst vom Look aus wie Sven. Eins zu eins!«, lobte ich die Schnellverwandlung. »Noch eine ordentliche Ladung Gel ins Haar und wir sind fertig!«, ergänzte ich.

»Das ist ja ekelhaft!«, beschwerte er sich, aber das Gel war das Tüpfelchen auf dem i. Wir sprachen den Ablauf noch mal durch, ich würde doch nicht dabei sein und er mich im Gespräch konsequent als Silvia bezeichnen. Dann hätte mich Tobi ein Mal gesehen, und ob er dieses eine Treffen so abgespeichert hatte, dass er eine akkurate Personenbeschreibung liefern könnte, daran zweifelte ich. So eindrucksvoll war meine Erscheinung nun auch nicht. Ich hatte mal in einem True-Crime-Podcast gehört, dass Zeugen sehr viel unsicherer waren, als man gemeinhin annahm. Das gab mir Hoffnung.

Anni und ich würden uns im Nebenraum verstecken, um die Unterhaltung mitzubekommen.

Tobi alias Tony war auf die Minute pünktlich.

Ulrich war noch mehr Sven als der wahre Sven. Er verströmte Arroganz und den Duft nach Geld. »Ich habe viel Gutes von ihnen gehört, meine Eltern waren nach der Fahrt mit Ihnen kurz davor, Sie zu adoptieren. Dem Mann musst du unter die Arme greifen, Sven, haben Sie gesagt. Und wer kann seinen Eltern schon einen Wunsch abschlagen, vor allem, wenn sie so bescheiden sind wie meine. Und als dann noch meine Silvia zugestimmt hatte, da wusste ich, Sven, da kommst du nicht drum rum.« Er lachte. »Also, Herr Tony, wie können wir zusammenkommen, wo drückt der Unternehmerschuh?«, fragte er den sichtlich beeindruckten Tobias.

Der legte seine Pläne dar. Große Flotte, Service für die anspruchsvollen Gäste, kleines Fahrzeugproblem. »Richtig, sehr klug, sich auf unsere Klientel zu konzentrieren, da ist Musik drin in ihrem Plan. Ich erkenne gute Ideen, dafür werde ich schließlich fürstlich bezahlt.« (Er lachte selbstgefällig!) »Trinken Sie ein Bierchen mit mir, jetzt, wo meine Silvi beim Friseur sitzt, kann ich mir mal eines gönnen ohne die Vorhaltungen. Was die beim Friseur lässt, na ja, Sie wissen ja Bescheid.« Er gab Tony das Gefühl, zu seinesgleichen zu gehören, sehr raffiniert.

»Ein Bier, gerne, ja, die Frauen und der Friseur.«

Sie prosteten sich zu. Schade, dass Sandra nicht dabei sein konnte. Das hätte ihr mit Sicherheit sehr viel Spaß gemacht, dachte ich.

»Ich habe mir natürlich schon Gedanken gemacht. Bei Ihrem Autosachverstand haben Sie draußen sicherlich schon meinen BMW X5 gesehen, Sonderausstattung, versteht sich! Leder pipapo. Bildschirme in den Rücksitzen, das ganze Programm.«

Tobias nickte. »Ja, ein großartiger Wagen.«

»Mit sehr viel Platz!«, betonte der Fake-Sven. »Da wäre auch ein Paar mit viel Gepäck oder eine Familie kein Problem. Was glauben Sie, mit wie viel Kram meine Silvi hier anreist! Drei bis vier Koffer sind Minimum. Gut, sie will natürlich auf den Veranstaltungen nicht zweimal dasselbe anziehen, Sie kennen das ja.«

Tobias nickte wieder. »Ich habe mir für die Insel einen kleinen Flitzer bestellt, was Schnelles, Schnittiges, da habe ich für den BMW kaum Verwendung. Und einen Jeep haben wir auch noch, perfekt, wenn man mal rüber in den Westen will. Sportlich. Und hier auf der Finca bringt der BMW mir nichts. Ich könnte mir deshalb unter gewissen Bedingungen vorstellen, ihn Ihnen zu überlassen.«

Tobias sah aus, als hätte ihm der Nikolaus nicht einen Stiefel gefüllt, sondern den gesamten Schuhschrank. »Das wäre großartig!«, sagte er nur.

»Sie verstehen wahrscheinlich, dass ich das nicht einfach so machen kann, ich brauche Sicherheiten«, setzte Ulrich das Gespräch fort.

»Selbstverständlich, bei so einem Wagen, absolut selbstverständlich. Was wäre das denn?«, antwortete Tobias.

»Wie sieht es denn finanziell bei Ihnen aus?«, erkundigte sich unser »Sven«.

»Na ja, ich habe noch Reserven aus einem Geschäft. Also, was schwebt Ihnen denn vor?«, wollte er Zahlen hören.

Ulrich wiegte den Kopf: »Sie wissen, was so ein Auto

kostet, hundertzwanzigtausend aufwärts. Wem sage ich das! Zwanzig Prozent des Kaufpreises wären gut. Dann könnten Sie das Auto für die nächsten Jahre nutzen, und wenn auf lange Sicht eine Beteiligung an der Limousinenfirma drin wäre, würden wir sicher einen Weg finden. Erst mal, sagen wir, zwanzigtausend Abstand, ich will ja nicht kleinlich sein, und dann finden wir einen Weg. Sie hätten doppelte Einnahmen. Zwei Wagen. Und einen Geschäftspartner, der großzügig in Projekte investiert, die ihm zukunftsträchtig erscheinen.«

Tobias zögerte. »Zwanzigtausend sind sehr viel Geld!«, gab er zu bedenken.

»Für einen BMW X5?«, reagierte Ulrich sofort. Er schien Spaß an seinem Auftritt zu haben.

Anneliese, die neben mir saß, reckte den Daumen hoch. Sie schien begeistert vom Laienspiel ihres neuen Freundes. Aber auch ich war fasziniert. Ulrich hatte genau die Menge an Jovialität und gleichzeitig Überheblichkeit, die es brauchte, um einen Mann wie Tobias zu beeindrucken. Chapeau!

»Also ich könnte fünfzehntausend Euro aufbringen, und die restlichen fünftausend, das würde ein bisschen Zeit brauchen. Ich habe da noch Außenstände, also wenn wir uns auf fünfzehntausend einigen könnten, Sie dafür bei mir einsteigen, dann hätten wir einen Deal«, sagte er und wirkte recht kleinlaut.

»Das muss ich eben für meinen Businessplan mal durchrechnen! Wenn Sie mich kurz entschuldigen, ich muss das Bier loswerden und denke dabei kurz nach!«, sagte Ulrich und stand in aller Ruhe auf.

Ich verstand. Treffpunkt Gästetoilette. Ich legte den Finger auf den Mund, um Anneliese zu bedeuten, weiterhin keinen Mucks von sich zu geben und hier sitzen zu bleiben. Ich schlich mich Richtung Gästetoilette auf den Gang, den man vom offenen Wohnzimmer nicht einsehen kann.

»Du bist grandios, und fünfzehntausend sind in Ordnung, was man hat, das hat man«, informierte ich Ulrich. Der nickte und grinste.

»Sie bringen die fünfzehntausend, und ich gebe Ihnen den Wagen, man muss frische Unternehmer mit Vision unterstützen. Was sind schon fünftausend?«, tönte Ulrich kurz darauf.

»Das hört sich gut an, ich hole den Wagen, bringe das Geld, aber was ist mit dem Brief und dem Kfz-Schein? Also ich meine, wegen der Sicherheit und so?«, fragte Tobias.

Der Schein? Mist, das Thema hatten wir mit Ulrich nicht durchgesprochen. »Sicherheit, ich bitte Sie. Ich bin ein Mann des Handschlags, dachte, Sie wären aus demselben Holz geschnitzt!«, antwortete Ulrich geschickt. »Einerseits! Andererseits bin ich froh, dass Sie mit Verstand handeln. Der Brief ist in Deutschland, im Safe. Da komme ich jetzt nicht dran. Wir zwei unterschreiben einen Vertrag, und das Auto bleibt zunächst in meinem Besitz. Fünfzehntausend Euro reichen nicht für den Vollbesitz. Sie nutzen es, haben einen Luxus-SUV und keine drängenden Ratenzahlungen wie bei Leasingverträgen. Es ist für mich ein Langfristinvest. Sie kennen das sicherlich!«, packte er Tobias bei der Ehre.

»Das mit dem Vertrag ist gut. Aber natürlich bin ich ein Handschlagmann!«, versicherte Tobias.

»Wann geht es los? Ich könnte heute einen Vertrag aufsetzen, und Sie könnten den Wagen morgen oder übermorgen holen, passt das? Sind Sie so spontan?«, forderte er Tobias auf eine gekonnte Art heraus.

Der zögerte kurz und sagte dann: »Ich bringe die fünfzehntausend, wir unterschreiben den Vertrag. Ich vertraue Ihnen.«

»Na, wer hier wem mehr vertraut, ist ja wohl mehr als deutlich!«, wies ihn Ulrich zurecht. »Fünfzehntausend und der Wert des Autos, ich bitte Sie! Wären da nicht meine Eltern und mein Glaube an Sie und Ihre Aktivitäten, würde ich das sicherlich nicht tun! Das ist ein high-risk invest.«

»Natürlich, ich bin Ihnen auch sehr dankbar!«, wurde sich Tobias seiner Position anscheinend schlagartig bewusst. Ulrich hatte deutlich die Verhältnisse geradegerückt. »Übermorgen wäre gut, ich muss das Geld holen, habe ich nicht zu Hause rumliegen!«, versuchte Tobias einen kleinen Scherz zu machen.

»Das wäre auch sträflich, das machen Sie schon richtig!«, lobte Ulrich. Wie geschickt er hin und her schwankte, Autorität und Kumpanei mischte. Ein Talent, keine Frage!

Wir beobachteten gemeinsam, wie er Tobias verabschiedete und ihm noch einmal den Wagen zeigte. Der strich sanft über die Motorhaube und sah sich vor seinem geistigen Auge wahrscheinlich bereits am Steuer sitzen. Bingo – das war großartig gelaufen!

Anneliese war in Ekstase. »Wie du aufgetreten bist, was da für Talente in dir schlummern, ich bin so stolz!«

Er lächelte geschmeichelt. »Kein Problem, der war ein leichtes Opfer«, gab sich Ulrich bescheiden. »Jemand, der eine Frau oder überhaupt einen anderen Menschen so gnadenlos behandelt, wie es dieser Tobias getan hat, der hat es verdient! Es ist leichter, anständig zu sein, wenn man Geld hat, aber kein Geld darf keine Rechtfertigung für keinen Anstand sein! Anstand ist in jeder Gehaltsklasse machbar!«

»Es war mir eine Freude!«, sagte er nur, nachdem ich mich bedankt hatte.

»Sandra wird Augen machen!«, meinte Anneliese. »Es ist nur ein Teil des Geldes, das sie in diesen Scheißkerl gesteckt hat, aber doch ein ordentlicher Batzen. Es wird ihr helfen und ihn schmerzen. Und es ist mehr als gerecht! Was sie sich in diesem ›La Paloma‹ abgerackert hat, während er da wie ein zahlender Gast rumsaß.«

»Ich fühle mich wie Robin Hood! Reloaded, in der Mallorca-Variante«, strahlte Ulrich bei der Abreise, »und übermorgen bei der Übergabe gehe ich in die Vollen und trage die alberne rote Hose.« Er verabschiedete sich mit einem herzhaften Lacher.

Sandra kam mit ein paar Hinstellchen aus Muscheln und Stroh und einem ermatteten Ehepaar Bauer gegen 18 Uhr aus Santanyi zurück.

»Mer sin rischtisch geschafft, es war schee, aber doch anstrengend. All die Lauferei bin isch gar net mer gewöhnt!«, stöhnte Elli.

»Schaden werd es uns net!«, bekundete Manni. »Aber isch bin aach schlagskaputt. Moin werde isch ema gucke, was es im Garte noch zu tun gibt. Hat der Bub sich ema gerührt?«, fragte er neugierig.

»Er kommt Freitag!«, sagte ich, wissend, und hoffend, dass das nicht stimmte. Laut Anneliese und der WhatsApp kam er Samstag, aber ich würde Freitag eine kleine Ausrede erfinden. Dann bliebe der Kernfamilie Bauer nur noch ein gemeinsamer Tag, aber das würde beiden Parteien im Zweifelsfall langen.

Keine Frage, das war insgesamt ein sehr eng getakteter

246

Zeitrahmen. Im besten Fall war der BMW dann Geschichte und im »Besitz« von Tobias und wir von der Finca verschwunden.

Anneliese hatte in ihrer hormonellen Ausnahmesituation vergessen, einzukaufen, und heute, untypisch für sie, auch nichts vorbereitet. »Kommt ihr so klar?«, wollte sie wissen.

Sandra griff sich an den Kopf. »Anneliese, mach dich vom Acker, wir werden wahrscheinlich bis morgen verhungern, und du wirst mit der Schuld leben müssen!«

»Habt ihr Lust auf Sushi zum Abendessen?«, fragte ich Sandra und die Bauers.

Sandra nickte und unsere Senioren schauten mich ein wenig ratlos an. »Is des des mit dem rohe Fisch?«, fragte Elli, und es hörte sich ausgesprochen skeptisch an.

»Genau, es gibt aber auch welche nur mit Reis und Gemüse!«, antwortete ich.

»Was de Bauer net kennt, frisst er net! Merkt ihr de Wortwitz? Bauer – so heiße mir doch auch!«, lachte Manni.

Süß, wie er uns noch den einfachsten Scherz erklärte.

Elli mischte sich ein: »Mer probiern es, mer habe eh in dem Santanyi ja schon e Kleinischkeit gegesse, und wenns gar net nunnergeht, mach ich uns en Brot mit em Ei un em Görksche. Mer sin alt, aber net zu alt zu probiern! Stimmts, Manni?« Sie schaute ihren Gatten herausfordernd an.

»Wie Madam will! Ihr Wunsch is mir Befehl! Da ess isch sogar en rohe Fisch!«, gab Manni klein bei.

»Gut des müsse mer net jeden Tach ham, gell! Abä schlecht wars aach net. En Butterbrot mit Käs is mir allerdings ehrlisch gesacht liebä!«, erklärte Elli nach dem Essen. Sie hatten probiert. Beide. Manni genau zwei Stück.

»Ja, da muss ich der Elli leider zustimme. Fisch roh gehört ins Wasser. Isch bin aach kaan Reisfan, un kalte Reis schon gar net. Annere Länder, annere Sitten, also ich brauchs so gar net. Abä es war 'ne Erfahrung, mer lernt ja nie aus.«

Mir imponierte, dass sie probiert hatten, es muss nicht jeder Sushi mögen. Ich fand's lecker, aber wenn man mich gefragt hätte, ob ich Abend für Abend lebenslang lieber Sushi oder eine schöne Portion krosser Bratkartoffeln mit Spiegelei hätte, würde meine Wahl auf die Kartoffeln fallen.

Thorsten, Svens Bruder, meldete sich fast jeden Tag, um zu hören, wie es um seine Eltern stand.

»Er is so uffmerksam und kümmert sich«, schwärmte Elli, »un er freut sich so, dess mer ma im Urlaub sin. Er hat seit Jahrn gesacht, fahrt doch ema. Ihr könnt es euch doch leiste. Un ab jetzt fahrn mer aach regelmäßig, gell, Manni! Vielleicht aach ema mit em Thorste un der Elvira und dem Klaane. Wenn er dann da is! Mer freue uns so sehr!«

»Bisher wars enkelkindtechnisch ja aach kaane große Ausbeute!«, grummelte Manni.

»Wer weiß, wer weiß, hier wär's doch paradiesisch för en Butzelsche zum Großwern!« Sie richtete den Blick auf mich, und ich hielt ihm stand, ohne etwas zu sagen. »Un was sachst de dazu?«, forderte sie eine Antwort.

»Nix!«, war alles, was ich zu dem Thema beitragen wollte.

Das Schöne an Urlauben mit älteren Menschen ist, dass genug Freizeit für einen selbst bleibt. Animation war gegen 22 Uhr beendet, dann zog es Elli und Manni ins Bett.

Es blieb genug Zeit, um Sandra wieder und wieder von Ulrichs grandiosem Auftritt und den Reaktionen von Tobi zu erzählen. Sie konnte sich nicht satthören.

»Ich nehme eine Sprachdatei auf und dann kannst du sie heute Nacht in Dauerschleife hören!«, witzelte ich.

»Du kannst dir meine innere Genugtuung nicht im Ansatz vorstellen, mach ruhig kleine Witze, mir egal!«, entgegnete sie. »Der hat mich fast wortwörtlich in den Müll gezogen, hat mir alles genommen, Geld und Würde, da darf man die Revanche doch genießen.«

Ich stimmte ihr zu, erinnerte sie aber daran, dass das Geschäft noch nicht eingetütet war. »Noch hat er keine fünfzehn Mille vorbeigebracht, also abwarten!«, warnte ich.

»Ich genieße die Vorfreude, nicht mehr und nicht weniger!«, versprach sie.

In dieser Nacht hatte ich wirre Träume. Meine Mutter tauchte auf, mit ihrem Wilhelm, und der verliebte sich beim ersten Blick in Elli. Komplett konfuser Kram. Und wenig realitätsnah. Ein Mann, der für meine Mutter schwärmte, musste ein sehr weites Beutespektrum haben, um sich dann in Elli zu vergucken. Die eine dünn, kühl und sehr rational, Modell Eisprinzessin, und die andere klein, rund und herzig mit einer Prise Naivität. Das wäre eine radikale Veränderung! Aber was wusste ich schon von männlichen Beuteschemata?

Jedenfalls erinnerte mich der Traum daran, dass meine Mutter sich nach unserem Telefonat nicht gemeldet hatte. Bis auf die kurze WhatsApp-Nachricht. Machte die sich gar keine Sorgen? Sie war meine Mutter, konnte man das so konsequent ausblenden? Ich hatte mich in den letzten Jahren wenig gekümmert, erwartete aber, dass sie sich kümmerte. Dabei machte sie genau das, was ich gemacht hatte. Kaum hatte sie einen Mann an ihrer Seite, stellte sie ihre Bemühungen ein. Gut, es waren zumeist Vorhaltungen gewesen, doch selbst die fehlten mir. Warum stellten Frauen Männer bloß immer automatisch in die erste Reihe und vernachlässigten ihre übrigen Sozialkontakte? Schön blöd. Männer kommen und gehen, Freundinnen und Familie bestehen. Immerhin das hatte ich als Erkenntnis mitgenommen.

Was steht heute auf unserer To-do-Liste für die Operation ›Parkgebühr‹?«, fragte Anneliese tatkräftig, als sie gegen kurz vor neun Uhr ihren »Dienst« antrat.

»Wir sollten anfangen, ein paar Sachen zusammenzupacken, bei mir ist es ja nicht viel, aber Moni hat sicherlich einiges. Und dann könntest du …«, Sandra untermauerte ihren Vorschlag, indem sie auf mich deutete, »… schon mal was zu Daggi und Günther mitnehmen. Damit ersparen wir uns einen großen Umzug am Freitag, bevor Sven Samstag kommt.«

»Ist es denn absolut sicher, dass Sven am Samstag anreist?«, fragte ich zum wiederholten Mal.

Anneliese zuckte die Schultern. »Mehr Infos habe ich nicht, ich fürchte die ganze Zeit, er könnte mich bitten, ihn zu holen, das hast du ja sonst immer gemacht. Wäre auch kein Problem, aber wenn alles glattläuft, haben wir ab morgen den BMW nicht mehr. Und ich will ihn ehrlich gesagt lieber nicht mehr sehen. Wer weiß, wie er reagiert, wenn er hier ankommt. Der macht mich dann doch haftbar. War ja meine Verantwortung, das mit der Finca und so.«

Die toughe Anneliese zeigte das erste Mal einen Hauch von Angst. Wenn die mentale Anführerin schwächelt, ist das für den Rest der Truppe kein gutes Signal.

»Wenn er anfragt, behauptest du, der Wagen sei in der Werkstatt!«, lautete meine Idee. »Irgendwas mit der Elektronik, Sven hat keine Ahnung von Autos.«

Sandra schüttelte den Kopf. »Finde ich bisschen lahm, wir könnten die Sache auf die Spitze treiben und Tobi hinschicken. Zur Abholung. Mit seinem neuen Wagen. Dem Auto von Sven. Wir sagen, dass Sven für einen wichtigen Termin nach Deutschland musste und direkt Samstag zurückkommt und sich bestimmt freuen würde, wenn sein neuer Geschäftspartner die Zeit fände, ihn abzuholen. Dann steht er am Flughafen, und Herr Bauer sieht komplett anders aus. Was ein Spaß. Wenn Sven dann fragt, was er bitte schön mit seinem Auto macht? Dann startet der Schlamassel schon mit der Landung!« Sandra amüsierte sich über ihren eigenen Plan und lachte.

Anneliese schüttelte strikt den Kopf. »Klingt zunächst lustig, ist aber eine zu schnelle Auflösung. Die Werkstattvariante erscheint mir besser. Oder ich behaupte, einen Todesfall in der Familie zu haben und leider auf einer Beerdigung zu sein und ihn deshalb nicht abholen zu können. Andere Ausreden zählen für den feinen Herrn Bauer ja nicht. Personal ist Personal. Die haben zu springen, wenn er ›spring‹ sagt. Da sind die Rollen klar verteilt. Deshalb sind viele meiner Kollegen so verbittert. Klar könnte man pragmatisch sein, sagen ›Was soll's, immerhin verdiene ich hier mein Geld‹. Aber es ist hart, immer nur die Dienstleistende zu sein. Kein Mensch mit einem Privatleben, mit Problemen, mit Hobbys oder was auch immer. Ich kann damit leben, dass es so ist. Das ist die Welt. Aber wenn ich meine Freundin Mathilda höre, oje. Die putzt hier diverse Anwesen. Ab und an stellt ihr eine von den Hausherrinnen mit großer Geste ein Tütchen mit aussortierten Kleidern hin, oft, weil sie zu faul sind, sie zum Altkleidercontainer zu fahren. Und fühlen sich dabei wie die Retterin der Armen und erwarten

Dankbarkeit und Ergriffenheit. Dabei will niemand Almosen, sondern einfach nur Anerkennung für die Arbeit und gerechte Bezahlung. Kein vergilbtes T-Shirt. Nicht mehr, aber nicht weniger. Vielleicht noch ein bisschen Freundlichkeit. Auch wir mögen die Wörter bitte und danke. Wenn da irgendein Banker oder eine Juristin oder ein Vorstandsirgendwas wegen zwei Euro mehr die Stunde feilscht, man aber sieht, dass die Schuhe für achthundertfünfzig kaufen, dann macht das, freundlich gesagt, keine gute Laune. Manchmal sehnt man sich nach Revolution!« Sie schnaufte.

»Amen!«, bemerkte Sandra nur.

Ich hingegen überlegte, ob ich so gewesen war. Bevor ich die Seiten gewechselt hatte.

»Revolution schaffen wir jetzt nicht noch zusätzlich, wir sind, denke ich, ausgelastet mit unserer Aktion. Ich packe was zusammen und mache mich dann auf den Weg zu Daggi und Günther, und danach fahre ich weiter zu meinem neuen Patienten, diesem Gerhard. Mal sehen, wie der so ist!«, lenkte ich den Fokus wieder weg von Annelieses Rundumschlag und zurück auf uns. »Soll ich Elli und Manni am Strand absetzen? Damit sie, wie man so sagt, aus dem Weg sind?«, bot ich an.

»Ich bin ja hier, du kannst sie bei mir lassen, wenn sie lieber am Pool bleiben wollen. Ich gehe nur mal einkaufen, dann können wir heute Abend was Schönes zusammen kochen!«, meinte Sandra.

»Wie wäre es, wenn wir sie einfach fragen, worauf sie Lust haben, es sind ja keine Minderjährigen!«, ergänzte Anneliese und ging raus auf die Terrasse, wo Elli und Manni bei einem Cappuccino zusammensaßen.

Wir folgten. »Strand oder Pool, wonach gelüstet es euch heute?«, fragten wir die zwei.

»Mer täte gerne hierbleibe un uns en bissche nützlich mache, mer komme uns ja schon vor wie zwei Schnorrer. Urlaubsschmarotzer!«, sagte Elli und lächelte. »Der Manni hat gestern, als die Sandra mit uns in dem nette Örtche war, was besorgt. Wenn ihr uns Gartenwerkzeug dalasst, wern mer hier noch 'ne klaane Runde werkeln. Überraschung!« Sie freute sich, und Manni grinste breit.

»Fein, dann ganz viel Spaß, ich zeige euch, wo ein bisschen Gartenwerkzeug steht, viel haben wir nicht, weil ja immer die Gärtner kommen!«, antwortete ich.

Sven und ich hatten nie im Garten gearbeitet. »Ich zahle doch nicht, um dann selbst hier Hand anzulegen. Da habe ich anderes, wo ich gerne Hand anlege!«, hatte Sven süffisant erklärt, als ich mal vorgeschlagen hatte, ein paar Büsche zurechtzustutzen. Um zu verdeutlichen, was er meinte, hatte er mir an die Brust gefasst, und ich hatte dämlich gekichert.

»Im Kühlschrank steht eine frische Gazpacho, und es gibt Baguette. Und ein paar Hackbällchen, Albondigas genannt. Also, es sollte genug zu essen da sein!«, informierte Anneliese die Bauers.

»So schnell verhungern mer net!«, lachte Elli und deutete auf ihren Bauch.

»Danke!«, ergänzte Manni und fügte den obligatorischen Bauer-Satz hinzu: »Wer doch net nötig gewese.«

»Es is so lieb, wie ihr drei euch um uns Alte kümmert, des genieße mer sehr, wollte mer die ganze Zeit schon ema zum Ausdruck bringe. Werklisch so nett«, fügte Elli noch hinzu.

»Das meinte ich mit Wertschätzung und Anerkennung, das tut gut!«, zischte mich Anneliese an, als wir wieder ins Haus gingen. Sie konnte es nicht lassen. Ich hatte in ihrer Nähe ständig den Drang, mich zu rechtfertigen. Vielleicht die falsche Reaktion.

»Stimmt, daran habe ich es ab und an fehlen lassen!«, probierte ich es mit Reue.

»Bis auf den Einschub ab und an ein guter Ansatz!«, brummte Anneliese.

Meine Güte, diese Frau war echt nachtragend. »Ich habe doch die Seiten gewechselt!«, legte ich noch mal nach.

»Aber nicht freiwillig, oder!«, kam die spontane Antwort, und da sie recht hatte, hielt ich einfach den Mund. Ich hatte gelernt und begriffen.

»Botschaft hat ihr Ziel erreicht!«, konnte ich mir dann aber doch nicht verkneifen.

»Hoffen wir's! Auch wenn du mal wieder die Seiten wechselst! Bei Frauen wie dir durchaus eine Option!«, behielt sie, wie meistens, das letzte Wort.

Ich hatte weder Lust noch Energie für weitergehende Diskussionen. Dachte Anni, ich wäre schon wieder im Akquisemodus? »Ich packe was zusammen, so viel, dass ich Freitag oder Samstagmorgen mit einer Reisetasche klarkomme, und mache mich dann auf den Weg zur Arbeit, ich muss los und will nicht zu spät kommen«, sagte ich nur.

Sie nickte: »Eines noch, welche Uhrzeit sollen wir Tobias für die Geldübergabe mitteilen? Ulli muss das einplanen. Der hat morgen einen Großauftrag!«

»Morgens bin ich arbeiten, wie immer. Irgendwann am späten Nachmittag, frühen Abend. Dann könnten wir, also Sandra und ich, mit Elli und Manni was essen gehen, damit Tobias uns nicht sieht. Wäre das okay?«

»Ja«, war alles, was Anneliese sagte. Was sollte ich bloß tun, damit sie mal eine Nummer runterfuhr? Auf den Knien robben, mich nicht nur in den Staub werfen, sondern dauerhaft dort liegen bleiben? Wie hartleibig und unversöhnlich konnte sie sein?

Daggi hingegen war, wie immer, bester Dinge. »Unsere ›Parkgebühr‹ nimmt immer mehr Fahrt auf. Ich habe jede Menge Neuigkeiten, hast du Zeit für eine Besprechung nach der Behandlung von meinem Günther?«, fragte sie, als ich bei ihnen ankam.

»Ja, dann kann ich von hier weiter zu Gerhard, dem Freund von Günther fahren! Bin gespannt, was du zu erzählen hast!«

»Ich habe uns einen kleinen Salat gemacht, du hast doch bestimmt Appetit«, meinte Daggi, als ich mit der Behandlung von Günther fertig war. »Hör zu, ich habe ein bisschen was gedreht an der Sitzordnung für die Golffeierlichkeiten, bei denen Sven ja zugesagt hat. Übrigens, wie ich erfahren habe, für zwei Personen. Eine Frau namens Mimi Eisen begleitet ihn. Passt doch – Eisen – zu Golf. Vielleicht eine Golferin, das würde seine neuen Sportambitionen erklären. Noch besser wäre eisern, das hätte er mal verdient. Eine, die ihm zeigt, wie der Hase läuft. Ich schweife ab, also, sollte die Bombe an diesem Abend platzen, ihm das Gerücht vielleicht zu Ohren kommen, wäre es gut, wenn es Zeugen gibt, die uns alles brühwarm erzählen können. Und ich habe einen Top-Mann dafür gewinnen können!« Sie strahlte mich an. »Rate?«

Ich zuckte mit den Schultern. »Keine Ahnung, ich habe nicht viele Freunde hier. Habe kaum Leute in all der Zeit kennengelernt.« Selbst das war noch maßlos übertreiben.

»Tata: Günther wird für uns hingehen und schräg gegenüber von Sven sitzen. Paula ist mit für die Tischordnung verantwortlich, und da Günther, der ja seit Jahren nicht mehr spielt, aber immer noch Mitglied ist, sogar eines der Gründungsmitglieder, konnte mir Paula diesen Wunsch nicht abschlagen. Sie hat sich ein wenig gewundert, aber sei es drum. Sie wird auch dabeisitzen. Günther hat einen Schweizer Freund eingeladen, der ihn begleitet. Klar weiß Sven, dass Günther mein Mann ist, aber er hat zu viel Respekt vor ihm, um das zum Thema zu machen. Reiche haben Respekt vor noch Reicheren. Nehme ich jedenfalls so wahr. Ich sollte nicht dabei sein, das würde ihn zu stark verunsichern. Aber ich glaube, in dieser Kombination könnte es funktionieren.« Sie klopfte sich auf die Schulter. »Ich muss mich selbst mal loben, das ist ausgefuchst, oder?«

Zu was für einer hochkomplexen Angelegenheit sich das Ganze inzwischen ausgewachsen hatte, Wahnsinn. Ich konnte dem Konstrukt schon fast nicht mehr folgen. »Aber wer sollte bei einem Abendessen im Golfclub so ein Thema aufs Tapet bringen?«, war ich, trotz Daggis Begeisterung, ein wenig skeptisch. Ich wollte ihr ihre Euphorie nicht nehmen, aber der Plan hatte sehr viele »Wenns« und »Könntes« im Gepäck.

»Da wird anständig gepichelt und geklatscht. Immer. Darauf kann man sich verlassen. Ich bin guter Hoffnung, dass das hinhaut. Und wenn nicht, ist da ja immer noch Günther, der der Sache einen winzigen Schubs geben könnte. Ich war nicht überzeugt von der Taktik, aber eine andere gab es nicht. Und Günther freut sich diebisch auf den Abend.

»Dann drücken wir mal die Daumen!«, sagte ich und hoffte, dass die Aussage ›Karma is a bitch‹ stimmte.

Nach dem Salat räumte ich mithilfe von Daggi meine Sachen schon mal runter ins Häuschen. Meine Vorfreude wuchs. Am liebsten wäre ich direkt hiergeblieben. Natürlich war alles viel kleiner als auf Svens Finca, die ich immer sehr gemocht hatte. Aber es wäre meins. Und Sandras. Wir wären rechtmäßige Mieterinnen und nicht abhängig von irgendwelchen Launen irgendwelcher Kerle.

»Ich freue mich auf den Einzug!«, sagte ich und umarmte Daggi.

Dieses Paar, Daggi und Günther, war echt nicht von dieser Welt. »Ihr seid so freundlich und liebenswürdig, wir wären angeschissen ohne euch! Das wollte ich dir nur noch mal explizit sagen!«

Sie schnaubte. »Wenn wir nicht freundlich wären, wer denn dann? Schau doch, wie gut es uns geht. Ja, Günther hat gesundheitliche Probleme, gravierende. Aber ansonsten? Sieh dich um. Allein dieser Blick aufs Meer. Das alles sollte man zu schätzen wissen, und das tut er. Für ihn ist nichts selbstverständlich und für mich schon gar nicht. Ich bin, drastisch ausgedrückt, ein abgehalftertes Model, meine Topjahre liegen lange hinter mir. Und ich habe hintenraus dieses große Glück und diese unendliche Liebe erfahren dürfen, das macht mich sehr froh. Warum also sollten wir nicht liebevoll mit anderen umgehen? Für uns ist es doch ein Leichtes.«

Ich war beeindruckt. Wie klar Daggi war und wie sehr sie sich ihrer fantastischen Lebensumstände bewusst war. Auch sie könnte hadern. Günthers Krankheit war wahrlich kein Schnupfen. Aber sie tat es nicht. Sie sah das, was gut war.

Wieder was gelernt. Die letzten Wochen waren ausgesprochen lehrreich für mich gewesen. Mehr Dankbarkeit stünde mir gut zu Gesicht.

Gerhard, mein neuer Patient, war ganz anders als Günther. Schon von der Physiognomie. Klein und stattlich. Kugelrund wäre treffender. Diese armen Hüften (eine davon neu) hatten was zu schleppen. Während ich ihn musterte, setzte er sofort zur Verteidigung an: »Ich weiß, ich weiß. Zu viel Gewicht auf zu wenig Fläche. Ich muss abnehmen. Bitte keinen Vortrag dazu. Ist mir alles bekannt. Ich habe einen Spiegel und ausreichend Ärzte, die mir dazu Ansprachen gehalten haben. Ich habe es versucht, aber Sie wissen doch selbst, Essen ist der Sex des Alters.« Er lachte. Dachte der etwa, wir wären ein Alter?

»Gut, wenn Sie wissen, dass Sie abnehmen müssen, können wir das Thema aussparen. Aber ich könnte Ihnen dabei helfen«, ging ich auf den Alterssex gar nicht ein.

»Sie sehen zumindest so aus, als hätten Sie das mit der Nahrung im Griff!«, meinte er, während er meine Figur musterte. »Wenn Sie sich damit auskennen, wäre meine Frau sicher mit im Team, die sah auch mal anders aus als heute! Jetzt sind wir Pat und Patachon«, grinste er.

»Der Speck wird anhänglicher!«, antwortete ich.

»So kann man es sagen, legen wir einfach mal los!«

Wir machten uns an die Arbeit. Er war wehleidiger als Günther, aber insgesamt durchaus engagiert. Mit regelmäßiger Physio würden wir ihn sicherlich wieder auf die Beine kriegen.

»Ich würde Ihnen gerne noch meine Frau vorstellen,

dann könnten wir mal über das leidige Abnehmdingsbums reden. Vielleicht würden wir gemeinsam doch noch einen weiteren Versuch starten. Wir haben schon einiges hinter uns. Weight Watchers, Eiweißdiät, Keto und Blutgruppendiät. Irgendwas mit sehr viel Kohlsuppe. Fünf Kilo weg, sieben wieder rauf. War nur mäßig erfolgreich, wie man sieht.«

Er holte seine Frau, die im Vergleich zu ihm fast zart wirkte. Sie hatte den klassischen Bauch, den Frauen jenseits der sechzig gerne bekommen. Dazu dünne Beine und einen ziemlich roten Kopf. Trotzdem war es keck von ihm, sich mit seiner Frau auf eine Stufe zu stellen. Zwischen den beiden lagen mindestens dreißig Kilo.

»Ich bin die Frau vom Gerhard, die Jacky. Mit Y!«, stellte sie sich vor. »Er hat gesagt, Sie kriegen uns wieder in shape«, legte sie gleich los.

Ganz so hatte ich es nicht gesagt, aber ich wollte die Hoffnung nicht torpedieren. »Was wäre denn Ihr Ziel?«, fragte ich vorsichtig.

»Ich will meine Mumu von oben sehen können, ohne den Bauch hochzuraffen!«, erklärte sie.

Es hätte genügt, wenn sie gesagt hätte, ich möchte Bauchfett verlieren. Ihre Ausführung war mir ein wenig zu deutlich. Gerhard fand es lustig und konnte sich gar nicht mehr halten vor Lachen. Humor ist halt Geschmackssache.

»Wir wollen das, was alle wollen, essen und dabei rasant abnehmen. Ich hatte schon mal diese Spritzen, mit dem Zeug, das auch die Diabetiker bekommen, das war super. Da hatte ich gar keinen Hunger mehr. Aber einen Durchfall, der sich gewaschen hatte. Und schlecht war mir ebenfalls oft. Ohne Spritze kein Durchfall, keine Übelkeit, aber dafür ist der Hunger wieder da«, plapperte sie. »Das mit dem Verzicht fällt uns schwer«, ergänzte sie noch.

»Tja, zaubern kann ich leider auch nicht. Aber ich könnte Sie beraten, Ernährungspläne ausarbeiten, wir könnten ein wenig Sport in Ihr Leben bringen und schauen, wie das anschlägt«, sagte ich. Die beste Maßnahme wäre wahrscheinlich, meine disziplinierte Mutter vorbeizuschicken.

Jacky sah enttäuscht aus. Man sah ihr deutlich an, dass diese Aussage nicht das war, was sie sich erhofft hatte. Erstaunlich, wie alle Frauen, obwohl sie genau wissen, dass Abnahme immer Verzicht ist, doch darauf hoffen, einfach so, bei einer großen Portion Pommes rotweiß rank und schlank zu werden.

»Sport und Ernährungspläne«, murmelte sie.

»Man darf essen, nicht zu knapp, aber leider eben nicht alles. Aber Sie würden satt. Und ein bisschen Bewegung, regelmäßig, würde Ihre Lebensqualität enorm steigern«, versuchte ich, sie doch noch zu begeistern.

»Sagt mein Arzt auch, schon wegen meines Bluthochdrucks«, nickte sie. »Ich bin an sich sportlich!«, behauptete sie dann. »Man sieht es nur nicht mehr«, zeigte sie Selbstironie.

»Dann locken wir es doch gemeinsam wieder hervor. Gymnastik, Schwimmen, Walken, wir steigen behutsam ein«, machte ich ein niedrigschwelliges Angebot.

»Das können wir allein«, gab sie zurück.

»Könnten!«, bemerkte Gerhard. »Wir machen es nur nicht. Wenn da jemand kommt und wir einen Termin haben, der auch noch kostet, würde uns das zwingen. Ich bin nicht heiß drauf, aber bald kann ich nur noch rollen.«

Sie seufzte. »Ich biete an, dass wir einen Probemonat

261

machen. Einsteigerpaket zum Einsteigerpreis. Dann entscheiden Sie, wie und ob es weitergeht.«

»Und was kostet der Spaß?«, wollte Mumujacky wissen.

»Ich schicke Ihnen ein Angebot per Mail, dann überlegen Sie und entscheiden«, antwortete ich, weil ich so schnell keine Ahnung hatte, was angemessen war.

»Abgemacht!«, stimmte Gerhard zu, und seine Jacky nickte und schrieb mir ihre Mailadresse auf.

Ich war zufrieden. Gerhard wollte dreimal die Woche Physiotherapie, und die Aussicht, ein neues mögliches Geschäftsfeld gefunden zu haben, beschwingte mich. Ich war keine ausgebildete Personal Trainerin, aber ich traute mir zu, die beiden auf Trab zu bringen.

Wieder auf der Finca, erwarteten mich zwei strahlende Senioren. »Du werst Auge mache!«, meinte Manni nur geheimnisvoll. »Komm ema mit, die Sandra finds grossartisch! Ganz was Besonneres. Mer habbe alles gegebe. Es war e Mordsplackerei.«

Elli lächelte zustimmend. »Ich war erst net sicher, aber jetzt gefällts mir aach rischtisch gut!«, bestätigte sie seine Aussage.

Sie führten mich hinter den Pool, wo sie ein kreisförmiges Beet angelegt hatten. »RKR!«, erklärte mir Manni. Ich stand noch immer auf dem Schlauch. Das war Gemüse, eindeutig. »Rosekohlrondell!«, löste Elli das Rätsel auf. »Der hat mordsviel Vitamin C un A, un es is en herrlisches Gemüs! Gesund für euch!«

Ich wusste nur eins: Sven hasste Rosenkohl. Ich hatte mir noch nie Gedanken darüber gemacht, wie Rosenkohl wuchs, und hätte man mich gezwungen, eine Vermutung abzugeben, hätte ich gedacht, unter der Erde.

Falsch gedacht. Es waren kleine Kohlköpfe, und untendran an einem Stängel hingen die Rosenkohlköpfchen. Alles noch sehr klein.

»Die sin vorgezoche, sonst dauert des ewig, un da habe mer die Pflänzscher so geholt. Des war gar net einfach, des is ja kaan typisches Rosekohlland! Mer hoffe, du magst Kohl?«, fügte Manni hinzu.

»Ich hat in Erinnerung, dess de Sven kaan Fan is, abä de Manni sacht, da lieg isch verkehrt! Neulisch beim Spaziergang hätte se drüber geredet«, ergänzte Elli.

Manni grinste und zwinkerte mir zu. Was sollte das bedeuten? Wusste er Bescheid? Ahnte er, dass wir hier schauspielerten? War er auf unserer Seite? Wollte er seinem Sohn auch ein paar mitgeben?

»Ich denke, das wird eine riesige Überraschung!«, sagte ich und hatte damit sicherlich nicht gelogen.

»Ihr müsst die gut wässern, des brauche die. Is eh net deren Klima. Aber mer drücke ma die Daume!«, gab Elli noch Pflegeanweisungen. »Mer kann de Rosekohl aach sehr gut im Ofe zubereite. Kannst mich immä aarufe, wenn de en Tipp brauchst!«

»Sven hasst Rosenkohl, wie ist Manni bloß auf diese seltsame Idee gekommen?«, fragte ich Sandra.

»Egal, wie und warum, es sieht richtig bescheuert aus. Rosenkohl am Pool. Lustig!«, fand sie. Sie schien wenig überrascht, und ich hatte den Verdacht, dass sie an dieser Sache nicht ganz unschuldig war.

»Da kommt es jetzt auch nicht mehr drauf an, es rundet das Gesamtbild noch ein wenig ab, nicht mehr und nicht weniger!«, meinte Anneliese. »Aber weg vom Rosenkohl, wann kommt Tobias morgen? Ich habe Ulrich für 17 Uhr bestellt. Klappt das?«

Ich hatte, vor lauter Günther, Daggi, Gerhard und Jacky, Tobias komplett verdrängt. »Ach du je, den muss ich noch anrufen. Wäre allerdings vielleicht stimmiger, das würde Ulrich machen, der hat ja mit ihm den Deal ausgemacht«, sagte ich leicht schuldbewusst.

»Alles kann der auch nicht für uns erledigen!«, knurrte Anni.

»Schon gut!«, beschwichtigte ich sie. »Ich mach's!«

Tobias war sofort am Telefon. »Ich habe Ihren Anruf erwartet, kann ich denn mal mit Ihrem Verlobten sprechen, es gibt da ein klitzekleines Problemchen«, sagte er und klang kleinlaut.

»Mein Verlobter hat Sitzungen und mich gebeten, Ihnen den Termin durchzugeben«, sagte ich mit einer gewissen Strenge in der Stimme.

»Ja, in Ordnung, kein Problem, aber es geht um das Geld!«, antwortete er. »Ich kann, also im Moment, nur zehn Mille anbieten, das restliche Geld steckt noch in Anlagen, das bekomme ich nicht so schnell.«

In Anlagen! Wer's glaubt! »Ich kann das leider nicht entscheiden, ich halte Rücksprache und melde mich zeitnah!«, reagierte ich verhalten. »Ich muss sehen, ob ich ihn überzeugen kann, die Bedingungen waren eigentlich andere, soweit ich informiert bin.«

»Es tut mir leid, das ist auf die Schnelle nicht machbar«, sagte Tobias, »die zehn habe ich, und der Rest kommt dann später. Ganz sicher.«

»Ich melde mich!«, sagte ich und legte auf. Der sollte ruhig ein bisschen bangen.

Sandra war erbost. »Typisch, erst großes Blabla dann Schwanz einziehen, wer weiß, wo er die zehntausend herhat? Hoffentlich nicht von einer anderen Frau, die er gerade statt meiner abzockt!«

»Sollen wir es auch für zehntausend durchziehen?«, fragte ich. »Was man hat, das hat man!«, blieb Anni pragmatisch. »Zehntausend sind doch ein hübsches Sümmchen, und es wird ihm wehtun. Also ja, wir ziehen das durch! Finde ich!«, sagte sie und schaute Sandra an.

Die nickte. »Du hast recht, Anni, bei dem muss man nehmen, was man kriegen kann! Sonst ist das auch weg!«

Ich wartete noch zwanzig Minuten, um ihn eine Weile schmoren zu lassen. »Mein Verlobter ist nicht begeistert gewesen, es hat ein wenig Überredungskünste gekostet, wir werden den Vertrag entsprechend abändern, aber er glaubt an das Konzept und an Sie. Insofern ist er einverstanden!«, gab ich Tobias Bescheid, und der wirkte erleichtert: »Danke für Ihr Verständnis, ich bekomme das geregelt. Wann soll ich morgen da sein?«

»18 Uhr 30 wäre perfekt. Geht das? Und bitte das Geld in bar«, wies ich ihn an.

»Selbstverständlich, und bis morgen um halb sieben.«

»Gut gemacht!«, lobte der Rest des Teams.

»Wir müssen noch irgendeinen Vertrag aufsetzen, der sollte möglichst professionell aussehen. Einfach so wird uns selbst ein Tobias das Geld nicht in die Hand drücken«, erinnerte ich meine Mitstreiterinnen.

»Davon habe ich leider so gar keine Ahnung!«, seufzte Sandra. Mir ging es genauso.

»Wir drucken einen Standardkaufvertrag aus dem Netz aus. Schreiben was von Anzahlung zehntausend Euro rein. Im nächsten Jahr wären dann fünftausend Euro fällig, und der Schein verbleibe zur Sicherheit beim bisherigen Eigentümer. Nutzungsgenehmigung für fünf Jahre gegen Beteiligung am Limousinenservice.

Zwei Prozent des Gewinns«, lautete der Vorschlag von Anni.

»Das hört sich ein bisschen wirr an!«, gab ich zu bedenken.

»Wir drucken was möglichst Kompliziertes aus, mit richtig vielen Seiten. Das verunsichert den, da bin ich mir sicher«, sagte Sandra. »Er ist kein großer Vertragsleser, da müsste sich schon viel geändert haben. Der hat einfach eine Megachuzpe und ist damit immer durchgekommen. Macht euch keine Sorgen, die Gier ist längst größer als sein Verstand. Und der ist eh übersichtlich.«

Ich hoffte, dass sie recht hatte.

Abends kochte Sandra für Elli, Manni und mich. »Ihr bekommt ein Essen à la ›La Paloma‹. Das war, neben Schnitzel in Rahmsoße, der Renner auf unserer Speisekarte. Putengeschnetzeltes mit Bandnudeln und Gurkensalat!« Sie konnte kochen, zweifellos. Es war vielleicht kein Instagram-taugliches »Avocado-Quinoa-Mango-Cranberry«-Gedöns, aber es hat allen geschmeckt.

»Dadefür lass ich jedes Sushi sofort stehn. Gut gemacht, Sandra, an mein Herd könne Sie jederzeit!«, lobte Manni.

»Dein Herd, seit wann is es den dein Herd, klaaner Scherzbold!«, konnte Elli die Bemerkung so nicht stehen lassen.

Es war ein fröhlicher Abend, der mit einem denkwürdigen Kommentar von Manni endete: »Isch weiß net, ob mir mit em Sven aach nur en annähernd so puppelustige Abend gehabt hätte. Sach jetzt nix, Elli, des weißt du genau wie isch. Es is unsern Bub, aber, na ja. Gute Nacht, die Damen!«

Ich hatte mir noch Gedanken über mein Angebot an Gerhard und Jacky gemacht. Ein Essensplan, Einkaufsberatung im Supermarkt und dreimal in der Woche Sport für das Paar für neunhundertachtundneunzig Euro im Probemonat. Im Anschluss, bei Gefallen, dann tausendzweihundert Euro. Wenn man sich die Preise für Personal Coachs ansah, lagen die bei ungefähr fünfundachtzig bis hundertfünfundzwanzig Euro pro Stunde. So gesehen, war es fast schon günstig. Einen Versuch war es allemal wert. Wenn ich das machen könnte, dazu Gerhard dreimal die Woche je eine Stunde Physio und Günther fünfmal ein bis zwei Stunden, dann war mein Auskommen mehr als gesichert. Dann wäre ich brutto locker bei viertausend Euro. Und im Moment war mein Brutto mein Netto. Darum würde ich mich nächste Woche kümmern, nicht, weil ich mich unbändig danach sehnte, Steuern zu zahlen, sondern weil ich nicht direkt in die Altersarmut schlittern wollte. Eine Rente zu erwirtschaften wäre eine gute Idee.

Mich als Personal Trainerin zu vermarkten hatte etwas leicht Vermessenes, aber es ging ja in erster Linie um Mobilität, nicht um das Erlernen einer neuen Sportart, und was das anging, war ich eine Fachkraft.

Ich schickte das Angebot raus. Mehr, als ein Nein zu kassieren, stand nicht auf dem Spiel.

Dann rief ich meine Mutter an. Ob es sich wohl schon wieder ausgeschnuckiputzit hatte?

»Fischer hier, hallo!«, eine gut gelaunte Stimme begrüßte mich.

»Du hast noch nicht geschlafen, oder, Mama?«, versuchte ich, höflich zu sein. »Geht es dir beziehungsweise dem Herrn Er-war-mal-Richter und dir gut?«, startete ich unsere Unterhaltung.

»Willi, komm mal her, es ist meine Tochter!«, rief sie. Willi und sein Schnuckiputzi, anscheinend war er schon wieder bei ihr.

»Wohnt ihr jetzt zusammen?«, fragte ich vorsichtig. Aber sie hatte ihr Handy längst weitergereicht.

»Hallo, hier ist Wilhelm!«, tönte eine sonore Stimme. »Wird Zeit, dass wir uns mal kennenlernen, Ihre Frau Mutter schwärmt in den höchsten Tönen von Ihnen!«

Hatte ich versehentlich eine falsche Nummer gewählt? Meinte der meine Mutter? Sollte das ein Scherz sein? Konnte ein Mann den Serotoninspiegel meiner Mutter in dermaßen ungeahnte Höhen treiben?

»Wie ist denn die Lage bei Ihnen auf der Insel?«, redete er munter weiter.

»Alles okay, ich habe Arbeit und eine Unterkunft, ich kann mich momentan nicht beschweren.«

»Das ist prima!«, konstatierte er. »Wir wollen demnächst mal kommen, natürlich nehmen wir ein Hotel, wir wollen Ihnen nicht zur Last fallen! Es ist mir ein Bedürfnis, die Tochter meiner Lieben zu treffen!«

Meine Mutter wollte anreisen, bisher hatte sie, wenn ich sie eingeladen hatte, immer gesagt, das sei ihr zu beschwerlich. Sie brauche das nicht. Sie habe in ihrem Leben genug gesehen. Dann taucht ein Willi auf, und meine Mutter hat die Koffer quasi schon gepackt.

»Aha!«, war alles, was ich mir an Reaktion abringen konnte. Ich war mir unsicher, ob mich dieser Vorstoß ärgern oder freuen sollte.

»Zeitlich sind wir flexibel, wir Rentner, und können uns deshalb ganz nach Ihnen richten, liebe Monika!«, sagte Wilhelm.

»Ich habe hier noch ein großes Projekt, wenn das abgeschlossen ist, dann bin auch ich flexibel. Also ich arbeite zwar, aber da bleibt genug Zeit drum herum«, antwortete ich. Die zwei hätten mir im Moment noch gefehlt!

»Dann gebe ich ihnen mal wieder die Mutti!«, beendete Wilhelm seinen Anteil am Gespräch.

»Ja, du hast es gehört, Monika, wir schmieden Pläne. Der Wilhelm ist ein unternehmenslustiger Mann. Wir haben einiges vor. Große Dinge!« Sie kicherte.

Was sollten das denn sein? »Was meinst du genau mit ›große Dinge‹?«, bohrte ich nach.

»Lass dich überraschen, ding-dong!«, blieb sie sehr vage.

Wollte sie heiraten? »Du verlierst Papas Rente, deine Witwenrente, wenn du heiratest!«, entfuhr es mir. »Mach dich nicht abhängig von einem Mann, den du gar nicht lange kennst. Und vielleicht solltest du mit dem Vorstellen auch warten, bis du dir sicher bist!«

»Ich weiß nicht, ob du, Monika, die Richtige bist, um mir Männertipps zu geben!«, schlüpfte sie schnell zurück in die Art von Mutter, die mir vertraut war. Sie hatte auf Angriffsmodus geschaltet, das war deutlich an ihrem Tonfall zu hören.

»Wohnt ihr denn zusammen?«, wollte ich jetzt doch noch eine Antwort auf die Eingangsfrage, die sie durchs Weiterreichen an Wilhelm elegant umschifft hatte.

»Was denkst du!«, antwortete sie, und das konnte man so oder so interpretieren.

Ich dachte nur, was soll's, ich habe gerade andere Baustellen. Soll sie doch machen, was sie für richtig hält.

»Wir schauen wegen des Urlaubs, und dann können wir in Ruhe reden!«, sagte sie, und ich wusste, weitere Auskünfte würde ich heute nicht bekommen. »Husch, husch ins Körbchen!«, rief sie dann, und ich wusste, das galt mit Sicherheit nicht mir. Schnuckiputzi und Willi im Körbchen. Puh.

Aber auch bei mir war es Zeit fürs »Körbchen«. Morgen war der erste große Tag von Operation »Parkgebühr«. Wenn alles klappte, war Sandra am Abend um zehntausend Euro reicher, Tobias hatte ein Auto anbezahlt, und der Autobesitzer war seinen Wagen los, ohne einen Cent dafür gesehen zu haben.

Auch Sandra war nervös. »Glaubst du, wir kommen dafür in den Knast?«, fragte sie mich beim ersten Kaffee des Tages.

»Du auf keinen Fall«, beruhigte ich sie, »du bist ja kein einziges Mal in Erscheinung getreten. Tobias ist der einzige Zeuge, und dich hat er nicht gesehen und vermutet dich hundertprozentig nicht hier. Also wirst du die sein, die Anni und mich im Gefängnis besuchen kommt. Bitte bring was Schönes mit, vielleicht Zigaretten, die kann man angeblich gut eintauschen. Spaß beiseite: Das größte Risiko haben mit Sicherheit Anni und Ulrich. Anni, weil sie hier letztlich die Verantwortung trägt, und Ulrich, weil er der ›Geschäftspartner‹ war und ein Auto vertickt hat, das ihm nicht gehört. Also wenn die nervös wären, würde ich das verstehen, du kannst echt entspannt sein.«

»Höre ich da einen kleinen Vorwurf, dass ich auf der sicheren Seite bin und ihr für mich das Risiko tragt?«, entgegnete sie ein wenig patzig.

Ich nahm sie fest in den Arm, denn ich hatte in den letzten Wochen gelernt, dass eine Umarmung oft die allerbeste Antwort sein kann und es nicht immer Worte braucht.

»Heute abend gehen wir herrlich Tapas essen. Wir laden euch ein! Sandra und ich. Gegen 17 Uhr 30?«, stimmte ich Elli und Manni auf den neuen Tag ein.

»Wieder was anneres probiern, Gott, des entwickelt sich zu aaner echte Erlebnisreise. Mer freue uns, gell, Elli?«, willigte Manni in den Ausflug ein.

Uff, die zwei hätten wir damit aus dem Haus gelockt.

Ulrich, der Fake-Sven, brauchte bei seinen zweifelhaften Dealversuchen keine Zeugen, die auch noch mit dem Betrogenen verwandt sind. Anneliese würde im Haus bleiben und wie beim letzten Mal versuchen, zu lauschen, und in der Not an seiner Seite sein.

Auch sie war am Morgen angespannt. »Hoffentlich reiten wir uns damit nicht richtig in die Scheiße!«, formulierte sie es etwas drastischer als Sandra.

»Wir sind dann ja erst mal verschwunden, und Tobias hat dich nicht gesehen und mich genau einmal. Er denkt, ich heiße Silvia. Er wird sich an Elli und Manni erinnern, aber das spielt keine Rolle, sie sind nicht in den Verkauf involviert. Und Ulrich, ich weiß nicht, ob er ihn in anderer Montur, ohne das gelige Haar erkennen würde. Er hat den Herrn Investmentbanker kennengelernt – da die Verbindung zu einem Gärtner zu knüpfen wird schwierig. Wir müssen einfach hoffen, dass wir damit durchkommen. Wir können natürlich auch immer noch den Notstoppknopf drücken und die ganze Chose abblasen«, schlug ich vor.

»Nein, auf keinen Fall!«, sagte sie schon wieder sehr viel mehr Anneliese-like. »Ist nur das Lampenfieber und die Sorge, dass Ulli irgendwie Ärger bekommt. Er macht das für uns, er hat ja selbst keine Rechnung mit Sven offen. Gut, er mag ihn nicht, aber er mag viele seiner Kunden nicht.«

Diese Sorge kann ich ihr nicht nehmen. Ich verstehe sie, aber wir haben ihn schließlich auch nicht unter Androhung von Folter dazu gezwungen, bei unserer Aktion mitzumachen. »Wie sieht er selbst das denn?«, fragte ich Anni.

»Ich glaube, der ist der Lässigste von uns allen. Der macht sich gar keinen Kopf. Er habe weder Schiss vor Tobias noch vor Sven, hat er gemeint.«

Er ist erwachsen, es ist seine Entscheidung!«, sagte ich nur, und Anni nickte.

Wir erledigten unsere Jobs, ich redete nach der Physio mit Günther mit Daggi über unseren Einzug am nächsten Tag, und ansonsten verbrachten alle aus dem Team »Parkgebühr« den Tag in einer Mischung aus Vorfreude und Angst. Es war für mich immer noch schwer vorstellbar, dass ein Mensch, auch ein Tobias, so naiv sein konnte. Warum sollte ein Investmentbanker, der in diesem Fall der Gärtner war, einem Mann wie Tobias sein Auto zur Verfügung stellen? Wie erklärte sich Tobias das?

Schade, wir würden es wahrscheinlich nie erfahren.

Ulrich kam um kurz vor fünf in der Finca an. Selbst er wirkte nicht ganz so cool wie beim letzten Mal. »Wo ist mein rotes Höschen?«, fragte er und versuchte, seine Unsicherheit zu überspielen. Alles lag bereit, die Kleidung, rote Hose, weißes Polo-Shirt mit fettem Logo, dunkelblauer Leinenblazer mit rot getupftem Einstecktuch.

»Ich seh aus wie ein lächerlicher Papagei!«, unkte Ulrich, als er sich im Spiegel betrachtete und das Gel großzügig im Haar verteilte. Er hatte sich einen Dreitagebart stehen lassen, den er nach der Aktion abrasieren würde. »Ich glaube die Maskerade müsste funktionieren, ich würde mich selbst nicht erkennen«, befand er seine Wandlung für gelungen.

»Hier sind der Fahrzeugschein und die Versicherungs-
bestätigung, der Brief ist in Deutschland im Safe, falls
Tobias danach fragt, und das ist der Vertrag«, erklärte
ich Ulrich. Es waren drei eng bedruckte Seiten.

»Hier kommt deine Unterschrift hin und da seine. Un-
terschreib einfach total krakelig!«, empfahl Anni ihrem
Liebsten.

»Geht klar!«, lächelte er.

Wir waren viel zu früh fertig, und Anni und Ulrich ver-
harrten in meinem Schlafzimmer, um nicht auf Elli und
Manni zu treffen.

»Wir sind gleich weg, toi, toi, toi!«, verabschiedete ich
mich um kurz vor halb sechs ins Tapas-Restaurant.

»Wir sind gegen 19 Uhr 45 wieder hier!«, versprach
Sandra und bedankte sich noch einmal bei Ulrich für
seinen selbstlosen Einsatz: »Du hast für immer einen gut
bei mir, das ist richtig nett. Du musst das nicht tun, das
weißt du!«

»Noch liegen hier keine zehn Mille! Wenn alles klappt,
kannst du Anni und mich mal zum Essen ausführen! Du
bist mir nichts schuldig. Wenn ich helfen kann, dass unsere Welt wenigstens in Spurenelementen ein bisschen
gerechter wird, bin ich gern dabei. Einen Arsch abzu-
strafen hat mir schon immer Freude bereitet!«

Die Tapas kamen gut an bei Elli und Manni, und die
beiden sahen darüber hinweg, dass Sandra und ich gedanklich offensichtlich nicht bei den *Patatas bravas* und
den *Dátiles con bacon* waren. Sie waren so voller Ge-
schichten, dass sie die Abendunterhaltung auch allein
bestreiten konnten.

»Sandra und ich sind ein bisschen müde, das Arbeiten

schlaucht bei der Wärme!«, lieferte ich eine Erklärung, falls sie doch etwas bemerkten.

Um 19 Uhr kam die erlösende WhatsApp. »Kommt heim, sonst türmen wir mit der Kohle!«, garniert mit einem Lach-Smiley. Aber wir mussten ausharren, Elli hatte sich eine zweite *Crema Catalana* (»Die zahle mer aber selbst! Die is so leckä, isch kann mich net am Rieme reiße!«) bestellt und löffelte genüsslich darin herum.

Als wir um 19:30 Uhr auf der Finca ankamen, schaltete ich den beiden den Fernseher an und fuhr auf dem schnellsten Weg mit Sandra wieder los, Richtung Cala D'Or.

»Wir treffen uns, wenn ihr die beiden abgesetzt habt, bei mir. Ihr habt ja eh mein Auto. Auf der Finca besteht immer die Chance, dass die Bauers uns sehen, den Ulli und mich«, hatte Anni beschlossen.

Sandra schmiedete auf der Fahrt schon Pläne. »Zehntausend Euro sind ein Haufen Geld! Vielleicht könnte ich eine Kinderpension aufmachen, das schwebt mir seit Langem vor.«

Eine Kinderpension? »Seit wann machen kleine Kinder denn Ferien ohne ihre Eltern?«, stellte ich das Konzept infrage.

»Stell dir vor, du willst mit deinem Mann mal ein Wochenende in Palma verbringen oder einen schicken Segeltörn machen oder mal ein paar Tage nach Paris – ohne Kinder. Was machst du, wenn du keine Nanny oder ein Au-pair hast? Du musst sie bei Freunden unterbringen. Oder bei Omi und Opi. Dann musst du im Gegenzug auch die Kinder der Freunde nehmen und bist Omi und Opi zu Dankbarkeit verpflichtet. Da ist eine Kinderpension doch eine elegante Lösung!«, präsentierte sie mir ihre Idee mit Begeisterung.

Ich war nicht überzeugt. »Die Kosten sind enorm, für das, was man verlangen kann«, wagte ich einen kleinen Widerspruch. »Warum machst du das nicht mobil, so wie ich die Physio? Die Kleinen bleiben in ihrem vertrauten Umfeld, und du – die qualifizierte Fachkraft – kommst ins Haus. Praktisch für die Eltern und kostengünstiger für dich.«

»Nicht dumm, Moni, gar nicht mal dumm! Nicht so exklusiv, vielleicht auch nicht so besonders, aber bequem für alle Seiten!«

»Exklusives wird überschätzt!«, sagte ich, während ich den Wagen parkte.

Der erste Abend ohne den fetten SUV. Der war vom Hof. Netterweise war Anni mit Ulrich nach Hause gefahren und hatte uns ihren Wagen dagelassen. Ansonsten wäre der Ausflug kompliziert geworden. »Vielleicht sollten wir lieber gemeinsam ein Auto leasen oder finanzieren, irgendwas Kleines, um zu unseren Jobs zu kommen. Der SUV steht uns nicht mehr zur Verfügung. Mein Hauptpatient wohnt zwar auf demselben Grundstück, aber schon zu Gerhard zu kommen, wäre eine Herausforderung. Von Einkaufen oder Ausgehen gar nicht zu reden.«

»Du hast mal wieder recht!«, stimmte sie zu. »Die Kinderpension ist vielleicht auch noch eine Nummer zu groß! Und ohne Auto auf der Insel wären wir verratzt. Aber es gibt ziemlich günstige Möglichkeiten, eins zu finanzieren oder zu leasen, das machen wir. Da gucken wir gleich morgen, die Anzahlung kann ich dann ja stemmen!«, freute sie sich.

Anni hatte eine hübsche Zweieinhalb-Zimmer-Wohnung oberhalb des Hafens von Cala D'Or. Nicht unbedingt eine ruhige Wohngegend, aber mit Blick aufs Wasser, die Boote und jede Menge flanierende Touristen.

Wir saßen auf ihrem kleinen Balkon und stießen mit einem Glas Prosecco und Sandra mit Coke Zero auf den ersten Teil der Operation »Parkgebühr« an.

»Es lief wie geschnitten Brot!«, fing Ulrich die Schilderung an. »Er war aufgeregt, das habe ich sofort gemerkt, fast schon zittrig. Er wollte das Auto, das war deutlich. Wir fuhren eine kleine Runde, und man merkte, wie gut er sich am Steuer fühlte. Äußerlichkeiten machen was mit Leuten. Habe ich auch an mir festgestellt. Mit diesen albernen Upperclass-Hosen und dem ganzen Drumherum verhalte ich mich automatisch anders. Was so ein Einstecktüchlein ausmacht!«

»Weiter, wie ging's weiter?«, wurde Sandra ungeduldig.

»Langsam, eins nach dem anderen!«, bremste Ulrich sie. Er genoss seine Geschichte, das war deutlich zu spüren. »Er hat mir, fast schon zur Begrüßung, ein Bündel Scheine in die Hand gedrückt. Ziemlich kleinteilig. Nicht ein Zweihunderter oder gar Fünfhunderter. Ich habe eine Weile gebraucht, um es zu zählen. Es waren tatsächlich zehntausend Euro. Ich kann mich nicht erinnern, mal so viel Bargeld in den Händen gehabt zu haben. Ich bin einer der wenigen, der Rechnungen schreibt, offizielle Rechnungen, und deshalb wird alles überwiesen. Gut, so wie bei Herrn Bauer, also eurem Sven, da gibt es auch mal Bares. Aber das meiste mache ich ganz korrekt, ich will ja mal eine Rente bekommen. Also muss ich einzahlen«, hielt er uns einen kleinen Vortrag zu seiner Steuerlage.

»Das ist sehr lobenswert und auf der langen Strecke sicherlich klug!«, lobte ich ihn.

»Ja, und weiter?«, konnte Sandra die Spannung kaum aushalten. »Wie war er, hat er unterschrieben, war er skeptisch wegen des Briefes?«, forderte sie Details ein und schien wenig interessiert an Ulrichs Rentenaussichten.

»Nein, er versuchte, wie ein großer Geschäftsmann zu wirken, aber er war vom ganzen Setting, dem Haus, dem Auto und auch von mir ...« Er schlug sich selbst auf die Schulter. »... enorm eingeschüchtert, das hat man bemerkt. Das konnte er, obwohl er es versucht hat, nicht verbergen. Er wollte möglichst schnell mit dem Auto weg, das war klar. Schon deshalb hat er dem Vertrag und meinem Gerede nicht viel Aufmerksamkeit geschenkt. Ich war aber auch sehr großzügig, habe ihm versichert, dass es keinen Zeitdruck gibt. Dass ich das als Langfristinvest sehe. Ich habe ein Gespür für lohnende Projekte, habe ich gesagt. Ich habe ziemlich dick aufgetragen, noch mal was von Potenzial geschwafelt. Ich hatte das Gefühl, als säße er auf heißen Kohlen. Zum Abschluss habe ich ihm, passt auf, das war eine geniale Eingebung, noch eine Visitenkarte von ›mir‹ in die Hand gedrückt. Da lag eine im Flur in so einer Schale. ›Damit Sie wissen, wie Sie mich erreichen können, ich habe ja Ihre Nummer. Sie können mir jederzeit eine E-Mail schicken, das ist mir das Liebste. Aber bitte nur unter der Woche, habe ich ihm mitgeteilt, das Wochenende gehört meiner Silvia. Da ist sie streng! Dann habe ich ihn angelächelt, mit diesem Unter-Männern-Lächeln, wenn es ums Thema Frauen geht. Ihr versteht schon. Er hat sofort beflissen genickt. Stellt euch mal vor, er schreibt Sven eine Mail. Allein der Gedanke ist herrlich!«

Ich war kurz unsicher, ob das eine gute Idee war. Aber natürlich wäre es seltsam gewesen, ein Geschäft zu tätigen, ohne die Kontaktdaten auszutauschen. »Wir haben noch mit einem Gin Tonic auf den Abschluss angestoßen, ich habe ihm die Papiere ausgehändigt, und wir haben uns die Hände gereicht. ›Ich liebe diese unproblematischen Geschäfte, enttäuschen Sie mich nicht, alle hier sehen in Ihnen Großes‹, habe ich noch mal sehr pathetisch betont.

»Sie können natürlich jederzeit mit Ihrer Frau auf den Service zurückgreifen!«, hat er zum Abschied beteuert, und weg war er. Mit dem Auto. Das ist also jetzt Geschichte, das Auto, und das war's. Wesentlich einfacher und unproblematischer, als ich es mir vorgestellt hatte.«

»Du bist mein Held!«, schluchzte Sandra, als er ihr das Geldbündel in die Hand drückte. »Das ist bare Hoffnung, die da in meiner Hand liegt. Und ehrlich, das werde ich dir nie vergessen!«

»Mach mal halblang, ich habe dir kein Organ gespendet, es hat mir wirklich Spaß gemacht. Einmal der große Zampano auf der eigenen Finca! Du lädst uns drei zum Essen ein, und gut ist es!«, beschwichtigte Ulrich die vollkommen aufgelöste Sandra.

»Teil eins des Projektes ›Parkgebühr‹ hätten wir! Jetzt volle Energie auf Part zwei!«, legte Anni die Marschroute fest. »Nur keine Müdigkeit, es geht weiter, und wir brauchen alle Energie! Nicht ins Erfolgskoma fallen!«

»Morgen schauen wir nach einem Auto, wir können das von Anni netterweise zwar noch zwei, drei Tage nutzen, aber ewig wird Ulli sie auch nicht rumfahren wollen. Wir brauchen einen fahrbaren Untersatz! Wenigstens einen Roller!«, sagte Sandra, noch immer euphorisiert vom Schatz in ihrer Handtasche, auf der Heimfahrt.

Ein Roller wäre eine Option, die sicherlich für sehr

viel weniger Geld erhältlich war. Davon könnten wir eventuell sogar zwei anschaffen. Perspektivisch zwar schwierig, man kann schlecht eine Massageliege auf dem Roller transportieren, aber noch hatte ich ja gar keine. Für den Anfang wäre es eine Option. Und könnte auch noch Spaß machen.

»Roller ist eine gute Idee, wäre ich gar nicht draufgekommen. Im Winter oder bei Regen natürlich nicht so gemütlich, aber für den Anfang wären wir mobil. Ich habe allerdings wenig Rollerfahrerfahrungen, insofern ist es bestimmt besser, wir mieten oder leasen zwei davon. Ich traue mir gerade so zu, allein damit zu fahren, aber mit Sozius? Da hätte ich Muffensausen!«, gestehe ich Sandra.

»Geht mir ähnlich, aber so schwer kann es nicht sein! Könnte lustig werden. Und wir fahren selten weite Strecken und müssen auch keine Großeinkäufe zu zweit machen. Wenn wir nach Palma wollen, können wir den Bus nehmen. Also ich denke, für unser Budget wäre das die beste Lösung. Wir würden uns finanziell nicht zu weit aus dem Fenster lehnen!«

»Wir holen uns Angebote und gucken, können wir ja morgen machen!«, schlug ich vor, und beschwingt von all den Aussichten gingen wir schlafen.

Wo is en des Auto hin, der Riesenschlitten?«, fragte Manni am nächsten Morgen. »Hat den aaner geklaut?«

Gestern Abend, als wir vom Tapas-Essen gekommen waren, war es den beiden zum Glück nicht aufgefallen, dass der Wagen weg war. Was auch an dem Liter Sangria liegen konnte, den die beiden weggepetzt hatten.

»Ach, der BMW, der musste zur Inspektion, die haben den ganz früh heute abgeholt!«, fiel mir zum Glück schnell eine Erklärung ein.

»Hab ich gar net gehört!«, stellte Manni fest.

»Wenn du schläfst, könnt des Haus zusammenfalle, mer hört eh gar nix bei deim Geschnarche«, sprang mir Elli unbeabsichtigt zur Seite.

»So schlimm is es net!«, knurrte Manni.

»Des kann ich qualifizierter beurteile, Schatzi!«, grinste Elli nur, und Manni gab Ruhe.

Die beiden hatten einen Strandausflug geplant. »Noch ema ans Meer, des war en so scheene Tach, un die Haut ist ja jetzt aach schon abgehärtet!«, sagte Elli, als wir sie nach ihrem Tagesplan fragten. »Un heut Abend koch isch! Un mir lade euch dadezu ein! Des is uns en Bedürfnis!«, fügte sie noch hinzu.

Dass das unser Abschlussessen in diesem Haus sein würde, ahnten die zwei nicht. »Sehr gerne! Da freuen wir uns!«, antwortete ich für uns beide, und Sandra stimmte zu. »Was gibt es denn Schönes?«, wollte sie noch wissen.

»Überraschung, Elli macht ihr Knallergericht. Mer müsste heut Mittag dann vielleicht noch ema aakaufe. Tät des gehe?«, wollte Manni wissen.

»Kein Problem, schickt mir eine Nachricht, dann hole ich euch vom Strand, und wir gehen anschließend alles besorgen, was ihr benötigt!«, antwortete ich. »Und ich kann euch jetzt auch mitnehmen, ich muss zu Günther, meinem Patienten.«

»Dadrauf habe mer spekuliert!«, lachte Elli fröhlich.

Während Elli und Manni am Strand entspannten, versorgte ich erst Günther, und dann fuhren Sandra und ich nach Felanitx in die nächstgrößere Stadt, um auf Rollersuche zu gehen.

»Hättest du Zeit und Lust, am Samstag, dem großen Tag, bei der Golfveranstaltung, vor allem beim Essen, zu kellnern? Sag nicht Nein, ich habe quasi schon für dich zugesagt!«, erzählte ich Sandra.

»Wie kommen die auf mich?«, fragte sie erstaunt.

»Daggis Freundin Paula hat von Personalnot beim Event berichtet, und Daggi hat gesagt, sie wüsste eine Vertrauenswürdige. Sie hat sich überlegt, dass es doch strategisch perfekt wäre, wir hätten neben Günther eine weitere Informantin vor Ort. Und die zahlen sogar ganz okay. Ich würde es sofort machen, Daggi auch, aber uns beide kennt Sven ja. Dich hingegen hat er noch nie gesehen«, erklärte ich die Idee.

»Klar, warum nicht, kann lustig werden. Und Geld ist nie schlecht, obwohl ich mir seit Langem nicht mehr so vermögend vorgekommen bin!«, reagierte Sandra positiv. »Ich könnte es mir fast leisten, ›nein danke‹ zu sagen, aber natürlich werde ich es machen. Das könnte sogar regelrecht aufregend werden.«

Wir riefen Daggi an und sagten Sandras Abendjob zu. »Du musst um 17 Uhr 30 im Golfclub sein zur Einweisung. Um 19 Uhr geht es los! Fünfzehn Euro die Stunde. Die hatten solche Probleme, Leute zu finden, dass sie ihren Stundenlohn ordentlich anheben mussten«, erklärte Daggi.

Rollertechnisch wurden wir nicht fündig. Neu waren die auch nicht gerade ein Megaschnapp.

»Probiert es über eBay oder die *Mallorca Zeitung*. Viele Leute kaufen sich einen und kommen dann doch nicht zurecht, da kann man ab und an sehr günstig gebrauchte Roller erwerben«, schlug uns einer der Verkäufer freundlicherweise vor.

»Das kann dauern, bis wir da was finden. So lange nehmen wir die Fahrräder von Sven mit, damit wird es zwar schwer, über die komplette Insel zu radeln, aber mal zum Supermarkt oder bis zu Gerhard oder zum Robinson Club müsste zu schaffen sein. Gleichzeitig trainieren wir Kraft und Ausdauer, kann auch nicht schaden!«, hatte ich eine Idee.

Sandra stöhnte: »Ist verdammt anstrengend, aber gut, schadet mir sicher nicht. Ein paar mehr Muskeln wären mit Sicherheit gut. Hier auf der Ostseite der Insel ist es nicht ganz so hügelig wie im Westen. Das sollte zur Not gehen. Aber ist das nicht Diebstahl?«

Genau betrachtet war es das wahrscheinlich. Aber hatte Sveni nicht beim Einzug zu mir gesagt: Was mir ist, ist auch dir, Rakete! Dann wäre die Mitnahme der Fahrräder fast schon bescheiden. Außerdem war er sowieso kein Radfahrer. Er hatte Räder, weil man Räder hatte. Weil jeder Räder hatte. Ich hatte ihn nie fahren sehen, im Zweifelsfall würde er nicht mal merken, dass sie fehlten.

»Auf ein kleines Diebstahlsdelikt kommt es bei unserem Vorhaben nicht mehr an!«, sagte ich zu Sandra und lachte. »Betrug, üble Nachrede, was ist da ein harmloser Diebstahl on top?«

»Wie du meinst!«, antwortete sie und stimmte in mein Lachen ein.

Ich würde Daggi bitten, mit ihrem großen Auto, dem Landrover, zu kommen, damit wir die Räder einladen konnten, in den Polo von Anni gingen die mit Sicherheit nicht rein. Und wenn Elli und Manni etwas mitbekämen, würden wir behaupten, es seien Daggis Räder, und wir hätten sie ausgeliehen und würden sie jetzt endlich zurückbringen! Meine kriminelle Energie wuchs zunehmend. Hatte man einmal eine Barriere durchbrochen, war die nächste Hürde nicht mehr so hoch.

»Brauchen wir einen Fernseher fürs Häuschen? Bluetooth-Boxen oder noch einen Toaster, einen Thermomix oder so?«, fragte ich Sandra. »Sven hat einiges rumstehen, was er nicht vermissen wird! So selten, wie er in letzter Zeit hier war, erinnert er sich bestimmt gar nicht mehr genau, was er alles hat. Und in der Küche garantiert nicht. Das ist kein natürlicher Lebensraum für ihn«, grinste ich.

Sie schüttelte energisch den Kopf mit ihren grauen Haaren, die wirklich ein paar Strähnchen verdient hätten: »Hör auf, du machst mir langsam Angst!«

Morgen würde Sven anreisen, und morgen früh würden wir aus dem Haus verschwinden. Ein komisches Gefühl. Dass ich weg war, war nur die Erfüllung von Svens Wunsch. Dass aber keine Anni zu seiner Begrüßung parat stehen würde, das würde ihn mit Sicherheit wundern. Zudem kein Auto und dafür seine Eltern und ein Rosenkohlrondell am Pool.

Den würde der Schlag treffen.

Der verdiente Schlag, redete ich mir gut zu. Noch immer saß in meinem Hinterkopf ein Gefühl von schlechtem Gewissen. Ging ich zu weit? War das alles noch angemessen?

Wir nutzten den Nachmittag, um unseren restlichen Krempel zu packen. Ich hatte Annis Auto bei Daggi stehen gelassen, und sie hatte mir, großzügig, wie sie war, ihren Landrover geliehen. So luden wir also die Fahrräder ein und brachten die Sachen am späten Nachmittag in unser neues Zuhause. Noch konnte ich mir schwer vorstellen, ab morgen hier zu leben.

Auf dem Rückweg sammelten wir – jetzt wieder mit Annis Polo – die beiden Strandbesucher Elli und Manni ein. Elli kam aus dem Schwärmen gar nicht mehr raus: »Mer hatte so en fantastische Tag, es war aanfach nur en Traum. Wetter, Wasser – diese Farben, de Himmel, des wern mer nie vergesse. Allein die Füße im Sand. Des erwärmt net nur de Körper, sondern aach alle sonstigen Sinne. Da kann mer von zehre!«

Von dieser Einstellung, dieser Wertschätzung konnte man viel lernen. Man muss der Freude auch Platz machen. Sie zulassen. Ich würde die beiden und ihre Lebensweisheit sehr vermissen.

Während Elli in der Küche werkelte, schrieb ich einen Brief an sie und ihren Mann. Sie würden morgen nicht begeistert sein, wenn Sandra, Anni und ich verschwunden wären, so viel war klar. Die zwei waren mir ans Herz gewachsen, ich hatte sie richtig gern und wollte wenigstens einen Erklärungsversuch hinterlassen, um die Enttäuschung zumindest abzumildern. Ab morgen wären wir nicht mehr erreichbar, unsere neuen Prepaidhandys lagen bereit, und die alten Nummern würden abgeschaltet. Ich wollte mit dem Brief Abbitte leisten, hoffte, auf Verständnis zu stoßen.

»Liebe Elli, lieber Manni,
das hier soll keine Rechtfertigung sein, eher der Versuch einer Erklärung. Ihr wart sicherlich überrascht und auch enttäuscht über meinen lautlosen Abgang. Ohne Worte, ohne Entschuldigung. (Aber zumindest mit vollem Kühlschrank!) Das tut mir wirklich von Herzen leid, ist eigentlich nicht meine Art, aber ich habe keinen anderen Weg gefunden. Sven, euer Sohn (nein, ihr seid nicht haftbar zu machen!) hat mich des Hauses verwiesen und die Beziehung beendet. Ohne ein Gespräch, noch nicht mal am Telefon, alles lief per WhatsApp. Ich war furchtbar gekränkt, traurig, verzweifelt und auf Rachemission. Ich dachte, irgendeine muss ihm mal zeigen, dass man so nicht mit Menschen umgeht. Dass Handeln Konsequenzen hat. Ich war schrecklich wütend. Unterstützung habe ich von Daggi bekommen,

*ihr erinnert euch an sie? Die mit den dünnen Beinen –
das Model, auch sie hat ihn nicht etwa verlassen, sondern er sie rausgeschmissen. Sie lebt in Portocolom, nah
dem herrlichen Strand, den ihr so gemocht habt.*

*Das mag alles furchtbar kindisch sein, aber ich kam
mir hilflos und schwach vor und wollte doch so gerne
wehrhaft und stark sein. Egal, was ihr von alledem
haltet, eins ist mir wichtig: Ihr seid kein Bestandteil
der Rache gewesen. Ich hatte euch eingeladen, weil ich
euch gerne mag. Weil ihr mir sympathisch wart. Die
Zeit mit euch hat mir richtig viel Spaß gemacht, und
ich hoffe, ihr verdammt mich nicht. Ich weiß, ich habe
euch das ganze Chaos überlassen und euch garantiert
den Vorwürfen eures Sohnes ausgesetzt.*

*Wenn ihr mir mein Verhalten verzeihen könntet, wäre
das schön, aber ich würde auch verstehen, wenn ich
bei euch unten durch wäre. Dazu hättet ihr jedes
Recht der Welt.*

*Wenn ich hier gesettelt bin, würde ich mich freuen,
wenn wir uns wiedersehen. Dann nicht mehr als
Freundin eures Sohnes, sondern als eure Freundin,
eine Rolle, die ich wahnsinnig gerne innehätte.*

*Nochmals Entschuldigung und hoffentlich auf bald,
ich werde mich bei euch melden.*

Eure Monika«

Den Brief legte ich den beiden in ihren Koffer, in das
Fach mit der Schmutzwäsche. Das würden sie mit Sicherheit erst zu Hause ausräumen.

Morgen früh, wenn Sandra und ich die Flatter machten,
würde ich ihnen einen Zettel hinlegen. »Sorgt euch nicht,
wir sind unterwegs. Die Überraschung für Sven final vor-
bereiten!« Ich hatte Sorge, dass die beiden sonst in Panik

gerieten und Unfallvisionen hatten und alle Krankenhäuser abtelefonierten. Das wollte ich ihnen nicht zumuten. Je näher wir dem Finale der Operation »Parkgebühr« kamen, umso nervöser wurde ich. Ich schämte mich, Unbeteiligte wie Elli und Manni so sehr in meine Misere hineingezogen zu haben. Hoffte inständig, dass ihnen Sven nicht die Hölle heißmachen würde. Am liebsten hätte ich noch einen Zettel für Sven hinterlassen: Tu ihnen nichts, sie waren ahnungslos! Irgendetwas in dieser Richtung.

Elli machte Rouladen für uns. Mit Gürkchen, Senf und Speck. Dazu Kartoffelbrei und Kohlrabi. Kein typisches Sommeressen, aber eben ein typisches Elli-Essen.

»Niemand kann Roulädscher wie du!«, lobte Manni, und er hatte recht.

Am Tisch fühlte ich mich wie bei einer Henkersmahlzeit. Aber die gute Stimmung der Senioren übertünchte meine Angst. Angst, dass ich ihnen etwas aufbürde, was zu viel war. Angst davor, zu weit gegangen zu sein. Angst vor Svens Reaktion, denn auch ihm dürfte schnell klar werden, dass ich an alldem zumindest mitschuldig war.

Als es daran ging, Gute Nacht zu sagen, drückte ich die beiden noch mal lange. »Schlaft gut, morgen kommt euer Sohn, das wird eine Mordsüberraschung werden! Ihr wisst, wie gern ich euch hab!«

»Das hört sich ja wie en Abschied för immer an, Herzscher, gibt es was, was de uns sache willst?«, zeigte Elli Gespür.

Kurz überlegte ich, ob ich auspacken sollte, einfach rausrücken mit der ganzen Wahrheit. »Nein, alles gut, wollte ich einfach nur mal loswerden!«, entschied ich mich dagegen.

Sandra und ich türmten um sechs Uhr morgens, so konnten wir sicher sein, dass die beiden noch schliefen. Ich deponierte den »Macht euch keine Sorgen«-Zettel in der Küche und lief noch einmal durch die Finca und den Garten, warf einen letzten Blick auf die Sauna, die ich Dussel mitfinanziert hatte. Meine Schlüssel fürs Haus schmiss ich in den Briefkasten. Es fühlte sich an, als hätte ich meine Vergangenheit mit hineingeworfen.

Wir tauschten die SIM-Karten unserer Handys aus und informierten unsere Kontakte, die, die wir gerne behalten wollten, über unsere neuen Nummern. Jetzt war ich unerreichbar für Sven, so wie er für mich in den letzten Wochen, allerdings auch für Elli und Manni. Ich würde ihnen die neue Nummer schicken, spätestens wenn sie wieder in Deutschland waren. Ich wusste, damit ging ich das Risiko ein, dass sie die Telefonnummer an Sven weitergaben, aber irgendetwas in mir sagte mir, dass sie das nicht tun würden.

Es war ein seltsames Gefühl, ins Auto zu steigen und zu wissen, dieses Kapitel ist abgeschlossen. Vorbei. Ab morgen würde mein Leben ein anderes sein. Nicht mehr die Frau an der Seite von sonst wem, sondern Monika, die Physiotherapeutin. Monika, die WG-Partnerin von Sandra. Monika, die Ex von Sven. Moni, die Personal Trainerin. Heute fand der große Golf-Abend statt, und ab morgen, dem ersten Sonntag in meinem neuen Zuhause, war für mich das Thema Rache erledigt. Ich wollte mein Inneres und mein Sein nicht mehr damit belasten. Mich auf das Jetzt und das Morgen konzentrieren. Vergangenes ruhen lassen. An mich denken, an das, was kommt. Sven sollte Geschichte sein, eine, die mir eine Lehre war, aber ich wollte mich nicht lebenslang darüber grämen. An ihm abarbeiten. Das hatte er nicht verdient. Das war er nicht wert.

Haken dran und weiter geht's, das sollte mein neues Motto werden.

Daggi, Anni und ich saßen am Einzugsabend zusammen im Häuschen, meinem neuen Zuhause, blickten von der Veranda aufs Meer und warteten auf Neuigkeiten vom Golfclub. Unsere Spionage-Abgesandten Günther und Sandra waren dort. Die große Frage: Würde Sven überhaupt auftauchen? Wie war das Zusammentreffen mit seinen Eltern ausgefallen?

Sandra hatte versprochen, uns auf dem Laufenden zu halten, sollte es die Arbeit irgendwie zulassen. »Ich werde es bestimmt hinkriegen, ich muss ja keine Sorge um den Job haben! Ich bin sowieso nur Aushilfe, und es kann mir schnuppe sein, ob sie je wieder mit mir arbeiten wollen!«

Anni wusste zumindest ein bisschen was über die Ankunft Svens auf seiner Finca. Sie las uns seine Nachrichten vor. »Ich habe das Handy noch in Betrieb gelassen, bis zum Nachmittag. So wie besprochen. Für den Fall der Fälle. Hätte ja was mit unseren Senioren sein können. Aber ich habe es auf stumm gestellt. Ich wusste, wenn ich da drangehe, rastet Sven komplett aus. Hört mal: ›Wo um alles in der Welt stecken Sie? Und was machen meine Eltern hier? Was ist mit meinem Garten passiert, wer hat den Plunder in meinem Haus verteilt, und wo verdammt noch mal ist mein Auto? Ich mache Sie für all das haftbar. Rosenkohl! Toilettenvorleger!‹«

Das klang nach Sven mit ordentlich Schaum vor dem Mund.

»Es geht weiter!«, sagte Anni. »Das war nur der Anfang. Der dreht komplett am Rad!«

»Lies vor! Bitte!«, forderte Daggi.

»Bewegen Sie Ihren Hintern sofort hierher. Warum ist mein Auto in der Inspektion? Wieso war Moni noch hier? Die sollte weg sein! Die tickt doch nicht mehr sauber. Und Sie auch nicht! Das hatte ich deutlich angeordnet. Weg mit ihr. Jetzt muss ich erfahren, dass sie bis gestern hier gewohnt hat! Und wer ist diese andere Frau, von der meine Eltern reden? Sind Sie übergeschnappt? Verrückt geworden? Ich werde Sie verklagen! Sie werden den Tag bereuen, an dem Sie mich getroffen haben. Sie werden mich kennenlernen!«

Anni schien ob all der Drohungen sehr gelassen. »Macht dir das keine Angst?«, fragte ich, und sie schüttelte den Kopf. »Er hat keine Handhabe, wenn er mich tatsächlich irgendwo trifft, werde ich alles abstreiten. Und zurückdrohen. Schwarzgeldzahlungen und so! Ich hoffe nur, er setzt den Alten nicht so zu, der Rest kratzt mich nicht.«

Ich bewunderte ihre Gelassenheit. Mir machte das Getöse durchaus Angst. Daggi nahm mich in den Arm. »Anni hat recht, er kann uns nichts. Muss er doch alles erst mal beweisen. Und davor muss er uns finden. Große Klappe. Mehr nicht. Warte ab!«

Ich hatte, trotz der Gelassenheit von Daggi und Anni, Schiss.

Ich hoffte, dass sie die Situation richtig einschätzten.

»Er ist da – mit einer Frau im Schlepptau. Schwarzhaarig, dünn, sehr braun gebrannt, etwa fünfundzwanzig, würde ich sagen, und sehr sexy gekleidet. Die Brüste sind das Dickste an ihr. Gemacht, schätze ich. Er trägt die rote Ulrich-Hose und wirkt schlecht gelaunt! Wenn ich kann, mache ich ein Foto!«, schrieb Sandra gegen 19:10 Uhr.

»Sitzt mir schräg gegenüber«, schrieb Günther eine halbe Stunde später. »Tätschelt an seiner Begleitung herum und nennt sie Rakete.«

»Und ewig grüßt das Murmeltier!«, sagte ich, und Daggi, die Vorgängerinnen-Rakete, lachte. »So kann er sich nie versprechen, ist doch praktisch!«, grinste sie.

Die Stimmung war genauso gestiegen wie die Spannung. Was sollte er mir schon tun? Ich hatte Frauen an meiner Seite, die zu mir hielten. Gemeinsam würde er uns nicht kleinkriegen.

Sandra schaffte es, ein Foto zu machen, und sendete es uns. »Er hat sich sichtlich verjüngt!«, feixte Daggi. Die Frau, die neben Sven saß, konnte locker als seine Tochter durchgehen. Seine sehr aufgedonnerte Tochter. Mörderwimpern, Mörderbrüste, aufgespritzte Riesenlippen. Von allem viel. Er hatte den Arm um sie gelegt, und man sah ihm den Besitzerstolz selbst auf dem Foto an. Jetzt, mit ein bisschen Abstand, konnte ich mich selbst nicht mehr verstehen. Was hatte ich um Himmels willen in diesen Mann hineininterpretiert? Was hatte mich fasziniert?

»Ja, wir waren dumm und blind!«, fasste Daggi meine Gedanken zusammen. »Aber wir sind ihn los, das ist die gute Nachricht!«

»Bombe geplatzt! Skandalszenen!«, meldete Günther um 22:45 Uhr. »Details später!«

Was sollte das heißen? Auch Sandra meldete sich: »Hammer! Der kann sich hier nicht mehr blicken lassen!«

Mit diesen Neuigkeiten ließen sie uns sitzen. »Holst

du mich ab?«, schrieb Günther eine halbe Stunde später eine Nachricht an Daggi. »Ich bin müde und denke, mein Job ist getan. Euer Ex ist auch gerade weg. Fluchtartig!«

Wir saßen auf heißen Kohlen, bis Daggi zurückkam und Günther zu Bett gebracht hatte. »*Mission completed!*«, kicherte sie, als sie wieder bei uns auf der Veranda war.

»Erzähl!«, riefen wir gemeinsam.

»Spanne uns nicht weiter auf die Folter!«, bat ich.

Der Mann von Paula, dem sie den Mikropenis-Tratsch wohl auch erzählt hat, hat ihn, noch ein bisschen ausgeschmückt, dem Schweizer Freund von Günther weitererzählt. Alle hatten schon gut Wein getankt. Und den ein oder anderen Fernet oder Hierbas. Und dann hat Utz, der Freund von Günther, eine Unterhaltung mit Sven begonnen, der ordentlich betrunken gewesen sein muss, und ihm von dem armen Wicht erzählt, der all seine Frauen wegen seines Zwergpimmels verliert. Ein Banker aus Deutschland. »Der heißt wie Sie, da müssen Sie aufpassen, dass Sie nicht verwechselt werden. Sven mit dem Mikropenis. Der Investment-Sven. Soll sich hier auch bewerben um die Aufnahme, munkelt man. Und eine Finca in der Nähe von Portocolom haben. Aber was nützt es, selbst all das Geld, wenn alle Frauen die Flucht ergreifen, weil er nicht seinen Mann stehen kann. Der Arme, mit so einem Schicksal. Die Daggi, die Frau vom Günther, soll ihm mal nah gewesen sein.«

Es hat einen Moment gedauert, bis der Groschen bei Sveni gefallen ist. Aber dann ist alles aus ihm herausgebrochen. Er hat sich hingestellt und geschrien: »Was wollen Sie mir damit sagen? Wer behauptet so was? Ich werde Ihnen zeigen, was ein verdammter Mikropenis ist! Das lasse ich mir nicht gefallen! Von einem scheiß Schweizer auch noch.« Dann hat er seine Hose geöffnet. Seine Freundin muss versucht haben, ihn daran zu hindern, aber er hat ihr den Arm weggeschlagen und die berühmte rote Hose zu Boden fallen lassen. Dann hat er tatsächlich im Golfclub die Unterhose gelüpft und gebrüllt: Nehmt das! Klein ist anders!« Nach wenigen Sekunden ist ihm aufgegangen, was er da gemacht hat, und er ist wie vom Blitz getroffen von der Golfterrasse gerannt, mit hängender Hose. Der roten, die Ulrich schon eingetragen hatte.

Ohne Freundin. Die saß zunächst verdattert da und hat sehr bald jedem, der es nicht hören wollte, gesagt, dass sie nur Bekannte seien. Ganz entfernte Bekannte. Später hat die dann Günthers Freund mitgenommen.

Und jetzt der Oberhammer, wenn ihr es live sehen wollt, es ist schon online, bei TikTok und Instagram.

Sie kramte ihr Handy raus und öffnete die Seite. »Wer hat das hochgeladen?«, fragte ich. »Keine Ahnung, ein junger Kellner, Pepe heißt er hier, hat die Kamera draufgehalten, der wird es vermutlich gewesen sein. Das geht schnell heutzutage.«

Es war erbärmlich. Ein Mann wie von Sinnen. In Rage. Roter Kopf, rote Hose. Dann immer noch roter Kopf und keine Hose. Und das Schlimmste: Man sah ihn in die Unterbux greifen, aber wie gut oder weniger gut er genau bestückt war, konnte man nicht sehen. Er hatte durch seinen Auftritt noch nicht mal den Mikro-Vorwurf entkräften können.

Das Video hatte schon siebenundzwanzigtausend Klicks, und der Vorfall war nicht mal eine Stunde her.

»Das geht viral!«, meinte Anni nur.

Wir warteten auf Sandra, die die Geschichte noch einmal aus ihrer Sicht erzählte. »Ich habe es nicht live mitbekommen, war in dem Moment drinnen, um Geschirr in die Küche zu bringen. Den großen Auftritt habe ich deshalb leider verpasst. Aber alle haben darüber geredet. Ich habe ihn nur rausrennen sehen. Die vom Club haben ihm sofort Hausverbot erteilt. Haben superempört getan. Aber ich glaube, insgeheim fanden sie es großartig. So viel Gesprächsstoff hat ein Essen im Golfclub noch nie geliefert. Es sei ein denkwürdiger Abend gewesen, haben viele gesagt, als sie sich verabschiedet haben.«

Das würde Svens Ego mit Sicherheit einen erheblichen Dämpfer verpassen.

Dass nicht nur sein Ego einen empfindlichen Dämpfer bekam, erfuhr ich erst um einiges später. Nachdem die *Mallorca Zeitung* ausführlich über den Vorfall berichtet und das Video online am Ende um die anderthalb Millionen Klicks hatte, sprach es sich in der Bank herum, und zwei Schweizer Kunden von Sven verweigerten, nachdem sie das Video gesehen hatten, die weitere Zusammenarbeit. Scheiß Schweizer zu einem Artgenossen zu sagen, das war nicht gut angekommen. Seither stand er in der Bank unter Beobachtung, wurde abgemahnt und intern runtergestuft. Boni gestrichen. Sein Haus auf Mallorca steht zum Verkauf. Die Insel meidet er. Und er ist Single. Auch für Akquise war das Gerücht anscheinend nicht förderlich.

Selbst die Tobias-Geschichte ist dann doch aufgeflogen. Sven hatte sich, ohne Auto und durch die Empfehlung seiner Eltern inspiriert, den Limoservice bestellt. Elli hatte mir erzählt, dass Sven, der eh komplett konfus war, mehr als erstaunt war, als ein fremder Mann mit seinem Wagen vorfuhr. Selbstverständlich wollte Sven sein Auto wiederhaben, hat mit Anwalt, Klage und Schlägern gedroht. Tobias war verwirrt. Hat etwas von Anzahlung gestottert und dann ziemlich schnell kapiert, dass das Geld sehr wahrscheinlich verloren war. Der betrogene Betrüger.

Die beste Nachricht aber: Elli und Manni hatten meine Entschuldigung angenommen. »Mer wusste, dess irschendwas net mit rechte Dinge zugeht, un ehrlisch, des war hart, abä de Sven hat es verdient, dess ema jemand Tacheles redet odä ihm annerster uffzeicht, dess jetzt ema Schluss is. Des war eindrucksvoll, un er is uff em gute Wech. Du hättst uns abä vertraue könne. Mer hätte dich net verpetzt, sondern unnerstützt. Merk dir des för die Zukunft!«, war die Reaktion auf meinen Brief damals gewesen. Seither standen wir in regem Kontakt, von dem ihr Sohn allerdings nichts wusste.

»Des tät em net gefalle, denke mir!«, hatte Elli erklärt.

Jahrestag der Abschlussoperation »Parkgebühr.«
Morgen kommen Elli und Manni, im Doppelpack mit Willi und meiner Mutter, Schnuckiputzi. Ich freue mich auf alle vier.

Meine Mutter und Willi leben inzwischen in meinem Elternhaus zusammen und machen es sich schön. Reisen viel, lassen es sich gut gehen, und der Ex-Richter wirkt auf meine Mutter wie ein Antidepressivum.

Sandra und ich wohnen nicht mehr in dem kleinen Häuschen am Meer, wir haben uns eine Finca auf dem Land gemietet, wo wir Platz für Besuch haben. Es war nicht immer leicht zwischen uns, aber wir kommen inzwischen sehr gut miteinander klar.

Kurz nach dem Mikro-Vorfall wurden am Ballermann T-Shirts mit Svens Aufschrei »Klein ist anders« verkauft. Von uns, nebenbei bemerkt. Eine Saison lang waren sie der Verkaufsschlager. Wir haben mehr als dreitausend Stück davon verkauft und es uns verkniffen, Sven eines davon zu schicken. Aber es hat für die Anzahlung eines Kleinwagens gelangt, und jede von uns hat eins zur Erinnerung.

Wie so oft abends sitzen wir im Garten. Müde vom Tagwerk und glücklich. Stolz auf uns. Es war ein nicht immer leichtes Jahr, aber wir wurschteln uns durch. Mein Patientenstamm wächst nach und nach, und Sandras Kinderservice läuft erstaunlich gut.

»Ich werde mich zu einem Triathlon anmelden!«, sage ich zu Sandra.

»Ich glaube, es ist Zeit, dass ich mir Strähnchen machen lasse! Das Grau kann gehen!«, antwortet sie.

Wir haben es warm, trocken und sind satt. Aber eben auch glücklich. Und eines sind wir mit Sicherheit nicht mehr: pflegeleicht.

Danksagung

Mit Unterstützung geht vieles leichter:

Ich habe die entspannteste Lektorin, die man sich nur vorstellen kann. Danke, Michaela.

Und die weltbesten Freundinnen.

Ohne Conny wäre kein Buch denkbar.

Danke für all das Zutrauen und die Ermunterung und die Hilfe um mich herum. Ich weiß das sehr zu schätzen.

Was tut eine 68-Jährige,
wenn die Kinder ans Eigenheim wollen?
Sie startet nochmal durch!

Susanne Fröhlich

Heimvorteil

Geht's eigentlich noch? Drei erwachsene Kinder wollen ihre verwitwete Mutter ganz charmant aus dem Eigenheim komplementieren – weil sie das Haus lieber selbst nutzen möchten. Ob Mama nicht auch finde, dass so viel Platz für eine allein nur unnötig Arbeit macht? Mama findet, dass sie jetzt erst mal ganz in Ruhe durchs Land reist und sich die unterschiedlichsten Alterswohnsitze anschaut. Da tun sich nämlich ganz neue Welten auf. Unterwegs findet Mama neue Freunde, verliert ein bisschen ihr Herz und hat eine grandiose Idee, was sie mit ihrem »viel zu großen« Haus anfangen will.